黄裳集

创作卷Ⅳ

花步集 金陵五记 晚春的行旅（上）

山东人民出版社·济南
国家一级出版社 全国百佳图书出版单位

学术顾问：李济生　杨　苡　黄永玉　姜德明
钟叔河　郑　重

编辑小组：陈子善　胡长青　李　辉　陈麦青
陆　灏　吕　浩　励　俊　凌　济
容　洁　容　仪

1956 年 12 月在昆明金殿

《花步集》1982 年花城出版社版封面

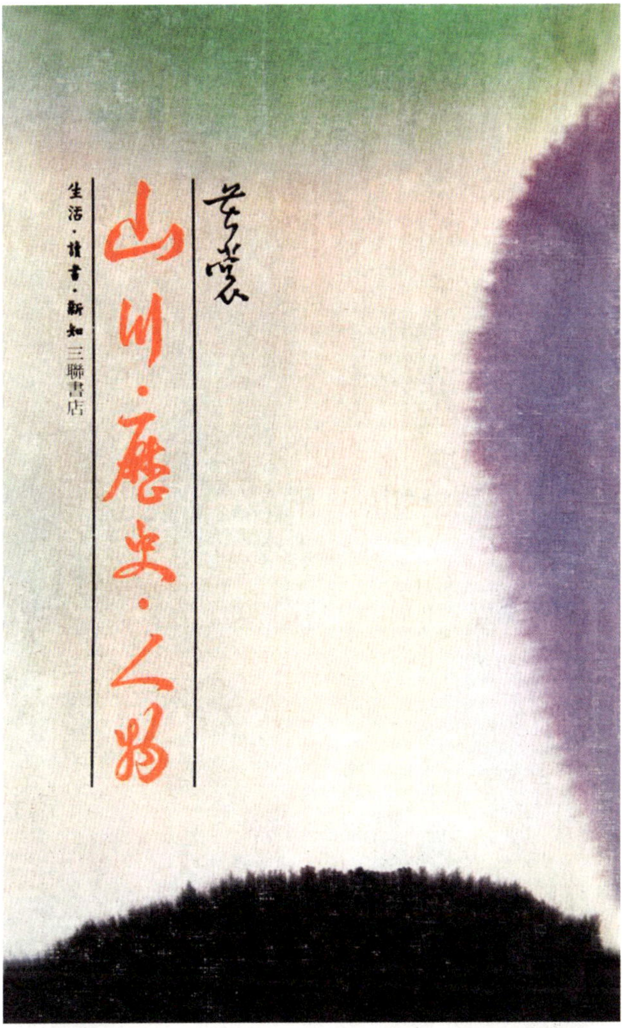

《山川·历史·人物》1983 年香港三联书店版封面

《金陵五记》1982 年金陵书画社版封面

目　录

花步集

金陵五记

花步集

《山川·历史·人物》，游记集，1981 年 11 月三联书店香港分店初版，列为“回忆与随想文丛”之一。

1982 年 5 月，此书书名改为《花步集》，内容不变，由花城出版社初版。

据《花步集》初版本编入。

苏州的杂感

苏州的杂感

到苏州去玩了一次，度过了两天江南最好的秋天。

我是冒着雨去的，还夹杂着寒冷的北风，一下子把前两天的闷热都赶走了。照理说，这不是理想的旅行天气。但我还是决心上了火车。下车以后，苏州市上正飘着如尘的细雨。我在公共汽车站上等车，又看到了挑了一担碧绿的青菜，跨着悠徐灵巧的步子，一手张着伞，伞柄就搁在扁担上的农家少女。这是只有在苏州才能看到的“风景”。不过那柄伞已不再是发出特殊气味的油布伞，换上了一把黑色尼龙的自动伞，就只有这么一点儿差异。

我上次到苏州距今恰好一年。十多年来只来过三次，因此至今还留着一些生疏之感。这对一个新闻记者正好相宜。只有陌生的地方才能发现“新闻”。

北寺塔重修了。塔前又增加了一座牌坊，油漆方半。外面是围墙，不能走进去看。后来打听了才知道，这座牌坊是从“申衙前”搬了来的，是申时行的“御赐建坊”。我觉得这个主意很不坏。申时行的“衙”早已化为民居了。那座相当完整的建于四百年前的牌坊孤零零地立在那里就很不调和。

搬到北寺塔前，正好起着“山门”的作用。申时行在苏州是有名的，是明朝的状元兼首辅，也并非什么有特殊贡献的人物。但他却是妇孺皆知的，原因是著名的评弹《玉蜻蜓》叙述的就是他的故事。这是一个“风流”的故事。一位少年在游览尼庵时和年青美貌的女尼发生了恋爱，在尼庵里过了一阵快活日子，后来终于死在这里。女尼后来生下了一个男孩，不敢留养，将少年的遗物——玉蜻蜓——缚在婴儿身上一起遗弃了……总之是后来发生了一连串悲欢离合的故事。评弹的主人公的名字是申桂生，好像就指的是申时行，我也说不清楚。但在从前，申家是为此经了官的。虽未禁演，但演唱时必须改为“金桂生”，如果谁一说申桂生，就要被捉将官里去。但听客的心里是有数的，大家心照不宣。这倒也是一种巧妙的妥协方式。

第二天一早，天气虽然颇冷，但雨已经停了，而且出了太阳，是一个近于初冬的好天气。我很早就到“朱洪兴”去吃了“葱油开洋面”，味道不错，虽然尚未达到历史最好水平；而且著名的“虾爆鳝面”也不见。此外，朱洪兴的店招似乎也不曾恢复。我匆匆走出时，竟未注意目前的店名。这时“朱洪兴”对面的怡园刚开门。于是我就成为第一个游客。在面临假山、古木、池水的平台上，作了一套早操，偌大一座园子，此时似乎竟为我一人所有了。

这以后就到了“观前”，这里有不少新建筑。在漂亮的“文化馆”的玻璃展览窗里看到了九十六岁的汤国梨女士在苏州市领导人陪同下中秋赏月的摄影。她是苏州市革委会的副主任，也是市政协的负责人，精神很好，很难相信已是如此高龄了。

汤女士是章太炎先生的夫人。太炎先生晚年就住在苏州。十年以还，太炎先生为“四人帮”的黑论客诬蔑得不成样子，现在总算是非清楚了。但正如鲁迅先生所说：“近有文侩……竟也作文奚落先生以自鸣得意，真可谓‘小人不欲成人之美’而且‘蚍蜉撼大树，可笑不自量’了!”这种可恶的现象，一时怕也未能绝迹。因此，看到汤先生受到人民的尊重，是不能不高兴的。

玄妙观已经整理得清洁非常，解放前那种乌烟瘴气不复存在了；但又不免觉得有些冷落。使我吃惊的是，踏进三清殿时却发现新华书店就设在这里。那是因为书店的新址正在兴建，尚未竣工的缘故。

（一九七八、十一、二）

花步

虎丘，看来还是应该算作苏州最值得留恋的胜地。虽然严格说来，它不应算作园林。

虎丘是“山”，不像别处要用人工来叠石；它是天然的，自然气局也阔大。虎丘在一些名园中历史最古，就算撇开“剑池”“试剑石”这些迹近神话的所在不论，只是那座云岩寺塔，也就古老得可观；因此，虎丘的古树也不是其他任何地方所能比肩的。古树，是园林中最珍贵的事物。亭台楼阁，无论怎样精致豪华，都是可以指日建成的。只有树，要它合抱、参天，除了慢慢地生长以外，没有别的法子想。今天的科学技术虽然有了飞跃的发展，但对此似乎还缺少对策。虎丘的古树都编了号，前后山一起大约有五百株左右。三五百年的树是不稀奇的。“剑池”边上一株老树，就在塔身的右侧，像一把伞盖；它身边的一颗雀梅，从石隙里一直盘旋到涧底，也有百多年寿命了。在千人石后面有一棵从石缝里钻出来的小榉树，原来是从一株已枯死的数百年老树根上萌发成长起来的，有如一株大型的盆景。

在千人石上，排起了长长的队伍，原来是等候照相的人。

这是有趣的现象。因此想到，山门外面，过去有许多卖耍货的店铺，现在都不见了。这是应该恢复的。《红楼梦》上说，薛蟠从江南回来，带了不少玩意儿，其中就有在虎丘山上捏成的薛蟠的小像。这些东西曾经使大观园中的少女喜欢得什么似的；可以推见，它们必然也会使今天的人民，以及国外的旅游者观喜赞叹的。当然，花色品种不但要恢复原有特色，还得添出新的式样来，并加以改进。

从虎丘出来就到留园去。在著名的冠云峰后面的茶室里吃了一碗茶。

比起去年来，留园也新作了一些修饰。那方嵌在壁间的钱大昕手书的石刻“花步小筑”及题记，也重新填了绿色，我愉快地读了一下，在过去，这是往往要被忽略过去的。竹汀居士的题记作于嘉庆丁巳（一七九七），那是一百八十年前，这座明代徐氏东园故址刚由刘蓉峰（恕）买进时的事。因为此地的旧名是“花步里”，所以才题作“花步小筑”。花步这个名字实在美得很。

一面吃茶，一面就在想，“文化大革命”中，苏州的园林也是遭到了一些损失的。其中最使人扼腕的是，许多名园里的木制联匾，都不见了（石刻却大抵幸存，因为搬起来较为困难），而至今没有很好地恢复。一座名园，没有了这些联匾，就正如美人被剜去了眼睛，名画被剥掉了题诗。《红楼梦》上说，大观园落成时，贾政郑重其事的带了宝玉和大批清客为园中的许多重要风景点撰拟题属，可见这是非常重要的。希望这些被撤下来的联匾，还都堆放在什么地方的角落里，那就好，取出来洗净，漆过，挂起来就是。

偌大一座拙政园，匾额好像也只剩下了三五块。其中最重要的“远香堂”却在的，但不是原物了。没有年款和题属，只孤零零的三个字，而且是由左而右的。同样的情况在虎丘也有。新建的“石亭”题额，也是由左而右的，但就在那后面，旧额“别有洞天”，却是由右而左。咫尺之间就发生了矛盾。我看，在这样的场合，也还是保留原貌，不必标新立异为好吧。

就在留园的主要建筑、冠云峰后面的大厅里，悬着吴县汪东所书的“林泉耆硕之馆”的篆书匾额，新漆过并重新填绿的，就好得很。那里还有两座大木屏，正面是壬辰（光绪十八年；一八九二）吴窸斋、陆廉夫、倪墨耕等合作的“冠云峰图”；背面是俞曲园写的赞。这些都是必不可少的，好像也一直不曾被撤换过。也许在“四人帮”看来，这些人物虽然同属封建地主阶级，但还不算“罪大恶极”，因而允许其暂时存在的吧。

拙政园曾经是李秀成居住和办公的地方。解放后也曾作为“太平天国忠王府”而布置过纪念展览。现在是毫无痕迹了。那原因自然也是大家知道的。“四人帮”在太平天国问题上别有用心的只突出一个洪秀全，而将杨秀清等一大批开国勋旧全部“打倒”，李秀成更不必说。现在那用心是路人皆知了。太平天国这样一场轰轰烈烈的农民革命，如果只有一个领袖人物是十全十美的“超人”，其余则全是昏蛋，那末这场革命从根本上就发生了问题，而其前后持续了若干年，使清政府几乎覆灭的业绩，也将成为不可理解的“神话”。“四人帮”一手炮制的“神话”多矣，这只不过是一例而已。

除非一手能将太平天国通通抹掉便罢，否则李秀成的名字是无论如何也躲不开的。在这里，采取闭了眼睛的不承认主义是无效的。关于李秀成等的功过、评价问题，史学界也开始了重新的讨论。我想，这是应该的，也是必要的。

一面吃茶，一面晒着太阳，身上暖暖的。发生了以上一些感想。

最近看到一篇文章，谈起伦敦市的名人故居，都在门前钉上一块牌子，作为标识。后来因为提出要求者大量增加，官方已经在踌躇，而且提高了“名人”的标准了。这就使我联想到苏州。苏州的“名人”，比起伦敦来，怕要加上几倍也数不完。如果也照样钉起牌子来，也必然是令人头痛的事。我想牌子固然不必匆匆忙忙的钉起来，认真考虑一下，倒是很必要的。而且有些日就湮灭的遗迹也应该加紧采取必要的保护措施，轻重缓急也要很好地斟酌。

使人头痛的确是“名人”的“标准”。

我们的标准自然应该与伦敦的不同。我们在评价人物时，是一直采取一分为二的方法的，对今人如此，对古人也并不两样。除了“四人帮”和秦桧之流以外，都应该采取这样的方法。“金无足赤，人无完人”，在分析时，是必须十分细致的。在社会科学中也应该采用更细密的科学方法。首先要求心中有数，牌子是否要钉，何时去钉，那倒可以慢慢考虑。至于“四人帮”和秦桧之流，也万不可一笔抹煞。一分为二对他们是不适用的，但那恶迹、罪行却要详细地一笔不漏地记下，写入另册。

（一九七八、十一、三）

文徵明及其他

这是去年的事了。在我下榻的阊门附近，有一处过去不曾知道的名迹，是闲谈中从当地的父老口中听到的。马上就去访问，访问的结果是满怀惆怅。

那是在一个有着“文衙弄”名字的小弄里。苏州“某衙前”这样的地名似乎不只一两处，可见过去这里的“文风”之盛也就是说有许多封建官吏曾经住在这个地方。这里的“文”指的是文徵明。他并非显宦，不过是一位著名的书画家。他的子孙，也大抵都是“白衣”，真不懂何以会有这样一个阔气的名色。

明代著名画家，吴门四家之一的文徵明的故居，现在是一家什么工厂的仓库。要进去参观还得熟人引进。进去一看，有一个几将干涸了的污秽不堪的池塘。北面的一排临水的水阁，一望就知道是明代的旧筑，宛如一条彩虹，窗槛都是细巧的木雕。窗上糊着破报纸。因为是作仓库使用的，水阁中间的一节已经被压得几乎坍下来，彩虹则变成显示经济危机的曲线了。南面的假山上部，有一个“乳鱼亭”，只有一半露在外面，也是明时旧物。本来这是赏荷的所在，但那池中却没有半点荷花的影子。我当时只是匆匆一望，就走了出来，没有也不可能细看。据说这里还有博雅堂，槃涧，和当年文徵明读书作画的三间古屋。这些，都是明代的建筑。

据说文徵明的这个故园叫作“敬亭山房”。后来归了姜氏，改名“艺圃”。再后来就一直是绸商的商会，改名“七襄公所”。苏州的丝织业是有名的，因此这里还一直保存得不坏。拿来作仓库，不用说，那又是“四人帮”之流的“德政”了。

这样一个大半保存了明代建筑的旧迹，也许由于规模小，也许因为被绸业商人霸占了，过去几乎没有人知道，连撰写《江南园林志》的童寯建筑师也不加著录。想来苏州类似的遗址必不只此。现在都还在“若存若亡”之间，可真是已经到了非立即采取紧急措施不可的时候了。

号称苏州三大名迹之一的“文衡山手植藤”，本来是在拙政园里的，过去每过此园，一定要去看看。后来不知怎样一来，古藤“失踪”了。找来找去也不见。这次是偶然到拙政园侧的博物馆去看看《出土文物展览》才偶然在出口的地方重新“发现”了它，荒秽不堪。要不是那块端午桥立的小小的石碑，我还不敢相信这就是那有名的古藤。如果发现了一件文徵明的书画，那总是会被珍重地藏在博物馆里的吧。但他的故居，他手植的花木，却不屑一顾。这确是奇怪的逻辑。我看这就是“四人帮”的流毒，应该彻底加以消灭的。

也是在去年，也是从朋友那里得到的线索，说是狮子山上发现了晋墓。我就一个人跑了去采访。狮子山确是像一头伏在那里的狮子，也并不十分高大。可是要找这晋墓，却颇费了些手脚，好容易从后山爬到前山，最后还是得到在田里劳动的社员的指引，才在“狮子”的腹部发现了那墓穴。还是发掘以后的原状，墓里还残存了砖圹，墓外则是大量的散堆着的完整的、断碎的墓砖，砖上都有字的，每块十斤上下，上面的铭文是“元康三年四月六日庐江太守黄明亭侯主簿高□□”，这是西晋惠帝时的砖，距今一千六百八十五年了。这次在苏州博物馆的《出土文物展览》中看到了狮子山出土的青瓷器，“说明”中标明的时代却是“东晋”；至于有字的晋砖，也一块都不陈列。

我们伟大的祖国有着悠久灿烂的古代文化，苏州是一个著名的古城，这确实都是值得骄傲的。但也确实出现了“四人帮”那样不肖的子孙。一千六百多年前的古砖、带文字的古砖，带有显示晋代典型的禁书风格的铭文的古砖，就这样散落在地上，无人过问。这是说明古国的文化遗产的丰富呢，还是“四人帮”的流毒，应该是易于辨别的。

苏州作为一座名城，是国内外旅游者所十分向往的地方。我们确实已经做了大量的很好的工作；但也应该看到，潜力还大得很，方面还多得很。不该年年月月总是那些老花样，就是老花样也该不断地丰富、提高，使游览者有更新更大的收获。真是大有可为。应该把工作做得更好，“四人帮”的流毒还得花大力气加以肃清。如果认真这样做了，很自然，那好处必不只表现在旅游方面而已。

（一九七八、十一、三）

访书

多年来，苏州对我的最大吸引力是书。访书在苏州，比起北京的琉璃广，杭州的留下，南京的状元境……味道完全不同。

整整三十年前，也是这样的秋天，鲃肺汤上市的时候，我陪了叶圣陶、郑西谛、吴辰伯到苏州去旅行。在车站上遇到周予同，他是从上海到苏州社会教育学院去上课的。一把拖住他们到学校去演讲，没有谁肯去，事实上当时他们谁都不能公开露面。郑西谛就要我去讲，我当然不会去，因为，我连一些在学院说话的资格都没有。西谛还是不住地说，他真的不是在说笑话，正经得很，还说我是“三人行中最少年”。这事还恍如目前，而西谛的墓前如果种了白杨的话，怕真的也“堪作柱”了。

记得那天晚上在酒楼上夜饭，三个人都能喝，结果是虽未沉沉大醉，也相差不远。从酒楼出来时，观前一带早已上灯。西谛却吵着要去访书。先到玄妙观，在一家书店里看书，我花了一块钱买了一部康熙刻本的《骆临海集》送给了辰伯，因为他是义乌人，与骆宾王是同乡。从玄妙观出来后又到护龙街上去访书，书店都早已上了门板。西谛就擂鼓似的敲门，终于敲开了。书店的主人是认识他的，就热诚招待。记得店里刚收到许博明家的一大批藏书，善本不少。特别是整整一架地方志，几乎都是康熙以前的清初刻本，西谛大声连赞“好书”。其实我知道，他不久就要到香港转往解放区，不想买，也没有余钱买书的。不过他还是告诉我，“这些书是非买不可的，机会不能放过!”好像我是百万富翁似的。这情景也还如在目前。

从这家书店出来时，大约已是八九点钟了。给秋夜的微风一吹，大家也多少清醒了一些，算算护龙街上的旧书店，至少还有十多家，怕是不能遍访了。正是“酒已都醒，如何销夜永?”西谛还是不肯回到宿舍去，终于想出主意，要去看汪义庄里戈裕良手叠的假山。记得也是在护龙街上，钻进了一条狭狭的小弄，在昏暗中看见一座假山。自然是什么都没有看清楚，而且后来知道，这实在也并不是汪义庄。

这次访书的经过，想来虽然有些可笑，但确是十分美好的回忆。

那以后，我就时常到苏州来，每次总要有半天到一天的时间花费在书店里。当时的护龙街与玄妙观。真是书的海，不只是书店，连马路两边也摆着摊，连地上也都是的。相熟以后，还会被书店主人邀请到楼上去看他所藏的“秘本”，残书。这在我都是最大的乐趣。如果将所见、新闻、所得记下来，我看是不会输于我的同乡先辈李南涧的《琉璃厂访书记》的。

不过这种“盛况”没有维持好久，苏州的书市逐渐消歇了，到江青伙同林彪抛出那个《座谈纪要》以后，整整十年，苏州市上就再也不能看到一册线装书，这中间又出现了另一种传说、神话似的故事。总的说来，恰如一场伟大的魔术吧。现在那谜底也逐步揭开了。如果记下来，其奇诡、悲壮就更非李南涧所能梦见。

自然，那些熟习的书店经营者，也一个都不再露面，久违了。

这回，当我从怡园出来，漫步走进对面的古籍书店里去时，却十分意外地被几位店员叫住了。真的是意外，十年不见，彼此都还“无恙”。于是被让进内间，泡了茶。坐下来谈天。这两位老朋友，是最近才从江苏北部的农村里调回来，归了队的。在过去的十年里线装书是被视为典型的“四旧”的，那从事收集流传线装书的人又该是什么呢？这是不言而喻的。他们的命运就不必说了。

现在终于“无恙”地回来了，那就好。我就问问他们最近的业务，曾经收到过什么好书？对旧本书在民间流散情况的估计，今后如何开展保护、征集的工作等等。问题有一大堆，而且并不都是愉快的故事。我不想写什么调查报告，因此在这里就略之。

好书，是日见其少了。近年来他们所收的可以看看的善本，说来说去也不过十种左右。就选抄两种名目在这里。嘉靖刻的贾谊《新书》，冯班校宋本；毛斧季的抄本《蒴绡集》和《梅花衲》；归昌世的稿本《假庵杂著》，是记苏州掌故的；黄丕烈跋的明抄本《野客丛书》。……

我又被让到楼上的书库里去看书，这真是好久没有过的快事。虽然看下来不免使人失望。书的质量是远远不能和过去相比了。现在摆在架子上的，过去大抵是放在地上的东西，甚至还不及。为了“不虚此行”，积习难改，我还是花了四角钱买了一册光绪十七年金陵刻本的《煮药漫抄》，书是薄薄的一本，只二卷，是诗话之类的东西。作者则是嘉兴叶炜（松石）。他是在同治申戌（一八七四）应日本文部省之聘，到东京的外国语学校担任汉文教师的，那是日本的明治七年。叶松石在光绪六年又重游大阪。此书则是病中所记。前面有日本湖山老人小野愿的序文（明治十五年）。

买到这本小书，我是非常高兴的。不只因为这是隔了十多年以后，重新阅肆得到的第一本旧书；更为了这是一百零四年前，在中国还没有派遣公使时就到日本去进行文化交流的前辈的作品。在敬爱的郑副主席访日的时候，得到此书，实在是极为使人高兴的事。

（一九七八、十一、四）

东山之美

到苏州的第三天，是一个绝好的晚秋天气。清早，一个人跑到南门车站，登上了去洞庭杨湾的公共汽车。在抓纲治国、大干快上的日子里，想找一个游伴是不容易的。那么就独游吧。独游也有独游的好处，事先没有任何条条框框，一切全凭自己的摸索、实践。不论走到哪里，只要你肯请教，广大群众就都是你最好的向导。你会发现这些普普通通的农民都是最善良、好客、热情的。他们有最丰富的知识，比起某些职业导游者的刻板、僵化、滔滔不绝的解说实在要好得远。得到同车的东山人的指点，我在一个叫作“涧桥”的小站下了车，沿了一条平整的石板路走上山去。真是一片浓绿，这早在汽车上所见的公路两侧，就已是如此了。一丛丛的栗子、银杏，布满了公路两侧的岗峦。有许多树我是不认识的，请教了以后才知道，不能不暗暗惭愧知识的贫乏。

银杏，我是见过的，而且见过几百年的古银杏，在青城的“上清宫”的山门楼上吃茶时，我曾凭栏抚摸过一株从山凹深处挺立起来的老银杏的树冠。过去我所见的银杏，往往是一树，并列在寺院的山门外面。而这里的银杏则是大片的林。树龄并不怎样高，可也都有几十年，百把年了，真是一种壮观。

枇杷，是见过也吃过的。也欣赏过沈石田所画的枇杷折枝。只是这回才真的看见了巨大的老枇杷树，正在开着一球球的花。不用请教，我认得那叶子，但使人吃惊的是它们垂阴如盖的风姿，而且也是成林的。

碧螺春，这被龚定庵赞为“天下第一”的名茶，原来就随地种在山路两侧，毫不矜贵，恰如一丛丛矮小的灌木冬青。它们也正在开着一朵朵白色的并不美丽的小花。龚定庵用“秀颖”二字形容它，指出它特有的“山水芳馨之气”，这都是极确切的，使我吃惊的是它们的“平凡”。人们告诉我，这茶，春天采的就是“碧螺春”；再迟，就是“炒青”。这时候，不能吃了。

山路两侧还种了梅树，这我是有些认识的，但却说不准，怕也许是桃树，就向迎面走来的一位老人请教。“是梅花罢?”老人回答：“对啦，是梅子。”这又不能不使我惭愧了。就是在如此简单的植物名称上，也显出了差异。城里人念念不忘“香雪海”，从小就背熟了孟浩然的“踏雪寻梅”和林和靖的“淡香疏影”，不禁冲口而出了。但农家所更重视的却是它的果实。其实也不只是农民，曹孟德就曾“鞭梢一指”，用远处虚幻的梅林，解除了大军的干渴；“青梅煮酒”，也是曹孟德和刘玄德的典故。可见在三国两晋时，人们对梅树的兴趣，也是着重于果实。到了北宋，住在苏州的著名词人贺铸的名句也说：“试问闲愁都几许？一川烟草，满城风絮，梅子黄时雨。”也还是“梅子”……

这样想着，走着，山路一折，看见了隐蔽在浓绿丛中的一座小巧的古庙。新粉过的黄色墙垣，在阳光中特别艳丽。没有山门（山门应该在山脚下的什么地方，早已毁去了。只还剩下一个极古朴的石甃方池，有鸭子在池中游水，这一定也是古寺原有结构的一个组成部分），从一个小门进去，有一个小小的庭院，当中则是大殿。殿后还有一进，左侧也有一进，都很小巧。大殿也一些都不富丽堂皇。紫金庵这一组古建筑却小巧得恰好。

看得出，这里最近经过整修，也粉刷过。我觉得这一切都做得十分出色。人们并没有大兴土木，把这地方弄得金碧辉煌。小小的庭院里洁无纤尘。每个院落里都有两株古老的花木。那是金桂、玉兰、山茶。树身周围都环绕着石砌的八角花坛。虽然不是花时，但看那古老的树干，古拙的、盘旋伸出了殿角的枝条和那一片绿荫，真使人感到宁静、舒适。随喜了著名的古代名塑罗汉以后，就到左侧的别院“白云居”里去喝茶，那里供应本山的碧螺春。

金黄、娇艳的日影，洒满了小小的“白云居”。在茶座上可以望见小院里古老的山茶、短垣、和墙外的满山苍翠。

喝着茶忽然想起了《江南园林志》作者的一些议论。他回忆解放前的“拙政园”时说：“今虽狐鼠穿屋，藓苔蔽路，而山池天然，丹青淡剥，反觉逸趣横生。……爱拙政园者，遂宁保其半老风姿，不期其重修翻造。”他又批评那时的“狮子林”说：“惜屋宇金碧，失之工整。”又在论庭园布置时说："且石径之苔藓未生，亭台之青素刺目，非积年累月，风剥日侵，使渐转雅驯不为功。"

在有些人看来，这真不免是一连串"怪话"。然而我是相信的，他说得很不错。当然我并不主张使园林都荒无败落，不成样子；但我也不赞成把它们弄得"俗艳"。这是有道理的。就如眼前的宋塑，有些地方是经过后代好心的"善男信女"重装过的，因为手段拙劣，就弄得不成体统，反而损害了原作的丰姿。相反，那座观音没有经过后人的手术，就极好，使人真正认识了古代名工的手段。博物馆里的出土青铜器，都保留着斑斓的铜锈，为什么不一一擦拭，恢复它们的原状的呢？那道理也一样。

重新整修过的紫金庵，就做得很好。不再荒秽了，但也没有打扮得使人"触目惊心"。这是值得称赞的。

在"白云居"里坐了一会，吃到那盏碧螺春已经有些淡了下去的时候，就动身回到东山去。不打算走公路，想穿山而过。人们警告说，不熟习山路，陌生人想独自走回东山，怕有些难。但我还是决心闯闯看。先是穿过了一片山村，是一片古旧但颇齐整的民居，建筑都坚实、讲究，看得出这里一直就是富庶的地方。石板路一直穿出村外去。好一片漫山遍野的果林。慢慢地走上山去，扑面而来的是一大片结实累累的橘林。"正是橙黄橘绿时"，少女们用剪刀在采橘子。不一会，地上的筐就满满的了。我还在路边发现了一种陌生的树木，说不清是什么品种，打听的结果，原来就是洞庭东山著名的杨梅。

爬到山脊，在路边的石块上坐下来休息。放眼望去，这一片山岭，已经很少空隙，几乎全部布满了各种果树。人们在繁忙的收获季节，还在开辟着新的林地，这都不过是果林中间一些小块的隙地。用水泥结构支架着的水管，也铺设起来了。水是从山下提了起来的。

跨过岭去，面前是又一座山屏，只是在屏风缺处，望见洞庭的一角。这时从另一条山路上走下一个中年的农妇来，挑着一副担子，带着两个小女儿。问问她，知道是到东山镇上去的，于是就结伴同行。一路上打听她这里的生产情况、农家收益，证实这确实是一个富庶的地方。当地的劳动日值，总在一元以上。生产队主要是经营果树，自己也种粮食，不过只能供应口粮的一半不到，缺额由国家调拨补充。收入最好的是枇杷，茶也不坏。又说今年的大旱，果树也有旱死的，所以新建了水利灌溉的装置。苏州地区的农业生产是非常出色的，洞庭山一带是经济作物区，也实在经营得好。前些年“四人帮”打着“以粮为纲”的招牌疯狂破坏农业，也不曾受到太大的影响。按照“四人帮”的政策，这里的梅子、银杏、枇杷……统统应该砍掉，在石头上面叠起梯田来种庄稼，才算得是执行了“正确路线”的吧。这里的人民是聪明的，他们顶住了这股反动的狂风恶浪。

下山时又穿过了几处村落，房舍也都清洁齐整，老太太坐在门口，照管着鸡群，和走过的农妇打着招呼，互相问候。这样走着走着，就又走进了一条狭狭的长街，店铺也多起来。街道很狭，在一家药店门口，停着一部板车。我们都只能侧身才能通过。车上满满地装着扎得紧紧的枇杷树叶，这是重要的中药药材。走到这里，我才知道，原来早已到了东山。这道长街，怕有四五里吧。

新修的“洞庭饭店”里真是座无隙地。坐在桌上等菜时，忽然想起了文学史上占了颇重要地位的田园诗。

从紫金庵走回东山，一路上所闻所见，美丽如画的山水草木，淳朴可爱的农家男女，鸡鸣犬吠，流水板桥。这一切在久居城市的人看来，真是可亲可爱，不能不产生留恋，总想什么时候能到这样的地方住些时就好。《红楼梦》写贾政游园，走到稻香村时，发现表了“未免引起我归农之意”的评论，不是不可理解的。不过前两年刘大杰教授在一本文学史著作中，论及田园诗时，却把这样的思想定为“貌似超然于尘俗之外，其实却是儒家政治路线的产物”，那可真是危险之至。如果依照教授的指导，做人可就艰难了。谁都不想充当教授指派的“失意的儒家反动派，挂起‘无道则隐’的幌子”的“逸民”，像我今天的旅行，一路之上就必须闭紧了眼睛，什么都不见；或者睁开眼睛，也得像“翠屏山”里的头陀似的，一路高声呼叫批判儒家的咒语，这才庶几可免于难的吧。

田园诗的时代，大抵是已经或即将过去的了。在向“四个现代化”的伟大进军中，农业的面貌必然会产生惊天动地的变化。机械代替了扁担铁锸，养起鸡来也要工厂化，老太太养鸡的优越性，也很快就要过去的。这都是无疑的、值得高举双手欢迎的伟大的新事物。不过我想，到了农业现代化完成之日，东山的山水一定还是在的，而且将更加美丽。新田园诗也必然会茁壮成长起来。作者也不再是什么“士大夫”，而是更广大的从新农民中产生出来的新的诗人队伍。人们从落后的生产工具、生产关系中解放出来以后，也必然还会有他们自己的“闲情逸致”，但这无疑已是崭新的思想感情了。

这样想着，慢慢安下心来，吃着“红烧划水”了。这时从门口又传来了叫卖新菱的声音。而这座新建的饭店，也实在显得太小。时代的步伐委实快得使人吃惊，许多新采取的措施、新进行的改革，不要很久就又变成落后于形势的东西了。这座新建的不算小的“洞庭饭店”就是一例。

（一九七八、十一、十一）

湖上小记

湖上小记

不到杭州，转瞬已是十四个年头。一直想去看看，却总是下不了决心。今年的春天，又例外的多雨，季节早已过了立夏，可是天气还总是冷、冷……这样，当我终于坐在沪杭车上，望着车窗外面还不曾收割起的大片春小麦和油菜时，很自然地就想起了郁达夫的诗句：

冷雨埋春四月初，归来饱食故乡鱼。范睢书术成奇辱，王霸妻儿爱索居。……

诗确是写得好的，“冷雨埋春”，真的把曳着迟回不去的余寒的江南春景的神魄勾勒出来了。

鲁迅先生写过一首著名的《阻郁达夫移家杭州》诗，人们是熟习的。但终于劝阻不成，达夫还是移家到了湖上，上面引的那几句，就是这时所作。当白色恐怖袭来的时候，诗人采取了回避的态度，这自然是他的弱点。他的这诗，我看很可能就是对鲁迅的回答。当然也不仅只是向鲁迅，他是当作一篇移家的“政治声明”来写的。在下面的几句里，他还提到“文字狱”，提到自己并不想学一头钻进桃花源去的武陵渔人，……说是辩解自然也可以，不过郁达夫到底还是诚实的，不是两面派。在当时能直白地提出文字狱这样的事物，的确也还需要勇气。他向无情压迫正直爱国的知识分子的反动派大大吐了口怨气。虽然以张禄丞相自比，多少使人感到有些可笑，但达夫在这里说明自己并不只是一位诗人、小说家，所谓“百无一用”的书生，他有自己的政治见解，他的受到“奇辱”也正是由于这个，这种坦率的自白却和他在散文、日记中的自我表现大不相同。这就是我把这看作他的“政治声明”的原因。

不读郁达夫这首七律，大约是不能很好理解鲁迅著名的诗篇的吧，至少也会是一种损失。

坐在车厢里，这样想着、想着，窗外的天色早已逐渐放晴，阳光在大地上洒下了一片娇黄。车过临平，可以看到像馒头似的小山，偶然出现的一些水荡也好像在散发着温暖的蒸汽。这一切都使人精神一振。时令到底已经进入了初夏，春寒也确是延宕得太久了。

现在眼前出现的又是一片迷人的“水软山温”的风景。大自然是一个高明的魔术师，瞬间的阴晴、光彩的变幻，会给人们带来视觉以及情感上怎样急遽的转换，有时真正是不可思议的。

（一九七九、五、廿六）

葛岭山居

到杭州当天的下午，就到葛岭去访问黄河清（源）。还是前两天，偶然从朋友那里知道了他的住址，没有料到，他就住在这样的湖山佳处。

断桥还是老样子。乾隆写的那块《断桥残雪》“御碑”也无恙，碑亭漆了崭新的红漆。就在那一侧，参加全国航海模型比赛的运动员们正在练习。一只只用无线电操纵着的小船在湖里飞快地行驶并打着圈子，岸边围着一大群参观者，他们的自行车围满了好大一圈。小船驶过，平静的湖面划出了一条条水浪，随即恢复了平静。依旧是极轻极细的涟漪。西湖的水是浅绿色的，清澈极了。

沿着里西湖走过去，折上了山路，几经问讯，才在路边找到了那个稍稍有些颓败了的“山门”，门额上“葛岭”两字和旁边的题款都被凿去了，可是余痕还依稀可辨。葛岭是因晋代葛洪（稚川）而得名的，据说他的墓就在岭上。葛洪是《抱朴子》的作者、是炼丹术的大师、中国化学史上的重要人物。不幸千多年来一直被当作“神仙导引”的祖师，化为“妖道”，十多年前，成为“打倒对象”了。

进了山门，就是一道山路，面前一片参天古树，满眼浓绿，左侧是山顶流下来的山泉的溪涧。一个少妇赤了脚在涧里浣衣，她身上的粉红衫子显得十分耀眼。没有好久就能看到一个十分古朴四面开门的砖砌粉垩方亭。亭子一侧，就是主人的住处了。

分别二十多年以后的突然来访，给主人带来了很大的意外。他注视着我，不要几秒钟，就喊了出来。他那海盐乡音一些都没有什么变化；溢满激动神色的面部，有些苍老，但也没有什么太大的变化，但他今年已经是七十四岁的高龄了。

他拖出了两把藤椅，就在客堂外面要我坐了，泡出了新龙井。这是我到杭州以后第一次吃到今年的春茶。

在我们面前是一个小小的庭院，花砖砌成的围墙外面就是山坡，参天的古树当前列成了一片翠屏，从树木的空隙中只能看到小小的一角西湖。小院里左右相对的是两株老桂和山茶，都已有了些年纪，可惜都不在花时。此外就还有一些小花盆，杂乱地安置着。房子是小小的三开间，客堂外面是木雕的窗槅。房子是简单、朴素的，地面铺着方砖，柱下面是圆圆的石柱础，有些陈旧，可是环境太好了。同时我想，如果这换了一座精致的西式洋房，恐怕就不大合适。后来我才从主人那里知道，这里从前原是一座尼庵，他在这里定居也已多年了。

坐在这样幽美的环境里漫谈，真是使人高兴的事。漫谈最后总是会归结到一定的话题上去的。因为主人目前正在进行着鲁迅研究的工作，他正以鲁迅日记为线索，把日记里提到他的地方，都一一回忆，进行注释。回忆四十多年前的旧事可不是容易的，有时就还需要考证，要根据大量的文献材料排比、推勘，因此这个工作也是引人入胜的，这样，漫谈也就逐渐集中到鲁迅先生身上了。

实在也并非今天才有的发现。十多年来，我是经常地、日益感到了鲁迅先生的伟大。我常常想，在“文革”中，有那么多人曾被立案审查，可是我们的鲁迅先生呢，他的著译、书信、日记……全都早已印行，向全中国以至全世界人民公开了，时间也远远超过了十年。关于先生的回忆、研究工作也一直没有停止，在某一意义上说，先生是五十年来经受着最广泛、深入的全民的“审查”的，结果如何呢？他屹立着，而且还将永远屹立在人民的心中。

主人的淡锋转到了三十多年前的“左联”时期。他是认识张春桥的，当时张是钻进“左联”外围的一个小特务，那丑恶名字第一次在上海出现还是在他编辑的《文学》月刊的一条文坛消息中，这事还是看了张春桥的材料后才记起来的。当时自然没有谁知道张春桥的底细。可是鲁迅先生从狄克的一篇文字里就抓住了狐狸的尾巴，一直到一九七六年张春桥落入人民手掌为止，被揪住尾巴的张春桥一直心惊胆战了三十多年。难道鲁迅掌握了张的什么材料么，自然并不。先生看事是从大处着眼的。《八月的乡村》是日本军阀和国民党反动派所一致痛恨的，狄克也看了不舒服，这就证明他们其实本是一伙，任何极左的花招都掩盖不了这个基本事实。

浙江是鲁迅先生的故乡，先生曾引用明末王思任的话：

“会稽乃报仇雪耻之乡，非藏垢纳污之地！”并引以为浙人的光宠。到浙江来游览，首先想到了先生，时时注意到先生所着重指出的越人的传统精神，应该是十分重要而且理所当然的事吧。

承主人的好意，要陪我登上葛岭去访问初阳台。已是七十四岁的高龄了，但还很清健，换了双布鞋，提了根手杖，就出发了。山路是颇为荒秽的，也很陡峭。没有什么游人，但我看这里的风景实在极好，随处都有合抱的古树，峻削的崖石和淙淙的涧水。有一处地方，格局与苏州虎丘的剑池极为相近，但论雄浑幽峭，还要好得远。再攀登上去，就可以看到沿山构筑的一排佛殿。走进去看，大殿里没有佛像，现在是藏贮农作物的仓库。我们在小小的前庭的石凳上坐下来休息，看那山巅的殿宇，已经多年没有修整了，但大体上还是完好的。右侧的一株皂荚树，两三人合抱的，亭亭地矗立着，亭亭如盖的树冠，干净挺直的树干，经过了多少年的风霜雨露，生命力依旧是旺盛的。

据《西湖游览志》，这一带旧有智果寺，玛瑙寺，现在的这一所“葛岭寺”不知道它的旧题究竟是什么。附近应该还有葛翁井，据说就是葛稚川当日“投丹之所”，还流传着一些奇突的神话，也来不及寻访。我们走出寺来继续登山，终于攀上了初阳台。这是葛岭最高的处所，是一个双层的石筑，年代并不久，也没有什么碑记。在台上，吹着清冷的山风，远眺西湖，四面的群山，也正像一座精致细巧的盆景。

就在这左近，曾经有贾似道的别墅“养乐园”，山麓则又有宋理宗赏给他的集芳园。这些当然连一些痕迹都没有了。不过，登上葛岭，是不能不想到这位贾平章和他那有名的“半闲堂”的。前两天在苏州，看见过改编成京剧的《李慧娘》的广告，从无线电广播里也听到过花面饰演的贾秋壑的唱段，可见人们又重新记起了他。这个反面教员的作用，看来到今天也还没有完结。

在苏州、杭州，和全国其他别的地方，听说林彪都曾建筑了他的“离宫别院”。如果说南宋小朝廷的贾平章只能在西湖边上经营他的安乐窝，林彪可就阔气得远，他是在全国范围内经营的。林彪在杭州的“行宫”并不在葛岭，据说是在龙井道上三台山的什么疗养院后面。当年贾似道的花园，是不许老百姓看上一眼的。有游骑过门者，就要被“侦事者”捉了去，“有官者黜，有财者籍，”甚至“缚投火中”。但这还不彻底，林彪则是用重兵守卫，因而没有谁能窥伺那奥秘。林彪摔死以后，有人曾去参观过外围的一二建筑，瞠目结舌地回来了。虽然不能知道详细，但可以断言，绝非什么半闲堂所能望其项背的。我们过去为了进行阶级教育，曾经布置陈列过一些地主庄田展览馆，取得了很好的效果。那么，林彪之流的“行宫”，是也可以考虑整理开放的。它所提供的反面教员作用，也必将远远超过无论哪一座地主庄田。

（一九七九、五、卅）

苏曼殊及其他

去杭州之前先在苏州停了一天，照例又到旧书店去看看，买了几本旧书。现在的书店，不用说木版书，就连五四以来的新文学书，也是“稀如星凤”的了，因此看到一叠北新书局版的《曼殊全集》……，居然还是毛边的，真不由得为之眼明，赶紧买了下来。书价比原来的定价大约涨了四倍，看来也还要算是便宜的。于是高高兴兴地将这重重的一叠又背到了杭州。难道我是想背着曼殊的遗著到西泠桥畔去凭吊他的墓塔么，当然并不是。我早已知道，曼殊和陶成章、秋瑾、徐锡麟等人的墓，早在一九六四年顷就已迁往龙井附近的吉庆山（即鸡笼山）麓了。时间已经过去了十五年，中间还经过了“文化大革命”，这些迁到新址的旧墓，情况怎样了呢？不知道，打听熟于杭州历史、掌故的朋友，也只是摇摇头，我也就不再追问。时令已经进入初夏，我也真的没有那样好的兴致跑到山凹里去寻根究底。

西泠桥边的曼殊墓我是访过的，还曾站在那墓前的塔铭旁边照过一张像，这已经是三十多年前的事了。现在回忆当时对曼殊的印象和感情，是颇为复杂的。曼殊当然并非使我敬佩的英雄，也并非怎样使我爱重的文学家。他那著名的、成为鸳鸯蝴蝶派先河的小说：《断鸿零雁记》……就从来不曾读过。不过他那首“春雨楼头尺八箫……”却是背得烂熟的。他所译的拜伦的《哀希腊》以及师梨（雪莱）、彭斯等英国诗人的作品，那一小册印得非常精致的《文学因缘》，我也是知道的。他的畸零身世，他的许多小故事，例如在十分困窘的时候，忽然得到一笔钱，却立即全去买了巧格力、冰淇淋之类，而且统统吃下去了。好像他就是这样死掉的，就死在上海广慈医院（现在的瑞金医院）里。这一切当然都不能算作英雄的事迹，但也并不曾引起人们的反感，因为并没有谁号召大家向他学习，也去拼命地吃“朱古力”。总之，这都是个人的行动，即使有些古怪，也并不为社会带来什么特别的坏影响。基于以上的种种理由，应该说我对曼殊是怀有好感的，对他长眠在孤山西麓的一个角落里也没有什么意见。

在过去的时代里，许多人都有死后埋骨在西子湖畔的愿望。这当然是可以理解的。那时候，当然也不需要经过什么特别的手续，只要有钱，有些地位，就可以。因此西湖边上，在很长一段时期里几乎成为活人与死人一起“撑市面”的地方。十多年前在这里进行了一次大扫荡，那理由据说也就是这个，不过使用了极左的思想方法，“理论”也更为彻底。朋友告诉我，当时大声疾呼的是，西湖已经为古人、名人、死人、洋人、帝王将相、才子佳人所占领了，这可真已达到了极端严重，不可容忍的地步。为了彻底改变这种情况，就非来一次彻底的大扫除不可。今天我们所见的西湖，就是做过了大手术以后的样子。朋友在向我追述这一段珍奇历史时，顺便问道："你猜猜看，洋人是哪一个？"我努力搜索自己贫乏的历史知识与记忆，一时竟想不出。看着朋友眏着的眼睛，灵机一动，忽地想起了："该不是苏曼殊吧？""对了！"朋友回答，似乎颇赞赏我的聪明。

西湖上曾经埋葬过一个"洋人"，这一道试题确是尖端的、高水平的难题，我庆幸自己竟自不曾落第。

大家知道，曼殊始名宗之助，"其先日本人也。王父忠郎，父宗郎，不详其姓。母河合氏。以中华民国纪元前二十八年甲申，生玄瑛于江户。玄瑛生数月而父殁，母子茕茕靡所依。会粤人香山苏某商于日本，因归焉。"（柳亚子：《苏玄瑛新传》）这就是曼殊为什么姓苏的缘故。老革命党人柳亚子的气度是值得钦佩的，他在从事革命时亲密伴侣的身后，为之搜集遗文、编写传记，几经考虑、考证，终于毅然揭示了曼殊血统的真相。他是实事求是的，他没有因爱重这位诗人朋友而硬说他是同胞。今天看来，苏曼殊作为日本血统的中国人，在七十年前中国的种族革命中，与中国的革命者结下的深厚情谊；他为中国新文学运动所作的启蒙工作；作为一位深通梵文的和尚，他在中国讲学播下的文化种子。……这一切都成为中日两国人民美好友谊的历史见证。因此，在十多年前，他被当作一个"外国人"从西湖边上扫地出门，是不公正的。这当然又是那一伙所干下的一件极为愚蠢的恶行。

在柳亚子和儿子无忌所著的《苏曼殊年谱及其他》书前，印出了一页“曼殊上人墓”的画幅，还有一页墓地位置的草图。仅在孤山岳坟之间的角落里，就记录了林由、陈勤生、林和靖、冯小青、尹维峻女士（曼殊女友）、林寒碧（曼殊友）、苏小小、秋瑾、陶成章等人的墓。这是一九二七年的情形。这些名人（也有并非名人）的墓，有一些是好事者所造出来的，如苏小小墓与后来出现这里还来不及著录的、由“海上闻人”黄金荣等造的武松墓。武松固然不失为一条“好汉”，不过他为什么要葬在湖边呢？那依据不过是小说《水浒》后半部里说他战死在钱塘门外。墓里葬的是什么呢？怕也只有“闻人”们自己知道。“闻人”们要为他们的帮会壮声威，拉了“好汉武松”们来帮忙，制造了假古董。可惜几十年后出现的“四人帮”帮派的徒子徒孙，不能领会前辈的苦心孤诣，一股脑儿也给平掉了，实在可惜得很。

要使枯骨在西湖边上立定脚跟，只要有钱有势就行，完全用不到什么人民的批准。在过去的时代里，好像也确是如此。不过这到底是行不通的。远在“四人帮”还不曾出现时，什么林由，“忏慧词人”之流，就几乎没有什么人知道。这些坟，也用不到进行什么“大扫除”，早已不知去向了。这是通过人民群众在历史过程中所进行的清洗，那结果总是正确的。虽然看起来慢一些，不及下令砸烂来得痛快。

无论怎样的名人，想不经人民批准，长久霸占湖山胜处，总是不能长久的。

事情还有另外一面。

秋瑾的墓不见了，换上了一个新造的亭子，有些人是懂得那用意的。但多数人不懂。太阳晒得有些难受了，赶紧躲进亭内，抬头一望："风雨亭"，还疑心自己是白日做梦。

秋瑾、徐锡麟、陶成章，还有曼殊，他们得以葬身湖边，因为他们都是辛亥革命前后死去的革命者或同路人。还有更古的岳飞、于谦、张苍水，以及林和靖，他们也各以其特殊的理由葬于西湖旁边，不幸其中有些正是所谓"帝王将相"和"才子佳人"。不论怎样说吧，他们都曾经是历史上的客观存在，采取不承认主义是不行的，那是只有阿Q才使得出来的妙计。像"四人帮"那样的放手荡涤，企图达到"眼不见为净"的目的，实践证明，是不行了。看来也只有实事求是，区别对待，一个个都给他们以恰如其分的历史地位。这工作一定是麻烦的，但必须耐心作，没有别的法子想。

西湖在中国和世界人民心中留下的形象，除了自然风景以外，曾在这里生活过、有些死后又葬在这里的许多历史人物可能还起着更重要的作用。没有了这一面，西湖的形象就不可能是完整的。明末的张岱写了《西湖梦寻》五卷，在《梦忆》里也有写西湖的名篇。张宗子是杰出的散文家，他在这些篇章里，几乎用了全力来写西湖的人和事。他很少孤立地描写风景，即使那风景是非凡美丽的。他比那些山水、田园诗的作者高明得多也聪明得多。张宗子是个都会诗人或市井诗人，他对生活与政治的兴趣远较自然为浓烈，因此他不大像是古典的而更是近代的。

以"花港观鱼"为核心建设起来的西山公园是非常出

色的大型新式公园。不过它对游人的吸引力还是比不上另外一些旧有的风景点，就因为它的历史色泽比起自然风景来不能算是突出的。这也许是一种偏见，但我相信这并不是我个人的偏见。

（一九七九、六、六）

怎样游湖

我不是书画收藏家，不过有时偶然也买几幅来挂挂，风雅的说法就是所谓“补壁”。我所买的几乎全是字幅，因为这比画要来得便宜。我所买的最古也最有趣的一件是陈老莲的草书诗轴，用淡墨狂草写的一首七绝。

> 半年不到西湖住，梦想西湖亦半年。今到湖边住几日，两山山气已秋天。

没有查过《宝纶堂集》，不知道这诗曾否收入集中。字写得狂放飘逸，属“洪绶”二字款，下钤印记。三百年前的旧纸，发着浅灰色，好像满幅都笼罩着雨意。

五年以前，这张字也被从墙上拉下和别的东西一起拿去了。不久前我从一张“清单”上发现了这名目，不禁引起了怀念之情，就跑到××馆里去打听它的下落。一位曾经是相识的先生，听了来意，把眼睛一翻，说道：

“有这事么？你先按手续填表来申请。……如果处理掉了，就折价发还给你。”

他还大略交代了一些“规定”。我也无心细听，跑出来了。

因为要写湖上小记，坐在书案前冥想，面着壁，那张陈老莲的条幅仿佛依旧满含雨意地挂在那里。我想，老莲这诗是写得好的。这是画家的诗，他没有费什么多余的笔墨就写出了西湖两岸之间的“秋气”，这是怎样的“气”呢？我说不出，怕也没有谁能说得清楚，但人们都不言而喻地知道画家说的其实是什么。

画家还明白地声述了他只要一离开，就在梦里也总是惦记着西湖的依恋之情。这也是我们这些平凡的过客所万万不及的。

人们看了经常出现在陈老莲笔下状貌奇古的人物，总会把画家也想象为穿着古衣冠、凛然不大好亲近的老头儿。我想这可能是误解。他的朋友张宗子曾经为他写过一些出色的特写，其中一则就题为《陈章侯》，记他于崇祯十二年己卯在湖上时的故事。（《梦忆》）他们月下在断桥附近划船，章侯吃得大醉，“卧船上嚎嚣”。又嬲了一位搭船的少女一起吃酒，一直吃到“漏二下”，少女下了船，“章侯欲蹑之，见其过岳王坟不能追也。”这大约不会是造谣。张宗子在别的地方还说起他能唱“村落小歌”。老莲在湖上“定香桥畔”为张深之北西厢作出色的插图，也是己卯年事。这定香桥就在“花港观鱼”东面、苏堤的映波桥与锁澜桥之间，现在也还依然无恙。推算他这时是四十二岁，已经不是青年了。

张宗子、陈老莲这些人大抵可以看作明末知识分子的一种典型。他们大都出身于官僚地主阶级，不过并不是这个阶级的“肖子”，不求“上进”，也不大关心政治，却把全部精力花在“风雅的事业”上。在那种世纪末的“颓风”之中，他们尽情地享乐着。但与那种穷奢极侈的大地主不同，他们的经济地位比较低，但更能理解人生，也更懂得生活的情趣。这是一个显著的差别。宗子在散文写作中达到了很高的水平，晚年更集中全力修撰国史；章侯在书画上取得了特异的成就。他们后来都成为遗民，浑身浸透了亡国的悲哀。他们是那个特定的时代的产物。

他们都和西湖有着密切的关系。这是他们生活游乐的重要据点，也是进行艺术创作活动的基地。他们对西湖的理解是深刻的。他们不是匆匆的过客，和作过短期地方官的白居易、苏轼也不同，也不是本地的土著。他们在西湖上的活动，与常人是不同的。张宗子写过一篇《西湖七月半》，坦率地批评了种种游湖的方式。他说：“西湖七月半，一无可看，止可看看七月半之人。”这种见解不能不说是高明的。但他批评那些醉生梦死的上层人物，只是因为他们不懂得风雅，他说，“杭人游湖，已出酉归，避月如仇”，这是很尖刻也很确切的批判。他自己的办法是等大批游客散尽以后，“始舣舟近岸，断桥石磴始凉”，然后吃酒、唱曲，“此时月如镜新磨，山复整妆，湖复颒面”，最后一直闹到东方将白，才从舟“酣睡于十里荷花之中，香气迫人，清梦甚惬。”这是有代表性的一篇西湖欣赏名作。今天读了也还是不能不佩服他的文采与特出的美学见解。看来他似乎是十分厌恶世俗的游乐方式的，但他却又用极热情的笔墨描绘了“数百十万男男女女老老少少”，在昭庆寺的“香市”期间的欢乐。这样，张宗子实在是个近代的“市井诗人”，而并非“不食人间烟火”的什么风雅的精怪。

这两种看似矛盾的感情在他的身上获得了奇特的统一。我看张宗子还是喜欢热闹的，也就是接近人民的，但时时有“洁癖”露头，那是他的阶级教养带给他的不能摆脱的痕迹。

比起谢灵运、陶潜、王维来，我们更接近张宗子，也更能理解他的心理状态。

这样，在湖上徜徉的时候，不免时时想到了张宗子。

在虎跑寺里我吃了一餐午饭。那真是空前的盛况。在两间过去的佛殿里，摆满了八仙桌，连走路都有些困难。吃饭的和等候座位的人挤满了每一块空隙。就连外面院子里也挤满了人，人们就把菜盘放在花树四周的石坛上，蹲在那里吃着。殿内墙上挂着水牌，上面写满了菜蔬的名色，点菜的手续是由服务员到台子前面来办理的，简便得很，菜来得也快，在这种地方都显示了很好的效率。不过菜蔬的味道却不怎样好。倒不是原料不行，鱼、虾、肉、蛋……是丰富的，量也多。但烹调的手法却说不上了。大抵那些菜都早已烧好，只要随时盛出来就是。我叫了一样杭州名菜“炸响铃”，那是一种油炸的豆腐衣制品，盛来了满满一大盆，可惜是凉的。不过我还是十分满足地一起吃下去了。同桌的人面前都摆了一只粗花大碗，里面盛着黄酒、啤酒和红色的五加皮、葡萄酒，大口地喝着。单是这喝酒的方式，也使人看了神旺。这一餐饭我吃得非常满意。并不为了菜蔬怎样精致，而是从饭桌上充分领略了人民的欢悦，也看到了物产的丰足。这样的经验，不只是在虎跑，在灵隐外面的“天外天”，玉泉的“山外山”，城里的“知味观”“奎元馆”……，是到处可见的。我没有参加过什么宴会，也没有吃到什么名菜，一直挤在普通的游客、市民中间吃着普通的丰盛的食物。这种方式自然和雅人的浅斟低酌天差地远，不过我确实喜欢，并感到了非凡的满足，应该说，这是此次到杭州来游览得到的最愉快的经验。

（一九七九、六、廿八）

胥涛

站在六和塔上，可以望见钱塘江和大桥以及对岸的萧山。江水是平静的，一些都看不出什么波涛的迹象。自然，这里不比海宁，时令也不是秋天。但依旧不能不想到江潮，因为现在登临的这座巍峨雄俊的古塔，就是北宋开宝年间始建"以镇江潮"的。

鲁迅《阻郁达夫移家杭州》诗的开头两句就是"钱王登假仍如在，伍相随波不可寻。"可见一提起杭州，先生首先想到的就是钱塘和江潮。鲁迅写的不是什么流连光景的怀古诗，他提到的两个人物，吴越国的钱大王（镠）和伍子胥，照我看来应是一对正反典型人物。

据有十三州土地的钱镠，是五代时十国的国主之一。钱镠是个小小的封建割据者，是一个很会盘算的人，颇懂得一些经营管理的道理。他修筑了钱塘江的石堤，造了海闸阻止海潮内灌，在内河也兴修了水利，这一切对浙西农业的发展都起了好作用，自然也都是对老百姓有好处的。不过钱镠的终极目的并非为人民服务，而是想从他们身上挤出更多的油水来。这是很简单的事实。但在十多年前，却变成了深奥的道理。历观中国历史，一些比较聪明的开国皇帝，都懂得养鸡生蛋的道理；可是到了“末世”，皇帝逐渐糊涂起来也急躁起来，来不及等母鸡生出蛋来，索性断然杀鸡取卵。痛快是痛快的，但自己也马上随即垮台了。一些“理论家”似乎不大容易领会这个简单的道理，拿了一顶“让步政策”的大帽子扣到一些历史学家头上，唾沫横飞地指责他们和某些开国皇帝是一党，很鼓噪了一阵。钱大王地下有知，看了这样的闹剧，一定也会暗笑不已的吧。

钱镠剥削老百姓的手段也很不弱。在他的治下，捐税的名目多得很，鸡有税，鸡蛋和小鸡也有税……可见他很有一套严密的税法和收税手段。纳不起税的小民就要被捉到宫里去打屁股，打多少也按欠税数目而各有等差。他还大兴土木，为自己建造穷极壮丽的宫室……总之，这是个贪虐无度的统治者。

鲁迅说，钱大王死了快一千年了，可是好像并没有死。这自然是说的二十世纪三十年代中国的政治现实。

在下面的一句诗里，鲁迅对伍子胥是寄予了同情与怀念的。因为伍员是一个伟大的复仇者。鲁迅是不避忌报复的字样的，他对绅士们所主张的宽容的斥责是无情的。他喜欢引用“吾越乃报仇雪耻之邦”的话。在这里，他是把钱塘江潮和伍子胥联系起来，作为一种浙东人的可贵品格来加以歌颂了。

我记得，辛亥前几年，在东京的留学生所办的宣传民族思想的杂志中间，有一种就取名《浙江潮》。

钱塘江潮从很久以前就有一个很别致的别称——胥涛。

这里有着一些很荒唐也很美丽的传说故事。

发还的旧书里有一本海宁俞思谦所作的《海潮辑说》，好像是颇为少见的书。在两卷中间作者辑录了许多有关海潮的记载、故事，他还观察、论述了潮水的规律。在阮元所撰的序中，也说“观古人之书，兼采泰西之说，妄为扣槃扪烛之论，惟期其理明事实而已”，秦瀛序对此也有所探讨；二百年前学人的这些讨论，在科学史上是应该提到的。

俞思谦在自序中又说：“适故人历城周书昌太史方承修《四库全书》，从《永乐大典》中钞潮字韵一卷见寄，因得益增所未备。”这一卷《大典》今天不知是否尚存，此书能保存《大典》所引不见他处的材料，也是值得重视的。

关于伍员的故事，是收在“潮汐存疑第六”里的。现在抄两条在这里：

《吴语》：员将死，曰：“而悬吾目于东门，以见越之入吴，国之亡也。”遂自杀。王愠曰：“孤不使大夫得有见也，乃使取申胥之尸，盛以鸱夷，而投之于江。”

《越绝·外传》：胥死之后，王使人捐于大江口。勇士执之，乃有遗响，发愤驰腾，气若奔马，威凌万物，归神大海，仿佛之间，音兆常在。盖子胥水仙也。

《录异记》：夫差杀伍子胥，煮之于镬。乃以鸱夷橐投之于江。子胥恚恨，驱水为涛，以溺杀人。……时有见子胥白马素车，在潮头之中，因立庙以祠焉。

看了这几条，大约可以明白古代传说中子胥和海潮结合在一起的始末。近三十年前，我曾观赏过一次海宁潮。那回是盖叫天老先生忽然起了好兴致，包了一部大卡车，他的全家还加上我，一起从杭州金沙港动身到海宁去观潮。大家在堤岸高处的茶棚里吃茶，等候着潮水的来临。记得等了好久，都几乎有些绝望了，才在“来了，来了”的人声中，盼来了那潮头。先是一排排的潮水波段，缓缓地推近过来，在人们面前依次拥过去，同时还夹杂着轻轻的吼声，好看是好看的，但不免过于文雅，看了多少有些失望。正在这当口，第二次，潮头又推近来了，这回是采取了与前次成九十度的方向，直向茶棚所在的堤岸拥来，拥到堤脚，看来已经消失了，却不知怎样一来，一声巨响，潮头凭空而上，跃上二三十丈高处，雪白的浪花挥洒时，一大片茶棚里正像落下了一阵疾雨。人们惊呼了，茶桌凳子都被打翻，我站在凳子高处，裤脚也全部打湿了。

就是这一次，给我留下了极深刻的白马素车，乘潮直上的印象。我深深体会到子胥的愤怒，当然并未看见骑着白马、驾了素车的子胥的形象。正是人民的愤怒与同情，孕育了这个美丽、壮伟的神话。

回到杭州以后，盖老向我提议，在为他编写的电影剧本中，作为他在《洗浮山》中双刀舞的配景，插进一些海宁潮的镜头。盖老当时已经六十开外了，可是他在艺术上的有些构思依旧是十分新颖、敏锐的。他有一双从生活中汲取一切营养的艺术家的眼睛。他没有使用，但实际上是提出了“蒙太奇”的概念。可惜因为客观的限制，没有能满足他的这个愿望，在今天想来也还觉得可惜。

苏轼写过五首“中秋看潮”的绝句，其中有两句是“安得夫差水犀手，三千强弩射潮低。”东坡居士这一次失了算，他把夫差怯懦、愚蠢的行迳当作英雄行为来描绘了。这和前面所引的《吴语》，都说明了夫差的褊浅、狭窄的胸襟和人格。他害怕死去的子胥的双眼，把他的遗体，装进皮匣子扔到江里；他又怕乘了“白马素车”而来的子胥的英灵，命令射手向水中放箭。难道潮是射得下去的么。

我还看见过一幅姚茫父所画的小笺纸，下半部是万顷怒涛，上半部只是一轮小小的圆月。上面题着吴梦窗的词句，“想子胥今夜见嫦娥”，这也是写中秋观潮的，词句与画，却都高明得远了。

子胥是死在吴国的，可是他的祠庙为什么偏多在浙江一带？我本来是怀着这个疑问才来翻书的。发现王充早在《论衡》中就曾提出过类似的疑问了。王充是有疾虚妄的精神的，他在差不多两千年以前就批判，破除迷信，是很了不起的。但他把美丽的神话传说和迷信一起批判掉了，却不免有些杀风景。同时他也实在过于唠叨了，譬如他说：“子胥亦先入鼎镬，后乃入江。在镬之时，其神安居？岂怯于镬汤而勇于江水哉！何其怒气前后不相符也。”这真是可笑的发问。碰上了这样的学者，即使是很有科学精神的学者，也实在不能不拱手告退，看来无论如何也是说不到一起去的。

我是很喜欢伍子胥的传说的。我也很喜欢读冯至的一本小书《伍子胥》。最近又找出来翻阅。昭关的篝火，江上的渔父，溧水的浣女，吴市的箫声……我又在作者三十五年前所写的“后记”里读到他引用的《吴越春秋》的一段话，那些话是：

> 子胥归谓被离曰：“吾贯弓接矢于郑楚之界，越渡江淮，自致于斯。前王听从吾计，破楚见凌之仇，欲报前王之恩，而至于此……”
>
> 被离曰：“……自杀何益，何如亡乎？”
>
> 子胥曰：“亡臣安往？”

古代的文字，有许多是极美、极有力的。也是不能译成今言的。像《吴越春秋》里这一节话就是如此。有谁读了不为子胥巨大的终古的悲哀而激动呢？

二十多年前我在电影厂里工作。要编制写作计划了，曾自不量力地把这个创作意图和其他几个设想一起报了上去。当然这仅仅是一个意图，而且知道的人也没有几个。万万料不到，过了十年，这竟成了我一条惊人的“罪状”，一位过去的熟人，指定我的这个创作意图是想复仇、复辟……一时真的使我苦笑地发生了“亡臣安往？”的喟叹。不过我没有伍子胥的“勇气”，我没有“写出”我的第二次的“出亡”，以致直到今天还能在这里不住地饶舌。那个熟人现在又常常在许多场合里遇见，我们是有说有笑的，但在说笑中间，我总是抑制不住自己，要时时想到伍子胥，真是一些都没有法子想。

（一九七九、六、廿八）

于谦和张苍水

过去游杭州，多半是一个人随意乱走，并没有熟悉当地地理风景的朋友指引，这种“漫游”也自有它的好处。可以不为一般的成见所囿，除了遐迩驰名的“西湖十景”……，还会偶有自己“独特的发见”。而经过自己的努力“发掘”出来的事物，往往更有意思，留下的印象也更深。张苍水（煌言）的墓，就是一次无意中走过净慈和寻找过“月下老人祠”以后碰上的。记得当时曾在墓道前面徘徊了好半日，在残败荒凉的遗址前面很发了一阵“思古之幽情”。这种地方照例是没有什么游人的，比起断桥，西泠那种红男绿女、游人如织的盛况，不免显得过于寂寞了。试向湖上的游人问讯一下，有几个是知道张苍水这个名字的呢?

比较起来，更为寂寞的则是于谦。他的墓是一次我从龙井跌跌撞撞地走下山来，向湖滨走去时遇到的。这都是二三十年前的旧事了，但一直不曾淡忘。这次重游湖上，下了决心要再去寻访这两个地方。鉴于岳飞的祠墓也还在十多年前遭到了无情的破坏，于、张两墓的命运已是不问可知的。这也是我决心重访的一个原因。

旧时的记忆和路径早已模糊了，单枪匹马探访的勇气不大了，推想当年借以辨认的石刻文字……也可能都已不复存在，我怀疑不找个熟悉的人指引，是不是可能摸到那原处，也一些把握都没有。还是麻烦了曾带我去看过岳坟的朋友。一天清晨，我们约好在苏堤车站会合。出乎意外，跨过环湖南路，刚走进绿压压的树林，没有好远，就看见那里隐蔽着的两栋民居，屋宇十分陈旧了，白垩的墙面已经变成了暗灰色。朋友指着这比通常的民居气局要阔大一些的地方说：“那就是张苍水的祠堂”。果然，我们走近时就看见墙上隐约地留下淡得几乎邻近消失的墨书残迹：“张苍水先生飨堂。”

这飨堂，外面有着古旧的雕花窗格，里面黑洞洞地什么也看不见，连同那仅存的字迹，看来都不像是十分古老的遗迹，但确已破败得可观。就在飨堂的右侧，两行树木界出了一条墓道，还剩下了两行石兽。我数了一下，石马、石羊……一共有七对。规制却小得很，不是缺头就是少腿，不过都还可怜地排列在那里。正面的墓呢，记得原来有三座的，现在是光光的什么都没有了。走近去看，是一片平整的水泥平面，看来是夷平以后浇起来的。墓地四周，是参天的古树，背后远远的青山，则是南屏山、九曜山。

不出所料，在这里没有留下任何文字标识。没有朋友指引，就是摸到了也不敢断定它是谁家的墓葬。

我默默地在墓道前面站立了一会，想起了下面这些事情。

张苍水是康熙三年在杭州遇害的。这位南明的遗臣、江南抗清义师最后的领袖人物，死时不过四十五岁。他在就义之前，望着南屏一带的峰峦，曾经吐露出“好山色!”这样的叹息。他自然不是那种杀头之前还要流连光景的雅人，“好山色”当然就是“大好河山”的意思。也是在杀头以前不久，他留下了一首诗：

国亡家破欲何之？西子湖头有我师。日月双悬于氏墓，乾坤半壁岳家祠。惭将赤手分三席，敢为丹心借一枝。他日素车东浙路，怒涛岂必属鸱夷。

这是被逮以后，被押解到杭州时所作。较前一些，他还有一首《忆西湖》：

梦里相逢西子湖，谁知梦醒却模糊。
高坟武穆连忠肃，参得新坟一座无？

可见他在被逮后，甚至在这之前，就早已下定了死难的决心。这就使“四人帮”的吧儿，想象对付李秀成那样给他泼一身污水也办不到。他的遗愿后来也得到了满足。他的葬处与岳、于两墓，正好成为一个等边三角形，横插外湖的苏堤就成为三角的一股。

苍水死难以后，同乡捐资，赎回了他的头颅。鄞人万斯大等葬之于荔子峰下。黄梨洲给他写了铭，但这时还没有任何铺陈。直等到乾隆四十一年，新朝皇帝给了他“忠烈”的“谥号”，陈仲鱼等才为他立了墓门，上面写上了明朝的官衔。我想那些石人石马大抵就是这时一起建立的。为什么没有翁仲，也是可以理解的。即使当时清高宗给了赠谥，到底还不便在墓道前面立起明代文臣武将的形象来；不必说，清代冠服的翁仲是更不合适的。这就是只有石兽点缀其间的缘故了。

这样，站在张苍水的墓前，胡乱地想着，我发现自己已经停留得太久，不能不离开、离开那只剩一块光板、其实下面也不过只是葬了一颗头骨的墓地。

于谦墓地的破坏情况，比起张苍水墓还要严重得多。如果不是有人指引，我怕根本就不会找到；即使找到，也万万想不到这就是那遗址。

我们离开张墓，穿过密林，回到了环湖南路，走不多时，右折入湖西路，没好远就是“花港观鱼”的后门。正对着这后门走上去，就能望见于谦的祠庙，这里的气派要大一些，有三层殿宇，庭院里还有古老的桧柏。算算从天顺三年（一四五九）归葬起，到今天已经是五百二十年了。于谦的赐祭葬，还在明代前期，不像张苍水那样葬于易代之后，他享有较为堂皇的祠庙，是很自然的。这祠庙，现在已经变成当地一个三台山大队的废品回收站，大殿里堆放着乱七八糟的杂物。我们不好在这里细看，不知道是否还留下什么碑碣遗物。就在这祠庙的后面，新建了几间“仓库”（?），在那围墙外面，就是原来的墓道，已经被侵占掉一半。这是靠了原有的墓道两侧夹种的两排树木才看清楚的。

张苍水的墓前的两行石兽尽管肢残臂断，到底还照原样站在那里。于墓前的石兽则真的荡然无存了。除了荒榛野莽之外，墓前还种了一畦油菜和别的蔬菜，这中间斜卧着一大块青石，开始时我还疑心可能是碑碣，后来才终于断定只是一只石供桌面。此外还发现一只打碎了的石香炉，一段石刻残躯，斜卧在丛莽里，靠了当中剩下的一只鞍镫才辨出这原来是一躯石马。后面的墓，却不见有平毁的痕迹，还有三座土馒头，但规模甚小，也不敢断定是否即是原墓。我跳到倾侧的石供桌上站了一下，就立即跳下来了。石板下面有野生的一串串珊瑚珠似的朱红色小浆果，也不知道那名目，摘下来尝尝，是有着淡淡的甜味的。这就是我在于谦墓前得到的收获了。

搜寻旧日的记忆，证以朋友的解说，过去这里在很远的地方就有座石坊，墓前也有着碑碣的，现在是什么都不曾剩下。在过去的时代里，人们大概是相信丰碑大碣是会永垂不朽的吧。事实证明，这不过是迷信。因此头脑比较清醒的古人又说“纸墨之寿，永于金石”，这是有道理的。一本书，一张字，自然容易毁失，但它可以抄写、刷印，化身千百，幸存下来的机会就更多一些。十多年前的一伙败类在破坏旧迹时，把有字的石雕……都捶坏了，原是自以为得计的；但他们到底烧不尽天下的书籍文字，更销毁不了人民的记忆。他们从两千多年前的秦始皇那里学来的秘方，终于被证明是无效的。这当然不能完全怪秦始皇，生在二千年后却依旧保持着两千多年以前的头脑，才是应该奇怪的。植物界偶然留下几株古树种，就被看作珍异，誉为“活化石”；但今天许多走来走去的活人，都还保留着几千年前古人的头脑。却很少有人觉得奇怪，这本身实在就是一件大怪事。

我过去的印象是，比起张苍水来，于谦是更为寂寞的。那原因应该从近百年来的政治趋向中寻找。张苍水是明末抗清的一面旗帜，在辛亥革命前后，他的著作由当时的革命者章太炎、黄晦闻等重印行世了，在清末的民族革命中起过不小的作用，知道他的人就更多些，这是可以理解的。不过在十多年前，这种情况似乎又颠倒过来。于谦作为“反面人物”的声名，又远远跑在了前面。他们的葬地受到破坏程度的不同，也说明了这一变化。那原因是直到最近，才总算多少摸到了一点。

鲁迅先生曾经赞赏过的剧种、“绍兴大班”演出的《于谦》，最近作为“国庆三十周年浙江省献礼节目”，在杭州上演了。我没有来得及看，后来在上海才得到了观摩的机会。这是一个很好的节目。政治上、艺术上都是好的。剧种的特色尤为鲜明，使只知道浙江有一种越剧的观众大大开了眼界。同是产生于浙江的两个剧种，却有着鲜明的特异风格。一个低回婉转，一个慷慨激昂。这概括可能不是全面、准确的，不过是直感的印象。但从植根于生活的深度、广度来看，绍剧无疑要更为突出一些。

从绍剧团的“特刊”里，无意中找到了我前面提出的疑问的解答。

绍剧《于谦》是一九六二年创作的。一九六七年遭到了林彪“四人帮”的残酷、蛮不讲理的打击迫害。他们将剧本

《于谦》改为《于谦罢帅》，与《海瑞罢官》相提并论；他们说“于谦就是彭德怀”；说剧本鼓吹“宫廷政变”有理，一小撮右倾机会主义分子罢官无理。迫害的结果是剧本被枪毙，剧种濒于灭亡，许多老艺人被迫害致死。

吴晗在一九六一年写过一篇于谦的评传，称之为“明代民族英雄”，按照作者的习惯，他在于谦的官职、兵部尚书后面，加了个小注：“国防部长”。这就是被姚文元之流抓住，锻炼成为“于谦就是彭德怀”的“理论根据”。

张煌言最后从桂王那里得到的任命，恰恰也是“兵部尚书”。

林彪“四人帮”之流已经神经衰弱到了如此地步，只要看到“兵部尚书”字样就会本能地跳起来，表现出吠影吠声的吧儿本色来。

于谦和张苍水身后埋骨之处遭到平毁，就是这种歇斯底里大发作的余波。

被吧儿们紧紧抓住不放的一句“社稷为重君为轻”，今天看来是抓得不错的。这确是于谦的最大的特色。

“土木之变”，北方蒙古部族瓦拉入侵，把明朝的正统皇帝（明英宗）俘虏了。地主阶级的头子一下子变成了瓦拉太师也先手里的赌注筹码。敢于承认这一现实，顶住封建道德不可想象的压力，毅然抛掉这只筹码，是需要极大的勇气的。“社稷为重君为轻”，出自儒家经典，于谦抬出这面盾牌，当然是为了反击朝廷上主张投降的反对派，但确也说出了他的勇敢决策的本质。于谦拥立了景帝，部署了抗战力量，终于挫败了瓦拉的攻势，已经失去价值的“筹码”明英宗也被送回来了。这只“筹码”回到北京以后却发挥了也先所不曾料到的作用，在另一次“夺门之变”里，于谦、明景帝……被杀害了。

吧儿们指摘的“宫廷政变”指的是拥立景帝而非“夺门之变”。绍剧《于谦》，也不是完整地写出了这个伟大的悲剧。于谦在侵略者面前，不愧为有清醒头脑、非凡魄力的伟大英雄人物；在进行日常的封建统治阶级内部斗争时，他却显露了先天带来的软弱，他的死就死于这种软弱。这一切构成了一幕伟大的悲剧。

历史所提供的这类经验是很多的。不会死于敌人的明枪，却在暗箭袭来时倒下了。这是血的教训，但见惯了血污的人也可能产生司空见惯的惰性，这倒是值得注意的。

最后，我还想提一下这两位英雄人物和人民群众的关系。张苍水被俘以后，解来杭州途中，担任押解的小兵夜半在船头唱起了苏子卿牧羊曲；他又在船里拾到无名氏所投的诗笺，有这样的句子：“此行莫作黄冠想，静听先生正气歌。”这两件事，都引起了张苍水的注意与理解。于谦死后，人民中间传唱着一首歌谣，有这样的句子：“鹭鸶冰上走，何处觅鱼嗛！”“鱼嗛”是于谦的谐音。这些故事是美丽的，也是有生命力的。无论怎样伟大的英雄人物，只有当他永远和人民联系在一起时，他才是不死的。

全谢山撰张苍水神道碑铭里有几句话：

“每逢春秋佳日，游人多以只鸡絮酒，酹公墓下者。”我这次来游，已经是初夏，连“麦饭一盂”也没有准备，其实即使带得有酒，也将无地可酹。这是不免有些令人惆怅的。不过我想于、张二墓，迟早也必将重修，成为人民游览、凭吊的好地方。游人将被提醒，中华民族曾经孕育了这样铁铮铮的汉子，他们是民族的脊梁。

（一九七九、六、七）

石屋随想

在湖上徜徉的时候，每当看到过去十多年中人为破坏的残迹、遗痕，总是充满了愤懑。后来索性不再大惊小怪，甚至还起了一种奇怪的、可恶的念头。走到一处，就预先估计，哪些东西可能已经不复存在了。当预想得到证实，还会袭来一种“不幸言中”之感，这很像文革中间每天都要拼命挖掘的“黑思想”，也像一场噩梦后仍自徘徊不去的阴影，简直赶也赶不掉。

当我从孤山后面攀上西泠印社时，看到新辟的“吴昌硕纪念室”，马上就想到站在“小龙泓洞”池畔，光了头、手里拿了竹笠的吴缶庐的石雕像，赶去看时，果然什么都没有了。到旁边的房间里向正在装订印谱的青年女工们打听，她们嘻嘻哈哈地答道：“打掉了，早已打掉了。”好像一些都不值得大惊小怪。也许长时期来向她们提出同样问题的人太多了，像录音机似的回答起来，也只能这样。是的，就是我，也会感到厌烦的，何况是年轻的女孩子。

在孤山后面的“放鹤亭”上，没有悬挂一块匾额，只有乾隆皇帝的“御碑”在证明着这确是那原址。诗人的墓和梅树，当然也不复存在了。鲁迅诗云“梅鹤凄凉处士林”，真是一些都不错。“御碑”上刻的是“十全老人”临写的董其昌的法书，皇帝居然承认还有值得临摹，也就是字比他写得好的人，是难得的。不过董其昌的字本来就已柔媚无骨，现在又加上了一层油腻气，越发看不得了。正在无趣之际，一位六十上下文质彬彬、干部样的游客，由他的女儿（?）陪同踱了进来。他在抚摸了一通“御碑”之后，不胜感慨地对女儿说道，“他（林和靖）没有结过婚，只养了一只猫，每天给他送梅花来。”我听了不禁精神一振，这是汗牛充栋的西湖文献中也不曾记载过的“新闻”。一只会折来梅花的猫，比起只会飞去飞来的白鹤确是有趣得多了。

西湖境内有不少古石雕，最早的大约是吴越时的遗制。在我过去的印象里，最出色的要数烟霞洞里的罗汉。他们都是笑嘻嘻的，就是降龙、伏虎两位尊者也别无凶狠可怖的表情。我想这正是雕塑匠师的高明之处。龙、虎在尊者手中，也只是一般的“动物”，用不到花怎样的力气去对付的。他们应该比马戏团里的驯兽者要从容得多，这才显得出那“无边”的“法力”。在烟霞洞里，伏虎尊者膝下的虎，只不过是一只驯顺的小猫；龙则恰如一条小蛇。这是很高明的手法。这些罗汉却像一些质朴的农民似的使人亲近。他们都随随便便席地坐在那里。其中的两座是一足平放，一足支起的。有一位左手斜搁在膝上，双眼前视，像经过了辛苦的劳动以后在休息；另一位则左手支颐在假寐。这都是一些普普通通的人，一些都没有神秘的仙气，所以特别可爱、可以亲近。造型的简单、生动；刀法的圆浑，有力；都是出众的。这次到烟霞洞，正好有许多游人在照相，因此，我也没有走进去细看，只听得导游者在述说有几尊罗汉被打坏了，有几尊还在。可以肯定的是，降龙尊者是无恙的，因为导游者正为游客指点着壁上龙的浮雕。

初夏的天气有些郁闷，翻过了翁家山，口干舌燥了，就坐在烟霞洞外的石凳上歇凉。从洞口沁出了阴湿的凉气，石板地上也渗出了水痕，这一切似乎都还救不了燥渴。坐不住，就匆匆下山到石屋洞去吃茶。这地方原是吴越王创建的石屋院，洞里原有许多石雕大小佛像，现在则只剩下了一些空落落的石龛。

石屋洞的院落、茶室都经过了整修，是个吃茶的好地方。这次在杭州，花费得最多的怕是茶钱了。用泉水泡出的新龙井，每杯三角，几乎每到一处都不肯空过，总要泡上一杯，很有点武松在快活林路上吃酒的气派。一面吃茶，一面杂乱地想起了许多事情，当然并非盘算着去打什么蒋门神之类。

马夷初（叙伦）有两本随笔集，《石屋余沈》和《续沈》，就是因故乡胜地而得名的。三十多年前他给我写过一副对联，“明镫九叠翻宫本，石室三年读秘书”，也还是提起了“石室”。按照擅长用“转注”“通假”方法解释古文字的学者的意见，这里的“石室”也自然就是“石屋”了。马夷初当然料不到今天这里发生的变化。

在石屋洞侧一面吃茶，一面就回想几天来的游踪，发现杭州古石刻保存得最好的，还要算灵隐山门外的飞来峰一带，几乎没有什么损失。那天照例看见有许多人爬到布袋和尚的肚皮上去照相。这座张开笑口偃坐在那里的弥勒，怕是中国化了的佛教雕塑最成功的创作之一。无论是谁，在他面前都会坦开胸怀，放颜一笑的吧。因此我也不赞成有些人的建议，用一道铁丝网把他和人民群众隔离开来。关于布袋和尚的传说也是很有意思的。据说这位胖和尚随身总带着一只布袋，走到哪里，就将布袋里的几件东西一股脑儿倒在地上，同时招呼人们“看看，看看！”布袋里装的也没有什么宝贝，不过是几件日用的小物件。这种态度就是极好的，很值得学习。现在不是有些人就千方百计将自己的“布袋”藏在身后，惟恐人们看破了底细么？不是又有一些人把布袋在人们面前挠来挠去，却死也不肯解开袋口的绳子，好像袋里装的不是小钉、破碗，而是法力无边的宝贝。这就是直到今天还有那许多看厌了这些把戏的普通人喜欢弥勒佛，觉得还是他可以亲近的缘故。

飞来峰石雕的得到保护，是经过了严酷的斗争的。这是在乌云翻滚的日子里，透过云幕射到大地上面耀眼的光束之一。就在那样困难的时刻，也依然有许多明白事理、勇敢无畏的人挺身而出。这事使我到今天想起也还不免激动。

然而谁会料到，早在三百甚至四百多年以前，这里就曾发生过一场惊心动魄的破坏事件呢？也还是作《梦忆》的那个张宗子，他在一篇《岣嵝山房》的小文里说，“一日缘溪走看佛，口口骂杨髡，见一波斯坐龙象，蛮女四五献花果，皆裸形，勒石志之，乃真伽像也。余椎落其首，并碎诸蛮女，置溺溲处以报之。寺僧以余为椎佛也，咄咄作怪事；及知为杨髡，皆欢喜赞叹。”张宗子住在靠近弢光路上的“山房”时是明天启甲子（一六二四）。更早八十年的杭州知府陈仕贤，也干过同样的勾当。可是前些年有的研究者却提出，可能陈仕贤和张岱都粗心大意地打错了，杨髡等三像也许至今仍然混在石刻行列中间。有人说就是飞来峰摩崖上的一尊坐像，因为那下面有吹捧“杨总统”的“像赞”，但这坐像看来分明是一座菩萨，不大像是“总统”。另外有人的猜测是，弥勒像下面山麓一侧，另有一座坐像，两侧有一对侍立的比丘，认为应是漏网的杨琏真伽、闽僧闻和剡僧泽。到底如何，因为缺乏石刻题记，也还是说不准。

我在这里提起这件公案，并非想为十年前的那群丑类修“家谱”，不过，事情竟是如此的奇怪，同样的事，几百年前就有人干过了。但这两件公案，还是扯不到一起去。杨琏真伽是元帝国的“江南佛教总统”，是个作恶多端的家伙，他是元世祖忽必烈的亲信，霸占了大量民田，放肆地掠夺民间妇女和财物，还发掘了一百多座赵宋诸帝和官吏的坟墓。当时人民是恨之刺骨的。特别是掘坟一事，引起了极大的反感。唐珏就曾经收拾帝后遗骸、重新营葬，并与著名诗人王沂孙、周密、张炎、仇远等倡和，成咏物无题词一卷，就是著名的《乐府补题》。也许有人要问，掘了赵家的祖坟，为什么会引起人民的愤慨呢？这是不难理解的。人民和杨琏真伽之流的矛盾，首先当然是与入侵的处于落后发展阶段的少数民族的统治阶级之间的矛盾。他们思念故国、故君，是作为一种象征来表示对祖国的爱恋。无论是元代的宋遗民还是明代的陈仕贤、张岱，他们的行为都应该也只有这样来解释。

林彪、“四人帮”在十年中间也搞了大量为他们自己树碑立传的勾当，三年来已经被人民用最大的义愤粉碎了，这个工作到今天也还没有最后完成。张岱他们的行为就是属于同一范畴的正义行动。

激怒了的人民，决非任何伪善的、堂皇的劝解、恫吓，以至乞哀所能阻止，即使是声泪俱下也将毫无用处。

几天来在西湖周围走了一些地方，好像到处都摆脱不掉一群丑类们留下的魔影。可是湖山依旧是明丽的，浓春季节，到处是一片浓绿、生机。我忽然想起鲁迅笔下补天的女娲，和在她两腿之间玩着种种花样的小东西。“……和这类东西扳谈，照例是说不通的。”女娲后来终于省悟了。十年中间，我们也确是看厌了这些穿着古衣冠的小丈夫的充分表演，只要一提起好像就会引起呕吐。然而我还是禁不住时时要提起，倒不仅只是为了“余痛”与“余愤”，我自信还不致如此偏狭。只是鲁迅所说的那种“可怜的阴险”还不曾绝迹，不，不但没有绝迹，还换了种种新的花样时时登场了。这是不能忽视的，所以必要的“唠叨”还是省不得。

（一九七九、七、六）

“一市秋茶说岳王”

这是顺德黄晦闻（节）西湖诗中的断句。手头没有《蒹葭楼诗》，说不清那写作年代，推想可能是二十世纪三十年代的作品。不过诗人笔下的风景怕是几百年来一直就已如此了。那是描写西湖边上熙熙攘攘的茶肆中坐满了茶客，大家都在认真地聆听说书人演讲岳飞故事的场景。其实又何必西湖，这样的场景，在全中国，只要有茶馆和说书人的地方，大抵总是存在的。

西湖而没有了岳坟，简直是不可思议的事情。

但这样的事竟自发生了，而且延续了十年之久。这才真叫作稀奇。

现在是已经到了这一切稀奇古怪都将彻底结束的时候。虽然还没有正式开放岳王庙的正门，围墙已经整修一新，门额也已新加了金碧的髹彩，人们到灵隐寺去，在车上就能望见。不论是初来还是重游，有谁不为此而高兴，而感到心情舒畅呢？政策已经落实到像岳飞这样古人的身上。这是有目共睹的。

到杭州的第二天，就由朋友陪了去看正在修整中的岳坟。

岳墓已经重新垒了起来，岳云的墓也照原样位置在左侧。墓道两侧的石翁仲也竖起来了。这一切都恢复了原来的样子，墓上的覆土也长出了茸茸的新绿，看来似乎不是新茔而俨然是原有的旧冢。

从现存的资料看，三十九岁的岳飞被诬死以后，到绍兴末年才初步得到昭雪，宋孝宗时得复原官，得到“武穆”的谥号，改葬栖霞岭，就是现在岳墓的所在。祠庙后来荒废了，在元代至元中重修。从明初开始，又曾多次重修。在最近的修复过程中，在墓道西侧地下，还发现了两具石人，一个完整，另一个则只剩下了一颗头颅。和出土的古代玉石雕一样，表体已经露出了朱红色的纹路，石刻的轮廓、锋棱也都浑圆了。我疑心这并非石俑而是早期岳墓前面的翁仲，他们比现存的翁仲还要高，身体和面部都是修长的，身前抚着长剑，造型也秀特得多。如果现存的翁仲是明代遗物的话，那这两具很可能就是宋代的原物。

秦桧、王氏、万俟卨、张俊等四个人像，反接着跪在墓前的，从明正德中就开始出现了，据旧记原来是铜人，可是我过去所见就已经是铁铸的了，而且也已残坏得不成样子，那是多少年来人民群众尽情发泄正直义愤的结果。这对立面的安排，证明中国人民一直对反面教员的重视。它们也真的起了极大的宣传教育作用，人们从这里明确地认识了什么是正义，什么是邪恶与耻辱。十多年前，林彪、“四人帮”的爪牙不但平毁了岳坟，同时也“解放”了坏种，他们就是如此惧怕人民的裁判。现在四个新铸的坏种又已重新跪在那里，其中三个是从汤阴岳庙里取得的范本，秦桧的形象则是北京历史博物馆提供的。这实在恢复得好。过去是不能忘记的，人民的裁判也是不能不执行下去的！

一位年青的女同志手里提着盛水的小桶，用布擦洗着横七竖八睡在地上的残碑，一面还做着记录。岳坟的历代碑刻原来有八十二块，现在找回来的不到一半，而且大半都是碎块。著名的《满江红》碑，被捶碎为四节。园林管理和文物工作者是做了努力的。当风暴袭来时，他们把有些石刻埋在地下了。碑廊原也已封闭起来，躲过了最初的洗劫。但后来，又出了新的花样，要利用碑廊办什么展览，还是一股脑儿捶碎了。现在只能有选择地恢复。我看见一位老石工在廊下细心重凿一块新碑，他半坐在碑石上，侧身用凿盘子细心地修整着已经基本完工的碑身，旁边放着折起的原碑拓本。像这样能刻碑的老石工，据说现在只剩下了六位。人们还预备从河南汤阴的岳庙里影刻、据说是岳飞所书的诸葛亮前后《出师表》；在成都武侯祠里也有岳飞写的《出师表》，是雕在楠木壁板上的。两者不知是否一个本子。我想，今存的宋刻宋拓丛帖中就还收有岳飞的遗迹。如南宋曾宏父在嘉熙淳祐间所刻的《凤墅帖》在续帖四《南渡忠义帖》《将相帖》中就收有岳飞的一通手札。曾宏父以南宋人收集当时著名人物的手迹扰刻传世，不同于展转传刻前代旧迹，他本人又是有识别力的鉴赏家，因此所收诸帖的真实性该是可以信据的。

看岳飞一扎的书法，正是当日流行的苏(轼)书。这就为我们提供了鉴定传世岳飞书迹的重要依据，原信结尾处有一段说：

平虏亭记甚佳，可勒诸石。但过情之誉为多，岂疏拙所宜当。悚仄、悚仄。飞再顿首。

这里提到了有关岳飞的一些事，也牵涉到抗金战争，虽然只是一封短信，也是值得珍重的。看来应该细细地抚刻了保存在这里。《凤墅帖》宋拓原本现在就藏在上海图书馆里。

正殿和寝殿也都重修了。原有的岳飞塑像是一座文像，时代甚近，手法也不高明。因为岳飞后来被封为“鄂王”，记得原像就戴着有旒的王冠，手执笏版，规规矩矩地坐在那里的，与一般的神像没有什么区别了。现在的新塑则是穿了铠甲微侧的坐像，我看到的还是白垩石膏素坯，还不曾着彩。神情比旧像好得多了。在另外一间便殿里，有两位美术工作者正在为两三座岳飞像的模型细心地上着彩，准备提供讨论选择。现在出土文物多起来了，宋代也还不能算是远古，今天是有条件制作得更接近于历史真实的。我衷诚希望不在这里原封不动地又看到一位京剧《挑华车》里的岳飞。

我有一册旧刻的《岳忠武王庙名贤诗》，七年前被“四人帮”的爪牙抄去了，至今还收不回来，想在这里引用一些材料也不可能。不过还是可以努力从记忆里挤一点什么出来的。这是一册很别致的书，前面附有宋史的《岳飞传》，就正是元刻的抽印本，这在今天是只有内阁大库旧藏的残本传世；《名贤诗》前面几页的刻工，与宋史的刻工同为一人；后面的若干页，行款、风格就各不相同，显然是在若干年中随时增补的。《名贤诗》的编者就是元至元间重修岳飞祠墓的天台僧可观。所收的诗篇，辑入《辍耕录》和《西湖游览志》的不过五六人，连十分之一还不到。作者中间记得有方秋崖、张安国、柯九思、杨廉夫等人，最有特色的是贯酸斋的一首七绝，这位著名的散曲作者的诗与正宗文士全然不同，凑巧我曾抄在《游览志》中，现在就转录在下面：

剑戟横空杀气高，金兵百万望风逃。自从公死钱塘日，便觉河山把不牢。

这是很有些民间文学气息的，也朴素地传达了人民的心声。也许有人觉得这不免过于夸大了历史上个人的作用，在我看，贯酸斋是把岳飞之死看作南宋统治者政治路线转变的一个明显的分界线的。我们可以懂得诗人的意思。至元中重兴祠宇，丹邱柯敬仲曾经尽了力，他有几首诗，写得慷慨凄凉，对岳飞寄予了深厚的同情，柯九思是元朝帝室的文学侍从，他的意见可以代表当时上层人物的一般看法。也抄一首在这里。

行尽西泠见墓林，落花飞絮总伤心。数声杜宇迷清画，两个麒麟临绿荫。座上高僧能说法，道旁遗老尚沾襟。平湖箫鼓非前日，隔岸楼台暮霭深。

如果说柯九思诗还是写得颇为蕴藉的话，一些下层文士对南宋君臣的斥责就更严厉，几乎达到了声色俱厉的程度。他们骂投降苟安的宋高宗为“孱王”，骂酣舞湖山的大小官僚为“庸奴”，这些也更接近人民大众的心。

赵子昂曾经恭楷写了方回（也是一个无耻的角色，曾经在北京柴市刑场上最后还要劝文天祥投降的。）所撰的《岳坟褒忠衍福寺复业记》（大德九年），附刻在《名贤诗》后。他又写了“南渡君臣轻社稷，中原父老望旌旗”的诗，收在《名贤诗》中。不过一般评论却不大好。赵子昂是宋宗室，作了元朝的贵官，后来又写出了“往日兴亡今莫问，且将忠赤报皇元。”那样的句子，难怪要受到指摘。元人诗就说“何事挥毫松雪老，不知芳草怨王孙。”真是批评得一些都不差。

这本《名贤诗》用辑录游客留题的方式收集了南宋到明初社会各阶层人士对岳飞的评价，是几百年前很好的一次民意测验。不会作诗的普通老百姓的意见则干脆痛快，直截了当地表现在秦桧等四个人的身上。在这里，人们的意见取得了惊人的一致。当然，反面的意见也总是有的，天下事总不可能铁板一块。可惜他们只是在阴暗的角落里叽叽喳喳，不敢公开说出，更不必说形诸文字，因此记载中也不见。只是到了十来年前，一群打着极左旗号的小丑，公开跳了出来，把岳飞和秦桧一起砸烂了。他们口口声声喊着阶级分析的口号，但这时却完全不要分析。同是帝王将相，在激烈的阶级矛盾、民族矛盾中，他们代表的是哪个阶级的利益，也不必问。是急于“革命”，来不及仔细考虑么，怕也未必。他们不过是打击忠良，保护坏种，也就是保护他们自己。如此而已。

（一九七九、五、卅一）

补记：

《西湖志摘粹补遗奚囊便览》十二卷，明万历刻本。这是四百年前出版的杭州导游小册子。前有河道图、浙江省城图等十幅板画。武林吴熹写，新安黄尚中镌。插图的特点是保存了丰富的社会风俗史料。这里有一幅岳王坟庙图，采用了中国的传统画法，但大致忠实记录了岳庙的景物。秦桧等四个铁像几乎成为“主角”，旁边还有两个指斥、鞭打的游人，这就简洁而突出地点明了主题。那前面又有打拳卖艺的，还有踢毬的。岳坟前面的石人石兽大致与今存的翁仲相同，三个吃酒的人就在岳坟前面安放了杯盘。岳坟大门外直到湖滨的一块空地上就有各种人物，有踩高跷的，卖画的，说书的，卖泥人要货的，卖书的，卖花的，骑马、坐轿，二人抬的“滑桿”，还有湖滨的茶馆。最后还不忘记描下了三种西湖游艇的范本。

这样的插图，是非常可珍的。它教给了今天的读者以丰富的历史知识，使我们大致可以了解明代中叶人民生活的场景，自然对考古学者也有帮助。

（一九七九、八、十五）

［晦闻“岳坟”诗在《蒹葭楼诗》卷一，隶于戊申诸诗中，为光绪三十四年（一九〇八）作。一九八〇、十一、廿一记］

白下书简

秦淮拾梦记

在住处安顿下来，主人留下一张南京地图嘱咐我好好休息一下就离开了。遵命躺在床上，可是无论如何也睡不着。只好打开地图来看，一面计划着游程。后来终于躺不住，索性走出去。

在珠江路口跳上电车，只一站就是新街口，这个闹市中心对我来说已经完全变成了一个陌生的地方，新建的市楼吞没了旧时仅有的几幢“洋楼”。三十年前，按照我的记忆，这地方就像被敲掉了满口牙齿的赤裸的牙床，只新装了一两颗“金牙”，此外就全是残留着参差断根的豁口。通往夫子庙的大路一眼望不到底，似乎可以一直看到秦淮河。

在地图上很容易就找到了就在附近的羊皮巷和户部街。

三十三年以前，报社的办事处就设在户部街上。这真是一个可怜的办事处，在十来亩大小的院落里，零落地放着许多大缸，原来这是一个酱园的作坊。前面有一排房子，办事处借用了两间斗室，睡觉、办公、写稿就都在这里。门口也没有挂什么招牌，在当时这倒不失为一种聪明的措置。

我就在这里紧张而悠闲地生活过一段日子，也并没有什么不满足。特别是从《白下琐言》等书里发现，这里曾经有过一座“小虹桥”，是南唐故宫遗址所在，什么澄心堂、瑶光殿都在这附近时，就更产生了一种虚幻的满足。这就是李后主曾经与大周后、小周后演出过多少恋爱悲喜剧的地方；也是他醉生梦死地写下许多流传至今的歌词的地方；他后来被樊若水所卖，被俘北去，仓皇辞庙、挥泪对宫娥之际，应当也曾在这座桥上走过。在我的记忆里，户部街西面的洪武路，也就是卢妃巷的南面有一条小河，河上是一座桥，河身只剩下一潭深黑色的淤泥，桥身下半也已埋在土里，桥背与街面几乎已经拉平。这座可怜的桥下不知是否就是当年“小虹桥”的遗蜕。

三十年前的旧梦依然保留着昔日的温馨。这条小街曾经是很热闹的，每当华灯初上，街上就充满了熙攘的人声，还飘荡着过往的黄包车清脆的铃声，小吃店里的小笼包子正好开笼，咸水鸭肥白的躯体就挂在案头。一直到夜深，人声也不会完全萧寂。在夜半一点前后，工作结束放下电话时，还能听到街上叫卖宵夜云吞和卤煮鸡蛋的声音，这时我就走出去，从小贩手中换取一些温暖。……总之，我已完全忽视并忘却这条可以代表南京市内陋巷风格而无愧的小巷的种种，高低不平的路面，从路边菜圃一直延伸过来的沟渠，污水面上还满覆了浮萍。雨后，路上就到处布满了一个个小水潭。……

这一切，今天是大大变化了，但有的却没有什么变化。那个酱园作坊的大院子，不用说，是没有找到。户部街的两侧，已经新建了许多工厂、机关……，再也没有了那样的空地。但街面依旧像当年一样逼仄。这时正在翻修下水道，路面中间挖起了一条深沟。人们只能在沟边的泥水塘中跳来跳去，要这样一直走到杨公井。寻找旧居的企图是失败了，但这跳来跳去的经验倒还与当年无异。

还是到秦淮河畔去看看吧。

在建康路下车，走过去就是贡院西街。我走来走去找了许久，也没有找到那座已经成为夫子庙标记的亭子。但我毫不怀疑，那拥挤的人群，繁盛的市场，那种特有的气氛，是只有夫子庙才会有的。晚明顾起元在《客座赘语》中提到这一带时说："百货聚焉""市魁驵侩，千百嘈哜其中"。这样的气氛，依然保留了下来，但社会的性质完全改变了，一切自然也与过去不同。

与三十年前相比，黄包车、稀饭摊子、草药铺、测字摊、穿了长衫走来走去的人们都不见了；现在这里是各种类型的百货店、饮食店……，还有挂了招牌，出售每斤九角一分的河蟹的小铺，和为一个热闹的市井所不可少的一切店铺，甚至在路边上我还发现了一个旧书摊。

穿过街去，就到了著名的秦淮。河边有一排精巧的石栏，有许多老人都在石栏上闲坐，栏干表面发着油亮的光泽，就像出土的古玉。地上放着一排排鸟笼子。过去对河挂了"六朝小吃馆"店招的地方现在是一色新修的围墙。走近去凭栏一望，不禁吃了一惊。秦淮河还是那么浅，甚至更浅了，记忆中惨绿的河水现在变成了暗红，散发出来的气味好像也与从前不同了。

在文德桥侧边是新建的“白鹭洲菜场”。卡车正停在门口卸货。过桥就是钞库街，在一个堆了煤块的曲折的小弄墙角，挂着一块白地红字搪瓷路牌，上面写着“乌衣巷”。这时已是下午四时，巷口是一片照得人眼睛发花的火红的夕阳。

乌衣巷是一条曲折的小巷，不用说汽车，脚踏车在这里也只能慢慢地穿过，巷里的人家屋宇还保留着古老的面貌，偶然也能看到小小的院落、花木，但王谢家族那样的第宅是连影子也没有的，自然也不会看到什么燕子。

巷子后半路面放宽了，两侧的建筑也整齐起来。笔直穿出去就是白鹭洲公园，但却紧紧地闭着铁门。向一位老人请教，才知道要走到小石坝街的前门才能进去。我顺便又向他探问了一些秦淮河畔的变迁，老人的兴致很好，热情地向我推荐了能吃到可口的蟹粉包子和干丝的地方，但也时时流露出一种惆怅的颜色，当我告诉他三十多年前曾来过这里时，老人睁大了眼睛，“噢，噢，变了，变了。”他指引给我走到小石坝街去的方向，我道了谢，走开去，找到了正门，踏进了白鹭洲公园。

这是一处完全和旧有印象不同了的园林。一切都是新的，包括了草地、新植的树木和水泥制作的仿古亭台。干净、安谧，空阔甚至清冷。我找了一个临水的地方坐下，眼前是夕阳阴影里的钟山和一排城堞。我搜寻着过去的记忆，记得这里有着一堵败落的白垩围墙，嵌着四字篆书“东园故址”的砖雕门额，后面是几株枯树，树上吊着一个老鸦窠。这样荒凉破败的一座“东园”，今天是完全变了。

园里虽然有相当宽阔的水面，但这地方并非当年李白所说的白鹭洲。几十年前，一个聪明的商人在破败的“东园”遗址开了一个茶馆，借用了这个美丽的名字，还曾请名人撰写过一块碑记。碑上记下了得名的由来，也并未掩饰历史的真相，应该还要算是老实的。

在一处经过重新修缮彩绘的曲槛回廊后面，正举行着菊展，菊花都安置在过去的老屋里，这时暮色已经袭来，看不真切了。名种的菊花错落地陈列在架上、地下，但盆上并没有标出花的名色。像“么凤”“青鸾”“玉搔头”“紫雪窝”这样的名色，一个都不见。这就使我有些失望。我不懂赏花、正如也不懂读画一样。看画时兴趣只在题跋，看花就必然注意名色。从花房里走出，无意中却在门口发现了那块“东园故址”的旧额，真是如逢旧识。不过看得出来，这是被捶碎以后重新镶拼起来的。面上还涂了一层白粉。即使如此，我还是非常满意。整个白鹭洲公园，此外再没有一块旧题、匾对、碑碣，……这是一座风格大半西化了的园林，却恰恰坐落在秦淮河上。

坐在生意兴旺的有名的店里吃着著名的蟹粉小笼包饺和干丝，味道确实不坏。干丝上面还铺着一层切得细细的嫩黄姜丝。这是在副食品刚刚调整了价格之后，但生意似乎并未受到怎样的影响。一位老人匆匆走进来和我同坐，他本意是来吃干丝的，不巧卖完了，只好改叫了一碗面。他对我说：“调整了价格，生意还是这么好。不过干丝是素的，每碗也提高了五分钱，这是没有道理的。”我想，他的意见不错。

杂七搭八地和老人谈话，顺便也向他打听这里的情形，经过他的指点，才知道过去南京著名的一些酒家，六华春、太平洋……就曾开设在窗外的一条街上，我从窗口张望了一下，黝黑的一片，什么也看不见。我记起三十多年前曾在六华春举行过一次“盛宴”，邀请了南京电话局长途台的全体女接线员，请求她们协助，打破国民党反动派的干扰，使我每晚打出的新闻专电畅通无阻的旧事。这些年青女孩子叽叽喳喳的笑语，她们一口就答应下来的爽朗、干脆的姿态，这一切都好像正在目前。

自公元三世纪以来，南京曾经是八个王朝的首都。宫廷政治中心一直在城市的北部、中部。城南一带则是主要的平民生活区。像乌衣巷，曾是豪族的住宅区，不过后来败落了，秦淮河的两岸变成了市民经济和文化生活的中心。明代后期这种发展趋势尤为显著。形成商业中心的各行各业，百工货物，几乎都集中在这里。繁复的文化娱乐活动也随之而发展。这里既是王公贵族、官僚地主享乐的地方，也是老百姓游息的场所。不过人们记得的只是写进《板桥杂记》《桃花扇》里的场景，对普通市民和社会下层的状况则所知甚少，其实他们的存在倒是更为重要的，是全部的基础。曾国藩在镇压了太平天国起义以后，第一件紧急措施就是恢复秦淮的画舫。他不再顾及“理学名臣”的招牌，只想在娼女身上重新找回封建末世的繁荣，动机和手段都是清清楚楚的。

穿着高贵的黑色华服的王谢子弟，早已从历史的屏幕上消失了；披了白袷春衫的明末的贵公子，也只能在旧剧舞台上看见他们的影子，今天在秦淮河畔摩肩擦背地走着的只是那些“寻常百姓”，过去如此，今后也仍将如此。不同的是今天的“寻常百姓”已经不是千多年来一直被压迫、被侮辱损害的一群了。

从饭店里出来，走到街上，突然被刚散场的电影院里拥出的人群裹住，几乎移动不得，就这样一路被推送到电车站，被送进了候车的人群。天已经完全昏黑了，我站在车站上寻思，在三十年以后我重访了秦淮，没有了河房，没有了画舫，没有了茶楼，也没有了“桨声灯影”，这一切似乎都理所当然地成了历史的陈迹。可是我们应该怎样更好地安排人民的休息、娱乐和文化生活呢？人们爱这个地方，爱这个祖祖辈辈的“游钓之地”。我们应该怎样来满足人民炽热的愿望呢？

（一九七九、十二、二）

补记：

偶然找到一张三十年前拍的旧照片，是当时白鹭洲公园的入口处，门上有“东园故址”的横额。

东园，是明中山王徐达的东花园，又名太傅园。其西园即今天的瞻园。两园相去约四五里。可知徐达的赐第和私园都在秦淮附近，更可见其煊赫豪奢之状。可参阅王世贞《弇州名园记》和正德《江宁县志》。永乐中成为外戚府第的蔬圃，正德中又经过布置改建，遂为金陵名园之一。

清末，园已荒废。“白鹭洲茶庐”开始出现于辛亥革命之后。曾悬有一副对联，“此地为东园故址，其名出太白遗诗。”简单说明了取名的由来。原址辟为公园，则在北伐以后了。一九七一年南京大学吴新雷于园中发现了一块断碑，系一九二四年所立之“白鹭洲茶庐建筑碑记”，茶庐的故事，大抵见于此碑。碑今已不存。

至于李白所说的白鹭洲，据《景定建康志》，当在石头城外的长江中。余怀《咏怀古迹》说，应“在府西南大江傍。”余鸿客《金陵览古》说，“西出驯象门，滨河。……河东为白鹭洲，广轮二十五里，无葭苇。村村植柳，柳阴相接。柳色照行人，衣白者皆碧。旧有‘赏心’‘白鹭’‘二水’三亭。踞城瞰洲，城下有折柳亭。宋张乖崖建，为送客之所。今城既变更，亭亦废没。”所记要算是详细的。这是清初的情况。大约在南宋以后因泥沙淤积，江流西移，洲址已与陆地相唧，不复存在了。现在这地方还有个白鹭村，属江东公社江东大队白鹭生产队。

（一九七九、十二、八）

重过鸡鸣寺

从南京回来已经四十多天了。在手提包里带回了一册日记，上面记着几天来的游踪、见闻，还有一些零碎的感想。这大半是每天深夜在旅舍的灯光下记下的，零乱得很也简单得很。至今还保留着新闻记者的习惯，无论走到哪里，随身总带着一个小本子，时时要记点什么下来，日记，其实就是这些札记的复写，只不过少少加详了一点。我想，即使落到有出色嗅觉的吧儿们手中，也会使他们感到失望的。

日记，是写给自己看的。它不如书简，能让更多的朋友分享从旅行中得到的愉乐。当然，愉乐也不会是清一色的，我们到底还不是住在完美无缺的天堂里。关于南京，我保存着好几重的记忆。这似乎有些像考古发掘中的堆集层。一九四二年的冬天，我带着一个“逃亡者”的心情第一次路过这个城市，只停留了两天；另一次是一九四六年的秋天，住的时间比较长一点，心情大不同了。一九四九年秋天又来过一次，以后还有过几次短暂的过路，接下去就是二十多年的睽隔。几次经过，简直代表了好几个不同的时代。你可以想象，当我走出南京车站的时候，心头有怎样的“历史的重载”。

我这样说，不是有些可笑吗？但它却是实实在在的。

三十七年以前一个冬天的薄暮，我和一个朋友从秦淮河畔来到了鸡鸣寺，发现这个有名的南朝胜迹，竟是这样一个荒凉破败的所在，内心充满了惊异，还有就是颓唐。当我们登上那座破烂的大殿，凭窗远望后湖时，面前差不多就是姜白石说的“游人去后无歌鼓，白水青山生晚寒”那样一幅图画。那是严寒的冬天的傍晚，哪里有什么游人，更哪儿来的歌鼓，只看到了一两个拱肩缩背，穿着破棉僧袍的和尚。在枯瘦的脸庞上，两只圆睁的大眼睛吃惊地望着我们这两位风雅的游客。还不等他们捧出茶盏，我们就飞也似的逃出大殿，逃出山门，逃下山来了。这就是我第一次瞻拜鸡鸣寺的经过。

第二次游鸡鸣寺是在四年以后一个秋天的下午。那时我已经是一个记者了，刚从蓝家庄的民盟总部采访出来，想找个地方写新闻稿，就选中了鸡鸣寺里的“豁蒙楼”。结果碰了壁，原来那里变成什么“防空司令部”的宿舍了，后来只能跑到那间大殿里吃茶。新闻没有写成，却写了一段短短的随笔，尽量地发了一通牢骚，后来还收进一本散文集里。这回找出来重看，自己也不禁失笑，不知道哪里来的那么一股怨气。随笔中出现了骂娘的字眼，用的还是英文。这种生动的词汇，在大学的课堂上是学不到的。但它对抒写当时的感情却是有用的。这也说明，在我的文字中一直就有着怎样一种粗野的文风。在那篇短文的结尾，我还写入了当时在茶桌上诌出的一首七律。说是诗，还不如说是从头脑里找到、凑出的一些历史的音符，还夹杂了一些无聊的情感，因此也就真正是不足道的了。

这次的重访鸡鸣寺，则在又过了三十三年之后。那是到南京后的第二天，一早，Y 就到宿舍里来访，说是要陪我到玄武湖玩。这当然是非去不可的重点风景区。我们乘电车到鼓楼，走到玄武门，顺便买了一斤小橘子。看那重新整过的玄武门时，朴素大方，坚实稳重，还很好地保存了明初的风貌，非常满意。一进门，眼前顿时开阔，宽大的柏油路，花草树木，楼阁亭台，很像杭州的西山公园，不同的是这里有空阔的水面，因而更显得明净。

过去我只是遥望，并没有游过玄武湖。我知道明代在这里收贮黄册，是皇家档案馆那样的地方。过去，因为年久失修，湖里长满了水草，很荒秽逼仄了。现在这一切都已有了根本的改变。不过，眼前的玄武湖，好像已经完全成了一个近代的公园，很少留下余存的古意，却不免有些可惜。

在“梁洲”的“白苑”前面徘徊了一会，时间还早，不能走进去。这“白苑”倒是一所非常漂亮的建筑，整体都是白的。后来总算找到一处临湖的水榭，进去休息，剥了非常酸的并非“南丰”的小橘子吃着，一面不停地驱赶一直向脸上扑来的蚊群。一点都不夸张，这里正是蚊雷成阵。也真怪，已经是晚秋了，玄武湖还有这样多的蚊子。

在“樱洲”的一角匆匆吃了午饭，就忙不迭地穿过“菱桥”“花架”，出解放门，踏上了微微显得有些逼仄的鸡鸣寺路。好像直到这时，游兴才终于高涨了起来。一路上注意地留心右面傍山的一侧，唯恐错过久别重逢的喜悦。可是，几乎已经走到靠近北极阁，却还不曾发现那条窄窄的石级和那座暗红色的小巧山门。只好折回来细细寻觅，好不容易才发现了一条登山的小路，路上也还留下些残坏的砖块，但路面两侧的石砌已经没有了。走上去，最后发现了一角断垣，上面还残留着旧日的朱红，这才最后打消了猜疑，知道这确是原来山门的旧址。

前些时翻检书丛，找到了一张三十多年前留下的鸡鸣寺山门照片。那条废砖铺起的路面，看来相当整齐。那山门，也是我所见的最经济也最古朴的古建筑。小小的一座门楼，顶端有简单的装饰，两侧各有一只鸱尾。下面是蓝地填金的“古鸡鸣寺”四字，上端小字横书“勅建”两字。下面是一座小巧的门。两侧壁上嵌着“大千世界、不二法门”的门联。侧翼各有短短一段山墙，向后微敛。这只是象征性的，其实全寺根本就没有围墙。

整个山门涂了暗红，极素朴而庄严；门联上的八个字是黑色的，那块小小的门额则是蓝色和金色的。只是这点简单的色彩配合，就能给人带来一种沉醉的感觉。现在仅存的一角断垣，正是当年右侧山墙的遗痕。

我们在这里停留了好一会。我又翻回去看那路面铺着的古砖。开始时几乎疑心这是一些雕成整齐方块的石料，后来发现上面有字迹，才确知这实在是城砖。经过多年行人的践踏，砖面已经油光闪亮了。砖上写着“武昌府提调官通判张勖司吏……”和“武昌府提调官县丞张时敬司吏……”等字样。字体肥重，我起初疑心是宋砖，但后来在南京博物院里看到同样完整的几块，才知道这实在是明初的遗物。这是不能不使人感叹的，竟自阔气到用六七百年前的古砖来铺路。早在几十年或上百年前，有人就已干着这种“废物利用”的勾当了。

从山门走上去，有颇长的一段山路，树木是有的，但没有什么参天的古木，杂草丛生，一片荒秽。走到山巅，也就是鸡鸣寺的所在了。这里却有着牢固的围墙，关得紧紧的大门旁边照例也挂着“闲人免进”的牌子。

沿着山墙周围窄窄的小径，拨开没胫的荒草荆棘，兜到寺的后边，那下面应该就是著名的台城。不过什么都没有看到，只有杂七杂八的一些不成规制的房子，拥塞在狭狭的一条空隙里。我想，即使豁蒙楼依然无恙，凭栏远眺，也绝不会引起什么怀古的遐想，那是一定无疑的了。

这时，呀的一声，后山墙角一扇小门开处，走出来一个人。他是跑来查看我们这两个陌生人的动静的。这里大概已经很久没有游客；即使有，也不会跑到后山墙外来看风景；说实在的，这里又有什么“风景”可看呢？

只是彼此打量了一下，没有说话。我们又沿着围墙走回前面来，那人也随后从小门走进去了。

当我们重新站在寺门前徘徊时，那人又从前门里出现了。虽然只不过隔了两三分钟，第二次见面时就仿佛是旧识。先是彼此笑笑，接下去就开始谈话。终于从他口中打听到了关于鸡鸣寺过去遭遇和未来远景的约略情况。他是一位留守。是由鸡鸣寺改建的一座电子元件厂的留守。厂是停办了，因为已经决定要恢复鸡鸣寺。重建的一百万元经费已经拨下，只是由于人工、材料缺乏，看来要到一九八〇年才能慢慢动手。十多年来，鸡鸣寺经过破坏，火烧，拆建，原来的遗迹，据说已经没有什么留存。这时我就顺便提出让我们进去看看的请求，同时摸出了证件。那人为难地一笑，委婉地谢绝了。他说：

“还是不看的好。……”

我是懂得他的意思的。不知怎的，忽然想起“红楼梦”第三回写林黛玉初到贾府去拜见贾赦，“一时人来回说，‘老爷说了，连日身上不好，见了姑娘，彼此倒伤心。暂且不忍相见。……’”的几句话。我并不熟读《红楼梦》，这几句话在整部大书中也并不占怎样重要的地位。可是我偏偏记得清楚，又偏偏在这时想起，……真是不可思议的事。

剩下来就只有去找胭脂井，摸来摸去终于不曾找到。后来听说，那井是还在的，并不曾填没，可是我们就是没有能够找到。

关于这井，作《板桥杂记》的余淡心在《咏怀古迹》中留下了一首诗，前面还有一篇小序：

> 一名辱井。在台城内。隋兵渡江，陈后主仓卒无计，与张丽华、孔贵嫔相抱投井中。其井阑石脉有胭脂痕，故名。可怜陈主最风流，张孔承恩在下头。玉树后庭俱寂寞，胭脂井上草三秋。

余淡心在这里简要地叙述了这个井出名的原委，但毕竟太简略了，陈后主跳井的事前事后都还有许多精彩表演。就以跳井以后而论，隋兵攻入台城，不见陈后主的下落，后来发现了这井，“军士窥井呼，不应。将欲下石，乃闻嚣声。以绳引之，惊其太重。及出，与张贵妃、孔贵嫔同束而上。”以上，是从余淡心的儿子余鸿客的《金陵览古》里抄来的，而他大抵又是从《南史》或《陈书》中抄来的。

我怀疑施耐庵“撰”《水浒》时，可能曾受到这故事的影响。黑旋风下井救柴进，也有过类似的表演。不过李铁牛声势汹汹在井下责问，却不是陈后主所能同日而语的了。

（一九八〇、一、十二）

天王府的西花园

上次记下了重访鸡鸣寺的经过，想来不免又会引起读者的失望。但在我却并不。因为我是有思想准备的。试想在那十年动乱之中，如果鸡鸣寺竟得安然无恙，那就简直是违反了常规。不过弄得如此一干二净，却是始料不及的。另外，照我旧时的记忆，这座古寺也只是名字好，“鸡鸣埭口绣襦回”这句诗所咏的故事有趣；至于真正的南朝旧迹，除了那口传说的胭脂井以外，几乎什么都没有。著名的豁蒙楼，也不过是几十年前张之洞为了纪念杨锐而命名的。现在鸡鸣寺既已有了重建的计划，修复起来应该没有什么困难。这就是我虽然感到意外但却并不怎样失望的理由。

那天离开鸡鸣寺，我们就乘车到了江苏省文联的所在地，访问了《雨花》编辑部。编辑部就设在今天的江苏省政协里面。这地方在三十一年前曾是蒋介石的“国民政府”；八十年前是张之洞的雨江总督衙门；一百三十年前是太平天国的天王府。当我们坐在那间阳光充足、素朴清洁的房间里喝着淡淡的绿茶时，我就默默地想，这间狭长的古老厢房，也许曾经做过太平天国的朝房、张之洞的签押房、蒋家王朝大员的休息室吧。这样就像在头脑里翻开了一本中国近代史，进入一种奇异的幻觉之中了。

天王府，是在清两江总督署的原址上扩建的。据罗尔纲的考证，扩建后的规模是很宏阔的，今天的天王府遗址不过是仅存的中心部分。天京陷落后，曾九（国荃）的部队在这里大大地劫掠了一通，照例最后用一把火向清政府交账，主子自然也不敢追查。何绍基《东州草堂诗钞》有句云，“十年壮丽天王府，化作荒庄野鸽飞”，写的就是劫后的情景。我们访问的《雨花》编辑部，应该就是毛祥麟《甲子冬闱赴金陵书见》中所说的“二门内伪朝房，东西各数十间”之一。毛祥麟所艳说的“伪殿”，今天已经看不到了，但二门内高敞的大堂，朱红的柱子，地面铺的方砖，却还显示着当年的气魄，据说都是百来年前的原物。主人陪我们去看西花园时，走过西面的穿堂，他指着地上的方砖说，当年天王洪秀全的遗骸就是葬在这下面，被清军掘出，焚尸扬灰了。这和周馥所说“洪秀全尸用红绸里藏洞中（按指后园的小石山洞），湘将李臣典取尸焚灰，和以火药，入炮轰散矣。”（自著年谱）不同，但手法则是一致的。吴三桂把永历帝从缅甸捉回昆明，缢死后也是“焚尸扬灰”。真是今古“英雄”所见略同，他们都对已死的对手不放心，采取了相同的措施，也表现了同样的怯懦。

天王府今天还剩下了一座西花园。但按照一些旧时记载所指出的方位，这好像也并非即是当时的花园。毛祥麟所记的石船位置，是在殿东的水池里；而周馥又说，“楼前各有石船二”，那么一起该有四座了。这都很难解释。看来，今天的西花园应是作为两江总督署的附属建筑而说的，而那里的楼阁亭台石舫，则是太平天国时就已存在或新建的遗物，是无可疑的。

所谓西花园，是狭长的一处小园。它的原名煦园，曾是明初黔宁王沐英的宅第，这是很合理的，但作为天王府的“御花园”，就不免嫌太小，后来必然经过一番扩展。不料兵火之后，留下来的还是原来的结构。因为它虽小巧但却精致，布置井井，是经过细心的规划的。这里有狭长的一弯池水，四周是石子路，池中有一座大厅，把长方形的水池隔成两个部分，使人不会一览无余，索然意尽，是很好的设计。池水南端就是那著名的石舫。只在池水东南，入园之处，布置了一些亭榭，叠石。“桐音馆”和“鸳鸯亭”就都在这里。

石舫旧名“不系舟”，前面用曲折的石板桥联接。朋友说，在“文革”中间，石舫也遭到了很大的破坏，那池水中就堆满了抄来的家具、沙发。现在经过初步的整修，焕然一新了。但船头原有的雕花月洞门已经不是原物。有一种传说是，太平天国的核心人物就在这里讨论军机大事，不知道可的确。吴绍箕《四梦汇谈》中记他还看到这地方附近的破墙上挂着一块木牌，上面写着“此系议奏机密之地，不得擅入，违着立决。”那么这传说应该是不无根据的吧。

紧靠石舫的西面就是围墙。墙顶巧妙地做成了一条蜿蜒的游龙的背脊，在北面高处小小照壁上面就是那龙头，生动而绚丽，是很好的艺术品。用来镶嵌龙的躯体的是特制的彩色琉璃瓦，瓦的两侧有双凤、龙凤的纹样。人们认为这是太平天国的遗物，是不无道理的。不论明初的沐英或清末的张之洞，怕都没有勇气使用这样“违制”的事物。

关于“不系舟”，还有一点有趣的闲文。朋友提示，和《红楼梦》及其作者曹雪芹不无关系的尹继善，曾经先后四次出任两江总督。在他的诗集里有“题不系舟”一题，诗前小序说，“金陵使院西偏，旧有室三楹，如半舫。丙寅（乾隆十一年）春，余葺而新之，颜其额曰‘不系舟’，盖取南华之议。”从这小序可以知道，“不系舟”在尹继善出任两江以前就已存在了，他重新加以修整，给了它一个好名字，出典于庄子的《南华经》。《红楼梦》第二十二回，“听曲文宝玉悟禅机”，写宝玉吃了黛玉、湘云的闷气，忽地想起的也正是这《南华经》，“巧者劳而智者忧，无能者无所求，饱食而遨游，汎若不系之舟。”庄生的书并非什么秘本，尹继善、曹雪芹都可以读，这之间不必有什么必然的联系，但也许有某种联系却也说不定的。

在这不系舟的东偏，有一座鸳鸯亭。这一座骈体孪生的亭子，造型新颖，在别的地方还不曾见过，看来也正像一对比翼的鸳鸯。

走出西花园，我们就离开了省政协。走出大门，回头一望，觉得十分稔熟。原来三十年前解放军胜利渡江、解放南京，占领了伪总统府。战士们登上这座大门，欢呼雀跃，曾经留下过一张有巨大历史意义的照片。这就是照片里的那座大门，保存得很好，一些都没有什么变化。照片给我留下的印象是极深刻的，因为它象征着一个旧时代的结束。一面旧旗撤下去，鲜艳的红旗升起来。走在我身旁的叶这时告诉我说，十年前吧，这里曾经是炽烈的武门争夺中心。那时，在这根旗竿上，什么旗子也不挂，只挂着一把破扫帚，一把横扫一切的“铁扫帚”。

（一九八〇、一、十四）

梅园

这书简已经写到了第三通，按计划，应该还有几通好写。这实在是连我自己也不曾预料到的。一年来，到上海附近的几个地方走了一转，曾先后写下一些文字。朋友们都说我写得多，写得快，看来情况似乎也有点像。有的朋友还说我过的是神仙似的日子，能有充分的时间写东西。这许多，都是值得感谢的。更值得感谢的是使我重新获得写作权利的这个伟大的时代。这一点我是随时都记得、想到的。

照例，拿起笔，在白纸上写下一些黑字，而且偶然还能排印发表，那似乎就可以算是一位作家。但我自己知道并不是，我写的那些东西，也不是什么正宗的散文。我只是一个记者，这是四十年前就开始干起的营生。后来有一段时期不许干了，理由有许多条，总起来说是不合适，说得直率些就是不配。这情况到目前似乎也还没有改变。我现在过着“神仙似的日子”，主要也就是为的这个。真是积习难忘，说得阔气点就是“自觉革命”吧，不让工作，抄去的几本破书也千方百计地不肯发还，想研究点什么也办不到。最后就只剩下了“游山玩水”一条路，我的好像忽然变成了“旅行家”

“游记作者”，那原因就在此。

这次终于下决心到了南京，自然有种种原因，但很重要的一条是，当我开始当记者的时候，曾经在这里工作过一段日子。时间虽然短暂，记忆却是难忘的。实在是非常幸运，当我什么都不懂，刚踏进新闻界的门槛时，就有机会接触现代中国一位伟大的人物。先是在重庆，后来又在南京；先是在会场上，后来在房间里，我听过他的谈话，接受过他的关怀。在当时，我并不懂得这一切是多么珍贵的巨大幸福，只是看作一种业务上的交往。这是很自然的，今天也用不着失悔。就像一片草原，在阳光底下成长起来，却不必由每一株小草都向阳光表示衷心的感谢。

我这里说的是敬爱的周恩来同志。他离开中国人民已经四年了，四年不是一段短促的日子，沉重的哀思应该也已逐渐淡却了吧。如陶潜在《拟挽歌词》中所说，“向来相送人，各自还其家。亲戚或余悲，他人亦已歌。”但对周恩来同志，中国人民却不是这样。当然，在擦干泪水以后，各自作自己的工作去了；但余悲是依然存在的，更不只是他的亲属才如此。歌唱周恩来同志的歌声，更是一直就没有间断过。

这次到南京，首先想去拜谒的就是梅园新村。一天下午，由朋友陪同来到了这里。经过重修以后，这里已经成为一座革命纪念馆。在门口沿街的地方安放了几只长凳，参观的群众就安静地坐在这里等候，因为里面地方很小，观众必须分批入内。看了这样的情形，是不能不使人肃然的。望着十七号的门口，我有些激动起来，这是非常熟悉的地方，三十多年前就总是从这里进出的。一走进门，右手就是那个小小的食堂，同时也就是当年主人招待记者的所在。我看了不免有些吃惊，真的就是这里么，这么小，这么简陋。能装得下多少名记者呢？想想当年我确实曾经坐在这房里听过主人的报告，就不禁开始责怪自己衰退的记忆。朋友问我，是否还记得当年招待会的情形，我没有回答，只是默默地肃立了一会，就向前走了。

十七号和三十号两处，包括了当年中共代表团驻地的全部房屋。其中绝大部分房间这次在我还是第一次瞻仰，包括总理、邓大姐和董老的卧室在内，那些简单的家具、用品、衣物、书籍，也都是第一次看到。只是到了楼下的一间小小的客厅，我才几乎跳了起来，并主动地向朋友介绍，这就是当年我和周恩来同志谈过话的地方。不过，和我的记忆相比，这客厅也好像变得小了。而且清楚地记得客厅中间曾经有过一道帷幕，现在没有了。一次周恩来同志要到上海去住一个时期，临行前我去看他。他告诉我当他不在的时候，有事可以来找董必武和吴玉章同志。当他用手拉开那道帷幕时，董老和吴老就出现在客厅的内部。这个印象是非常深刻的，直到今天还不曾忘记。

在一九四六年的那段日子里，我到梅园新村来访问，并不怎样频繁，和主人谈话也不过只是有限的几次。加上近来记忆力的衰退，在这次重访梅园的时候，不能不使我为自己的健忘而生气。譬如，当年梅园新村门外，长川驻守着一排

"服务态度"极好的黄包车，今天就再也找不到那停车的地方。那些曾经被提醒藏着许多神秘眼睛的所在，今天看来也几乎认不出了。……但不论记忆力怎样衰退，到底还能留下一些永远不会磨灭的印象，那是确凿无疑的。

两年多以前，我曾经写过一篇题为《怀念》的文章，因为记忆零落，只能求助于报章的记录。文中引用周恩来同志的许多谈话，绝大部份都来自我当年的通讯、报道。为了查看旧报，还经过了艰巨的斗争。这在今天看来几乎是不可想象的，但却正是事实。我为什么要不惮烦地查阅旧报，也是为了不敢完全信赖自己的记忆。后来听说，有朋友指出，吴玉章同志没有到过梅园，好像我的回忆真的不可凭信。不过我还是要在这里重复一下。我的记忆力不好，但这件事却是清清楚楚的。我记得周恩来同志当时指着吴老对我说，"这是我们的四川省委书记……"我想，这是不会错的。

在离开梅园以前，在小卖部里买了两袋雨花石，这是周恩来同志生前非常喜欢的东西。第二天，又到紫金山麓的"中山植物园"去看了著名的花圃，虽然时令已是深秋，这里却依旧是万紫千红。归途车中遥望满山苍翠，忽然想起了几年前写的一首旧诗，

白下千林染作丹，青青谁与共畸寒。
春来烂缦真如锦，忍作寻常花草看。

这和眼前的景色倒是切合的，虽然写诗时的心情已经有了不小的变化。“诗无达诂”，那么就姑且让它留在这里吧。

（一九八〇、一、十六）

天介甫与金陵

历史上和南京发生过关系的名人真是太多了。南京像一座雄伟的舞台，数不清的帝王将相、才子佳人都在这里上演过悲壮雄武、哀感缠绵的活剧。当然，他们中间有正面的英雄，也有反面的丑类，更多的则是近于平凡的“中间人物”。以演员而论，就有主角、也有配角和龙套。归根结底，真正闪闪发光的名角是并不多的。而王安石则是少数使我不能忘记的名角中的一个。

王安石一生中和南京曾经发生过几次密切的关系。当他还是一个少年的时候，曾随着在江宁府做官的父亲在这里住过一个时期。后来就是在他的晚年，两度罢相后，都回到南京。第二次一住就是十年，最后死在这里。

南京是留下了王安石的一两处遗迹的，至少在记载上是如此。三十多年以前，我曾经按照《金陵古迹图考》的指引，寻访过这些遗迹。那就是在中山门内的“半山园”和“谢公墩”。这次重游，有一部车子，方便是方便得多了。但有一利必有一弊，也就没有了当年安步当车的方便，一下子就开出中山门外去了。我只从窗口张了一下，什么都没有看到。不过我想，三十多年前也只不过是一个土堆的地方，今天还能留下什么来呢？很可能已经是一片崭新的建筑了。这是很自然也很值得高兴的事。只要我们知道在这一带曾经有过哪些遗址，也尽够了。

王安石的“半山园”，据旧记，就坐落在宋江宁府东门与钟山之间，恰好一半路程的地方。这里原来是谢太傅（安）的园池故址，正在上、下定林寺中间。谢安也在这附近留下了一个土堆子，就是有名的“谢公墩”。它在“半山园”的后面，我去访问的时候，连一棵小树也没有，是不折不扣的一个土丘。但就是这个土丘，留下了“争墩”的故事。王安石有两首“谢公墩”绝句：

我名公字偶相同，我屋公墩在眼中。公去我来墩属我，不应墩性尚随公。

谢公陈迹自难追，山月淮云只往时，一去可怜终不返，暮年垂泪对桓伊。

两诗之中，人们大抵只熟知第一首，但写得好的却是第二首。王介甫哪里是在说谢安，他正是在说他自己。罢相，也就是与政治生活告别，这在王安石是不能甘心的。他的诗集里像这样的作品还有不少。他有那许多政敌，却没有把这些诗拿来，深文周纳，上纲上线，揪去批斗，不能不说，比起苏轼来，他是运气多了。

三十多年以前，我到这里来访问时，对这位政治家、诗人是充满了同情的。那时他还不曾阔起来，被捧为响当当的“法家”。三十年后，我对王介甫的感情也并没有什么变化。现在，那阵喧天鼓噪所引起的“反胃”感觉也已消失，这就使我们可以再和王介甫平静地相处，读他的诗文，考虑他的言行。他是一位伟大的历史人物，他在九百年前进行的那一场政治改革，也是影响巨大的。就从改革引起了那么强烈的反对看，也可以知道他的政治措施的深刻意义。但这终究不是像“四人帮”的论客所宣传的那样，他的头上应该并不存在什么刀枪不入的光圈。

清朝有个蔡上翔，作了一部书为王安石辩诬，提出了一些好意见。不过因为同乡的关系，有些强词夺理的话也说得十分可笑。其实这并不是研究王安石的好办法，前些年蔡上翔的书几乎被定为标准历史读物，当然那些形而上学的方法也被许多人继承了下来，至今也还没有很好的消毒。例如，当王安石罢相之后，苏轼到南京来看他，两人交换了许多诗文、禅悦方面的意见。有的研究者就说，因为两人在政治上是敌对的，王安石无话可说，只能采取这样的应酬方法，好像王安石就像一个两面派。其实王安石在并不与政治上的反对派相对时（他有不少和尚朋友），或一个人关起门来写下的诗文，同样的思想也是充分流露了出来的。这是想把王安石打扮得“正派”一些，不慎误将鼻子涂白的并不聪明的做法。

王安石推行的“新法”后来终于失败了。为什么失败，研究者也还没有提出可以使人信服的分析。有人说，原因之一是，“新法”虽然意在抑制豪强和大地主，但可惜没有对他们进行更为致命的打击。这是要求王安石背叛自己的阶级去做一个“彻底的革命派”，这样的要求无疑是过高了。同时人们还指责宋神宗的态度不够坚决，都是非常奇怪的逻辑。

“新法”的失败，我想原因之一恐怕在于执行中间走了样。本来的良好意愿，最后变成为人民带来苦难的东西。查查“乌台诗案”，苏轼在一些诗中说的一些怪话，都被一一指出了写作的动机。如“老翁七十自腰镰，惭愧春山笋蕨甜。岂是闻韶解忘味，迩来三月食无监。”就被说成是“讥监法太急”。这是当权者判定的“罪案”，应该是可信的。带了镰刀上山的老头儿，当然也不会是地主。苏轼对政策的具体执行提出了意见，被打成“反革命”了。这本身，不也说明了“新法”执行者的峻急么？

不过，作为一个勇敢的改革者，王安石是很值得佩服的。特别是他所提出的“三不足”。“天变不足畏”，是带有强烈政治斗争性的素朴唯物论思想。“祖宗不足法”和“人言不足恤”更是勇敢的宣言，是九百年前坚持实事求是、坚决不搞“本本主义”的政治宣言，直到今天都是生气虎虎的政治见解。

从南京回来后，又找出雁湖李壁笺注的《王荆文公诗》来读。仿佛很能弥补我此次匆匆经过的缺憾，把钟山路上的景物，又重温了一遍。不过有趣的是，王介甫诗最动人的篇什往往是描写春天景色的。像“春风自（一本作‘又’）绿江南岸”那样的名句，不必说了，我一直爱读的是“北山”：

“北山输绿涨横陂，直堑回塘滟滟时。细数落花因坐久，缓寻芳草得归迟。”也真写得好。这北山是否即是“北山移文”里的北山？李壁没有说，不过，在灵谷寺一带确是随处都能看到这样的景色。也不只是北山，江南一带，这样美妙的地方又哪里没有呢？王介甫喜欢春天，这是很有意思的。很能说明诗人的精神境界。即使在退休的日子里，过着貌似闲适的生活，还保持着可贵的生机。他还写过“割我钟山一半青”的诗句，王介甫只要向谢安“争墩”，还要求钟山“割青”，都表现了诗人有趣的心理活动。

同样的“闲适”诗，还可以举出《钟山即事》：“涧水无声绕竹流，竹西花草弄春柔。茅檐相对坐终日，一鸟不鸣山更幽。”真是静极了。但不能相信，诗人在这样整天静坐的时候，就一些思想活动都没有。

不过王介甫是不会安于投闲置散的生活的。在他的诗中，愤激、悲凉的调子也时时可以听到，而且往往更为激越和撼人心弦。如同样也是写春暮景色的《萧然》一诗：

“萧萧三月闭柴荆，绿叶阴阴忽满城。自是老来游兴少，春风何处不堪行。”可能是在大病之后，舍宅作“报宁寺”，移寓秦淮时所作。诗人的心境更加寂寞，但并不颓唐。他说“何处不堪行”，正是因为“俱不得行”的缘故。

李壁在诗笺中还时时提供了一些侧面得来的有关王介甫的资料，他记下一位任金陵酒官的朋友的话。留在王介甫身边的一个老兵时常来买酒，向他打听介甫的生活动静，老兵说：“相公每日只在书院中读书，时时以手抚床而叹，人莫测其意也。”老兵不能理解得其意，我们是多少可以知道的。李壁作笺的那首“新花”诗，是写老病中的心情的，全诗充满了一种末世的凄凉。经过十年身心折磨摧残的王介甫，好像已经完全失去了旧日的锋芒。像“驽骀自饱方争路，骤裹（古骏马）长饥不在闲（马厩）”那样的抗议的声音已经再也听不到了。当听到皇帝给他加封了“舒国公”的称号时，他作了三首绝句，他说：“国人欲识公归处，杨柳萧萧白下门。”这是一声悲凉的叹息，他知道自己的事业已经到了将近结束的时候了。不过他还是清醒地估计到自己的生平事业在历史上留下的印迹，他将不会为人民所遗忘。

王介甫没有猜错。当他死后，关于他的事业的评价，就一直争论不休，几百年后也不曾停止。反对他的人还把他写进了小说，他的一个绰号“拗相公”也因此流传了下来，不过这绰号倒很能传出他在政治斗争中不屈不挠的姿态与风格。出乎意料的是，在九百年后他又“时来运转”，很阔气了一阵。多年来，不同的政治集团与个人，结合现实斗争的需要，都曾借了他的“幽灵”做过种种文章，这本是司空见惯的常事，只不过最近这一次表演，格外热闹，他格外离奇而已。他有一首题为《读史》的七律：

> 自古功名亦苦辛，行藏终欲付何人。当时黯黮犹承误，末欲纷纭更乱真。糟粕所传非粹美，丹青难写是精神。区区岂尽高贤意，独守千秋纸上尘。

真像早已预见到他将被各种论客梳妆打扮上演种种喜剧、闹剧似的，早已为“四人帮”的“评法批儒运动”做了总结，多么深刻的一个总结。

王介甫到底是值得佩服的历史人物。人们走过南京城东，半山园侧时，是不能不想到他的。

（一九八〇、一、七）

莫愁湖

那天早上，匆匆跑过了孝陵和廖墓，时间已近中午，只能赶回城里吃饭。朋友怕我连日吃得太腻，就带我来到一家叫作“绿柳居”的素菜馆，他们的盛情真值得感谢。饭后，还要再送我出城补足没有跑完的游程，我却以为不必，那岂不是有些过于积极地赶任务了么？后来就决定去看莫愁湖和清凉山，据说这两处近来都经过重新整修，和过去不大相同了。

三十多年前我来过莫愁湖，还吃了一会子茶，照了几张相，留下的印象是不坏的。那次同游的朋友有些偏激，我们先到了扫叶楼，他看了大呼“恶劣”，随即转到莫愁湖吃茶来了，居然坐了小半日，可见即使在我那位朋友看来，这里也还不至于“恶劣”得不能驻脚。印象里的这座湖是破破烂烂的，胜棋楼前的大门上有一块“华严盦”小篆书横额，这次却没有看见。这本是一座庙，但据说早在乾隆中就已毁掉了。胜棋楼就在这盦的后面。那楼，也是破旧的一座双层木建筑，大约是阔三间。楼前上下都有木雕花格栏杆，也各悬着一副木刻的楹联，上面说些什么也记不起了，但肯定不是王湘绮作的那副长联：

> 莫轻他北地燕支，看画艇初来，江南儿女无颜色；
> 尽消受六朝金粉，只青山依旧，春来桃李又芳菲。

照我看，这副对联实在作得很不坏。王壬秋的原意不过是想夸说“洛阳女儿”莫愁的美丽。既要做莫愁湖的文章，讲了这样话的诗人的用心应该是可以原谅的。不料据说后来竟自引起了江南人士大大地抗议，认为这简直是一种绝大的侮辱，不许悬挂，后来经人调解，老诗人只好把“无颜色”改为“生颜色”；“青山依旧”改为“青山无恙”才算了事。这一改，我看倒是改得反而不通了。为什么来了一个漂亮的洛阳姑娘，反而使江南儿女“生颜色”了呢？“依旧”倒还没有什么，“无恙”就大不一样了。可见除了“青山”，其余的一切，都已被湘勇搞光。这简直是越改越“反动”。不过，文坛上这类事是经常出现的，也还是不去深究的好。

据说，这一重公案的更深入的原因还不只是为了“比美”。王壬秋本是肃顺的亲信，曾国藩、左宗棠等就是肃顺一手培植起来的，终于镇压了太平天国，给清朝带来了一个回光返照的“中兴”。肃顺后来被西太后杀掉，王壬秋也从此断送了政治前途。但他是湖南名士，对曾国藩等又有旧恩，因此可以倚老卖老。他的这副长联，也不只是流露了一般传统的感慨。攻下了太平天国的天京以后，曾国藩弟兄手下的湘勇着实在南京大大的屠杀、抢掠了一通，还有一个必不可免的节目是把大批江南的女孩子带回了家乡。这自然并非都是怎样美满的结合。王壬秋对此采取怎样的态度，也是迷离惝恍的。不过，“偲消受六朝金粉”这些字样，在劫后余生的江南人士看来，自然是刺着了痛处，难怪要大怒。由此看来，这对联也应该算作一百零九年前的一件“伤痕文学”的标本。

旧的胜棋楼因为屋子深，所以显得挺阴暗，但这也自别有一种古趣。这回所见则是一座焕然一新、金碧辉煌的崭新的楼。楼前有同治十年梅启照所写的匾额，也油漆一新。这人是个状元，但字写得并不高明，还有一副对联，是光绪癸未长沙张伟堂所写，文云，“粉黛江山留得半湖烟雨，王侯事业都如一局棋枰。”消极、没落，更是不行了。只过了十二年，王壬秋笔下的那点“中兴”余韵，就已经几乎销蚀净尽了。

楼下卖茶，照例也有出售南京土特产和糖果的柜台。看来看去，我还是觉得雨花台的石子好，又买了两袋。捧了石子登楼，看到两张朱元璋和徐达的画像，都不太理想。朱元璋的像，现在还流传着几种旧本，无论临写或复制，都将比目前的一幅好得多；至于徐达的一张，记得三十年前所见，是一张俯伏在地上的“谢恩”图。因为他和朱元璋在这里下棋，赢了，太祖就把这座楼赐给他，当然要爬在地上谢主龙恩。那张旧图也并不高明，但颇有戏剧性，因此留下的印象至今也还是很清晰。

楼上陈列着一张棋桌，倒是非常精致的艺术品，桌是红木镶“荫木”（?）的，桌面正中嵌着一只棋盘，斜对角各有一个深深的方洞，里面盛着黑白棋子。整个雕工十分细致。时代并不太早，至多是清代中叶的遗物。这样的棋桌，我过去还不曾见过。我想明太祖和徐达下棋的当时，也未必有这样讲究的桌子。他们是什么时候在这里下棋的呢？没有考证过，我想这大约总在明初政治形势趋于稳定以后的前期。因为只有这时他们才可能有下棋消遣的闲情。同时明初统治集团内部矛盾还不曾爆发。一旦蓝玉、胡惟庸那些大案一件件出现，朱元璋自然也不会再有下棋的好心情。徐达在明初的功臣群里是首屈一指的煊赫人物。在南京，他的私邸就有好几处。莫愁湖在乾隆《江宁县志》里，就说明是“明为中山王园”。他也是仅有的得到善终的功臣。但野史里还记有当他病重太祖特赐蒸鹅的故事。患背疽的徐达只好流着泪当场吃掉了。这好像和赐死也差不多，只是方式较为委婉而已。

站在胜棋楼后身，凭窗眺望，眼前是一片狭长的湖水，借用朱椒堂的一句诗，“莫愁湖如半弯月”，倒是说得不错。旧时湖的对岸应该还有一排城堞，现在自然早已拆掉。却新添了一些新建工厂的烟囱。我们又得到特别的照顾，被邀参观了郁金堂。这自然是出典于沈佺期诗，“卢家少妇郁金香”的了。不论沈、宋的人品诗品如何，这“古意”还应该算是一首佳作。作者安排了那许多美丽的、富有色彩的、暗示着特殊意义的词汇、事物、地名，一下子就把一种特定的情绪烘染出来了，同时境界又不能不说是高华的。这是初唐诗的一种独有的特色。

在这新建的郁金堂里，布置了许多套精美的古色古香的家具，真是过于豪华了，使我坐下去时都感到有些踌躇。在这里悬挂着许多幅莫愁小像，都是当代当地画家的作品，也有石刻的莫愁小像的搨片在出售。后来我们还看到了这石刻，当年曾是横放在胜棋楼外的，现在则已很好地嵌在壁上了，而且正在制作着搨片。当我们沿着那一排有各色透窗的临湖粉墙走去时，又看到站在一弯池水中间白石雕成的莫愁，这是很好的一座雕塑，比画本上的那许多莫愁似乎都要好。嘉庆乙亥编刻的《莫愁湖志》里有着一幅马士图临的“卢莫愁小像”，也许是从什么古本临摹下来的吧，但实在不敢恭维，不能因为它古就给予特别照顾的。

关于这莫愁，过去也有过不少争论。现在介绍一点说得比较完备也还客观的材料，这是余澹心父子的贡献。

余怀在《咏怀古迹》里有《莫愁湖》一题，题下小注云，“一云石城在洛阳。”诗序，“在石头城西，广可二顷。士人多植菱芡，香达数里。古乐府云，‘莫愁在何处？住在石城石。船子打两桨，催送莫愁来。’徐王孙邦泰构亭于上，乃为游宴佳境。”诗云，

一片湖光二顷荷，女儿犹唱莫愁歌。
卢家莫愁亦如此，可怜四纪为天子。

这末两句是从李义山《马嵬》诗的结句引申的。义山好像很喜欢让莫愁在他的诗里出现，“重帏深下莫愁堂”，“新

得佳人字莫愁”，还有一首题为《莫愁》的七绝，末两句是“若是石城无艇子，莫愁还自有愁时。”此外在诗词里，提到莫愁的还有韦庄和周邦彦等人。这缘故是值得想一想的。从古乐府开始，这名字就开始在中国的诗歌里出现，是一个理想的可爱的少女和纯洁深挚爱情的化身。后来又有所丰富、变化，但只这名字本身，就已规定了她必然是乐观、勇敢与幸福的，她的得到诗人的爱宠也一些都不值得奇怪。余澹心的儿子宾硕在《金陵览古》里作了简洁的考证，这在我所见的文献中要算是最扼要也最明智的说法。

> 按《乐府》《莫愁乐》二曲。其一曲云，“莫愁在何处？莫愁石城西。艇子打两桨，催送莫愁来。”其一曲云，“闻欢下扬州，相送楚山头。探手抱腰看，江水断不流。”注：《唐书·乐志》，但云，“石城有女子名莫愁，不言伎也。”又云，“石城在竟陵。”《舆地记》云，“竟陵有莫愁村。”余考《金陵志》亦不载有莫愁湖，及读其诗，又皆不言金陵。岂因有两石城，遂以讹传讹耶？柳金陵别有一莫愁也。按唐诗卢莫愁又是一人，《乐府解题》云，“古歌亦有莫愁，洛阳女。”若是，古今当有三莫愁耳。

余宾硕的话讲得有些幽默，其实事实也正是如此，莫愁是一个普遍的存在，和南京倒不大容易拉扯到一起。不过中国古代的文人总是不甘寂寞的，他们大抵都像袁子才一样，想刻一块“钱唐苏小是乡亲”的印章到处乱加钤记。撰就六卷《莫愁湖志》的马士图就要写出《金陵莫愁考》和《莫愁非妓辩》两篇大文，不但力图证明莫愁确是南京人，而且断言她绝非“烟花贱质”，事实证明，这样的考证家，不过是呆鸟而已。

（一九八〇、二、一）

石巢园

在《王介甫与金陵》里，我曾说过，与南京发生过关系的名人很不少，他们中间是既有正面的英雄，也有反面的丑类的。既然已经介绍了王安石，现在就应该轮到另一面。我认为，作为代表性的人物，明末的阮大铖应该是当之无愧的一个典型。

典型的可贵之处就在于它有长久的生命力。无论时间过去了多久，只要一提起，人们就会立时记起，仿佛如逢旧识，甚至觉得似乎就在昨天还曾碰见过的一样。在历史上如此，在文学艺术作品中就尤其是如此。简直就像永不磨灭似的，有时它们竟自有这种神奇的力。

我的对阮大铖发生兴趣，是好几十年前的事了。最初当然是受了《桃花扇》的影响，后来就是有一个时期历史界与戏剧界的“晚明热”。这一切当然都是和时代的脉搏跳动在一起的。最近翻看旧日记，一九四六年的秋天，我和诗人杜运燮到南京中华门外去闲走，在马祥兴吃了“美人肝”，到雨花台的“江南第二泉”去品了茗，买了价值“三千元”的雨花石，还去了“普德寺”（据说是刘瑾的生祠所改建），想找那以“九千岁刘瑾”为模特儿的伽蓝神却没有找到。后来又出了城，到了“库司坊”（“库子裆”的音转），去找阮大铖“石巢园”的遗址。回想当时也只不过是抱着“碰碰看”的心情，并没有存什么奢望。但奇怪的事情是，“石巢园”不像“大观园”，不但确有其他，竟自还有某些遗痕。“库司坊”是一条破破烂烂的巷子，但在晚明，却是达官贵人的住宅区。我们随便走进巷里一家人家去打听，从楼上探出一个漂亮的小姑娘，推窗答话，告诉我们那地方就在不远的四十四号。这事给我留下的印象颇深，因为三百多年前红极一时的阮司马的声名，不但流传到今天，竟连小孩也能知道，这实在是出乎意料的。

住在四十四号的记得是一位姓陶的老医生，他热情地接待了我们，讲了许多有关石巢园的故事，还带我们到后院去参观。我们看到的是春水鸭栏和稀疏、稚弱的桃柳，一弯池水上面架着小小的石桥。此外还有几块破烂的假山石。当时我曾拍了几张照片。居然到今天也还留下了一张。

想想这就是当年上演过《燕子笺》和《春灯谜》的咏怀堂的所在，真的也不能不使人“感慨系之”。

到底我也说不准这里是否就是石巢园的故址。据旧记，当日南京城破之日，大铖早已溜到金华，石巢园被老百姓一把火烧光，留下来的不少姬妾，都落入清军之手。这结末的一幕，曾被郑振铎写入小说《毁灭》，虽然是艺术创作，但情况大致也就是如此。清人关于石巢园的记载不多，我只看到过蒋士铨的两首诗，题目是《过百子山樵旧宅》，收入

《忠雅堂文集》卷十八，是乾隆三十三年所作。

> 一亩荒园半亩池，居人犹唱阮家词。
> 君臣优孟麒麟楦，毛羽文章孔雀姿。
> 复社空存防乱策，死灰难禁再燃时。
> 城隅指点乌衣巷，只有南朝燕子知。
>
> 中兴歌舞荒淫日，群小风云际会年。
> 乐器谁焚之国主，词臣分擘衍波笺。
> 名高十客平章重，网尽诸人当祸连。
> 一样蓬蒿埋旧宅，白头江令较他贤。

真是奇怪，蒋士铨所写的“一亩荒园半亩池”和“蓬蒿埋旧宅”的情景，和我三十年前所见竟自相差不远。

记得我后来又曾跑到了江南图书馆，想看看“八千卷楼”旧藏的《咏怀堂诗》，回答是已在抗战中失落了，想买一部他们新印的铅字排印本，但存书也已被日本侵略军统统烧光。但无意中却在夫子庙的旧书店里买到了一本薄薄的《咏怀堂诗补遗》，也是“盋山精舍”的排印本，后面有“己巳（一九二九）三月”柳诒徵的跋，真不知道是什么因缘，这小本子前些时又回到了我的手中。

柳翼谋先生的“跋”说：

> 咏怀堂诗十卷既印行，丁君初我自海虞贻书，谓尚

有《丙子诗》下卷传抄本，亟丐丁君录示。多漫游江淮、模山范水之作，风调故不二也。……渔洋《游献花岩祖堂记》云，“阮司马大铖被废后居此寺。寺多其书迹。僧雏出所藏甲申五月诗观之，殊多觭龁蜀洛清流之语。”又云，“祖师洞内一石，佛字宛然。阮司马题云，岩花长吐天人供，春草难遮佛字痕。皆纪实出。”零章断句，又出此十一卷之外，因并记之。

真是意外，后来我在上海竟买到了徐乃昌所藏的《咏怀堂诗》崇祯原刻本三种，正集、续集之外，这《丙子诗》也在内，上下两卷。书前有翁同龢的印记，正是丁初我传抄的祖本，不明白何以当日只传抄了下卷。阮大铖还刻有《辛巳诗》二卷，可见他曾刻过好几次编年诗。正集前面还有金陵书坊毛恒所刻的书牌记，可见诸书都是当日刻于南京的。这《丙子诗》前还有一通马士英的大字序（本是一封信），中间有许多禅家的话头，看来这位马贵阳不只会画画，还对释典有些研究。信中还引了他自己两句诗，“深机相接处，一叶落僧前”，马士英的运气更不及阮大铖，他根本没有诗集流传下来，那么，这两句就更是稀奇的“零章断句”了。

这《咏怀堂集》曾经樊樊山收藏，有他的手跋，又有陈三立跋，我只记得跋中有“小人无不多才”这样一句。这自然说得不够准确，应该改为凡是出名的坏种，也必自有其作恶的特殊“才能”。这种“才能”越高，给人民带来的苦难就越深重。这是为许多事实所证明了的。但樊樊山等所说的“才”，却只局限于阮大铖的艺术才能。如他能写出精巧的剧本，诗又作得好之类。可惜现在手头只有一本薄薄的残卷，不能全面评论阮大铖的诗。不过，要找一些“好句”，也还是有的，如“一林明月碧如此，六代寒山青不言”，“青灯寒照酒，白水淡炊鱼。”“白发共衔寒夜酒，青山独掩冶城扉”，这许多金陵诗，也真写得萧疏淡远，近于王孟，不过却千万不可和实际结合在一起，那样一来就会破坏了诗人的雅趣，变得十分无趣了。

丙子是崇祯九年（一六三六），正是他因魏（忠贤）党四等骨干的罪名废弃不用，“乃流寓南京，治亭台园圃，蓄声伎以自娱”的时候。不过他是“未尝一日忘仕宦”的。小册子里有四首“连同瑶草（即马士英）、子占……登雨花琢錬诸胜”诗，就是和马士英等同游之作。其中有这样的句子：“闻道卢龙上，边笳动地来。定知廊庙上，不乏折冲才。……野夫何所与，秋草藉闲杯。”“篱门青可数，兀兀此钟山。乐是一樽酒，无如我辈闲。……”关心国家大事，诗也不能算坏，但据《南疆逸史》（前引同），“已，闻‘流寇’日炽，上不次用人，则招纳游侠，谈兵说剑，觊以边才召。”这诗中的“微意”，就灼然如见了。看见边患日亟，立即想到升官发财的机会已到，“闲”“闲”，是不甘寂寞的明白声述，他和马瑶草讨论的大抵也正是这类事。另一诗中的两句，“谈兵夜雨青油幕，买笑春风锦瑟房。”一向被认为是大铖的“名句”，现在看来，恰可作为“逸史”中那几句话的注脚，是野心家的自我写照。这样的对照读诗法，在有些人看来，未免有些煞风景，但实在倒是切实可靠的。

阮大铖的一生，确有许多奇特行径，为自古以来所少见，难怪他享有那么高的“声誉”。他投在魏忠贤门下时，“内甚亲而外若远之。”这就是鲁迅先生所指出的“二丑”的伎俩；至于“每投刺，辄厚赂阍人毁焉。”这一手，就绝非平常的“二丑”所能梦见，后来魏阉事败抄家，就抓不住阮胡子的把柄，使他可以赖账。这“经验”，三百年后有些写“效忠信”的朋友不曾学到手，实在是极可惜的。魏忠贤倒台后，他又起草了两通奏疏，交给杨维垣看准时机上奏。一封“专劾崔魏”，作的是正面文章；另一封则“以东林、崔魏并提而论，谓七年之中，乱政者前为东林，后乃崔魏也。”这种手法，又岂是平常的“风派”所能梦见！这一招其实是很厉害的，对某些人至今还有参考价值。他抓住再相的周延儒，逼他先起用马士英，为自己出山铺平道路；后来他伙同马士英，拥立福王，竟公开声言“孤忠被陷，皆由东林”，简直就是用戏台上变脸的方法搞政治，只能使南明小朝廷上的东林人物瞠目结舌，措手不及，一下子就被全部打倒了。他终于当上了“兵部尚书”，“锦衣素蟒，临师江上，如梨园家数”，这是当时人的评论，已经明白地指出这是在做戏了。他制造了“妖僧大悲”一案，把所有清流大臣姓名写成名册，纳入大悲袖中，准备当堂搜出，一网打尽。这种手法，我们似乎也并不陌生。在这张名单中，罗列了“十八罗汉、五十三参”……，就连早已向马阮靠拢献媚的钱谦益也没有放过。

正在这时，钱谦益的宠妾柳如是也到了南京，打扮成像出塞的昭君，招摇过市；钱要她陪大铖吃酒，吃到后来还要她“移席近阮”，真可算不惜牺牲了，但大铖还是放不过他。“狱词诡秘，朝士皆自危。”他的这些做法，连亲近的朋友都看不过了，问他何苦要如此，阮大铖回答得好：“古人不云乎，日暮途远，吾故倒行而逆施之。”他对知心朋友是坦率的，和盘托出了一个绝望了的赌棍孤注一掷的心情。古今中外，一切邻近末日的反动派都有着同样的心理状态，但却只有他做过这样毫不隐晦的声明。

阮大铖还发表过一次更为出色的声明，那是在南都覆灭，他又已得到清军统帅王子贝勒的称赞，“阮大铖是中国才子，当大用!”并加了内院职衔之后。他大张告示，宣示公众，告示的部分内容，只在张岱的《石匮书》里有所记载：

“本内院虽中明朝科甲，实淹滞下僚者，三十余载。复受人罗织，插入魏璫。遂遭禁锢，抱恨终身。今受大清特恩，超擢今职。语云，士为知己者死，本内院素秉血性，明析恩仇，将行抒赤竭忠，誓捐踵顶，以报兴朝。恐尔士民识暗无知，妄议本内院出处，特揭通衢，使众知悉!”三百年前这一通效忠书的范本，实在不忍使之淹没，所以全部转录在这里。比阮大铖稍后的陈之遴，唱的也几乎是同一种调子，陈也是“才子”，未必肯做不光彩的文抄公，那么只能说是“英雄所见略同”吧。

人们熟读了《桃花扇》，以为阮大铖只不过是会编演曲本，请东林名士们看戏；又送进宫去请福王欣赏，并出了丑。

那是过于小看了他了。鼎鼎大名的王阮亭在《秦淮杂诗》里也只是说："新歌细字写冰纨，小部君王带笑看。千载秦淮呜咽水，不应仍恨孔都官。（自注：弘光时阮司马常以吴绫作朱丝栏，书《燕子笺》诸剧进宫中）"这种温柔敦厚的作品，今天看来也只能不客气地说是见识不高，王阮亭简直缺乏最起码的政治判断能力。不过也许他是心有余悸，所以在这里我们还是姑且不要把话说绝。

我还有一部钱秉镫作的《所知录》，旧抄三册，曾是莫友芝的藏书。比传世的本子内容要多，书后附有《髯绝篇》，记的就是阮大铖结局的故事，通行本往往删去了。可惜这书连同阮髯三集，……被抄去以后，至今还扣在图书馆里不肯发还，好像"藏"在图书馆的善本库里总比放在我手里要安稳些，不然真料不准还会从中发现阮大铖怎样的劣迹。这样的"苦心"当然是可以理解的。没有办法，只好向朋友借得一部郑西谛印的《明季史料丛书》，那第一种就是李天根的《爝火录》，所据也是一部旧抄本。关于阮大铖的结末，也有一点记载，虽不及《髯绝篇》之详，也算是差强人意了。

钱秉镫和阮大铖是同乡，但并非一路人。钱的妻子本来是住在南京的，为了逃避大铖的迫害，随丈夫跑到苏州，终于还是不能不抱了小女儿跳河。但我想钱秉镫不会是挟嫌诬陷，他笔下的阮大铖还是可信的。

阮大铖逃到金华，又和马士英会合在一起，但这时他们之间已有了闲隙，大铖自己早已和清军"通款"，作了间谍，因为他有冯铨这条内线，这两人原是魏阉手下的同门。阮大铖还抓紧学习，“能书满字，凡江上军机举动，一一报闻。”（《石匮书》）难怪一旦迎降，就受到重用。当时“大兵所过，野无青草，诸帅无所得食。大铖出私财，预饬厨传，所至罗列肥鲜，邀诸帅遍饮之。诸帅讶其具也，则应曰，‘吾之用兵不测，亦如此矣。’驻帐则执版唱歌以侑酒。日历诸帐，人人交欢以为常。”（《南疆逸史》）阮大铖又使出了自己的老本领，这一切在他简直是毫无困难的。吹牛、拍马，在他看来并没有什么“阶级性”，无论什么时代，场合、对象，都可以照样搬用，而事实证明，这方法也确是无往不利，阮大铖终于获得了“诸帅”的好感与信任。

阮大铖随同诸内院驻在衢州，准备进兵福建，一天，忽然面肿，诸内院担心他有病，不胜鞍马之劳，劝他留下来休养，等打下建宁再来接他。阮大铖听了大惊，说：“我何病！我年虽六十，能骑生马，挽强弓，铁铮铮汉子也。我仇人多，此必有东林复社诸奸徒，潜在此间，我愿诸公勿听。”我想，这是不可能捏造的，也只有阮大铖，才说得出这样的话。诸内院听了大铖的反应后说：“此老亦太多心，我知甚东林复社与渠有仇！既如此，即同进关可也。”这也正是当时的实况。内院们哪里弄得清中国的底细，他们只知道盘马弯弓，这就是一切内奸都受到十分看重的原因。

大军进抵仙霞岭关下，大众都“按辔缓行”，只有大铖牵了马徒步而前，说：“我精力百倍于后生。”随即鼓勇先登。好久以后，内院们才走到仙霞岭的最高处——五通岭，遥遥望见大铖坐在一块石头上，“呼之不应，以鞭制其辫，亦不动。视之，已死矣。”这一切写得真是妙极了，真是最好的特写。从这简单的几句话里，我们不但知道大铖早已薙了发，还留了小辫子；也清楚地知道主子是怎样对待奴才的，即使这奴才是位“才子”也罢。

（一九八〇、二、五）

扫叶楼

这次的重登扫叶楼，在我已经是第三或第四次了。但至今还不能忘记的是一九四二年冬去四川途经南京时的第一次来访。那是一个寒冬的薄暮，我和×路远迢迢从鸡鸣寺赶到这里时，已经五点过了。太阳早已下了山，我们走上一片山坡去敲一扇紧紧闭着的寺门。半天以后，才听到一声悠长微弱的回答，寺门开处，出来的是一个瘦削的穿了黑色僧衣的中年和尚，他欢迎我们的第一句话是“二位居士的兴致真好！”

这一句话，简直就是对我们在那种时世、那个季节、那样天气……在南京城里“寻幽访胜”的奇怪行为的尖锐而深刻的评断，正像高僧的一声断喝，立即使我们打了个冷噤。

因此，当我们被引导从一条孤悬的窄窄的楼梯爬到扫叶楼上时，并没有停留好久。楼里已经很暗了，也看不大清楚。只记得四壁新涂了白粉，还悬挂着不少木刻的楹联。这就使我记起，在当时南京伪府的显赫人物当中，有不少“诗人”，他们是时常到这里来举行“冶城诗课”的，不过那大抵总要在春秋佳日举行，像这样的日子，他们是绝不会有这样的好兴致的。

第二次的来访则是一九四六年，是和另一位朋友同来的。这次登临没有留下什么印象，旧日记里也只记着那位朋友的一句颇为尖刻的评论："恶劣"。我自己的意见是"其实亦殊恶劣，不若前三年来时之妙矣。"到底怎样"恶劣"，却一些都记不起了。

这一次，是从莫愁湖出来以后，顺便来到了这里。和三十七年以前相比，简直好像是到了一个从未到过的崭新的所在。山坡还是有一座山坡，但门前、路边却树起了一座仿佛"太虚幻境"似的牌坊，不过那上面却是"半亩老人龚贤书"的"清凉山"三字门额；两侧各有"六朝""胜迹"两块八分书的侧题，是胡小石先生的手笔，不过却没有落款。

进门以后左折，那条逼仄，孤悬的木扶梯不见了，换上了新砌的平整宽展的石阶，高处有门，上有"古扫叶楼"四字的填绿石额，是光绪中的旧物，上面还有"敕建"两字，大约指的是原址曾经有过一座庙宇，再走进去，旧楼是连影子也没有了，展现在眼前的是金碧焕彩，几净窗明的一座山楼，外面是小小的庭院，错落地点缀着花木和湖石。楼里设有茶座，我们泡了当地的名产"雨花茶"吃着，想想龚半千当年，恐怕梦里也不会料到他的故居会被修整得如此阔气。

吃茶中间，我一个人踱到旁边另一座同样漂亮的楼上去看，满壁书画，都是和这楼有些关系的。可惜全部是新作，没有一张原迹。因此我想，这里实在是一个陈列"金陵八家"作品的理想场所。当然不可能终年都挂着，但当春秋佳日，是可以考虑举行展览的，平时，也应该有些精美的复制品，像龚半千的画，是应该有几幅的。

不知什么缘故，“金陵八家”的作品流传的很少，就连画家的名字，人们也不大举得出，只有龚半千是例外。这次在南京，因主人的好意，在南京大学看到了高岑、樊圻、邹喆三家的山水画轴。后两幅颇精，有浓郁的明人气息，看得出和新安派在笔墨风格上的渊源。不过作为一个流派，八家之间又并不存在一种鲜明的共同风格，只是因为他们都生活在南京这个地方而已。楼里挂着一大幅介绍，上面引用了半千请王石谷画《半亩园图》写的长诗附跋里的一节话。这是半千为石谷提供作画时做参考的，所以对这里的周围景色描写得较为仔细。其实中国古代画家画起这种图来，多半并不需要什么实地观察，只要以意为之，随笔点染就成了。不过半千却是认真的。

> ……清凉山上有台，亦名清凉台。登台而观，大江横于前，钟阜枕于后。左有莫愁，勺水如镜；右有狮岭，撮土若眉。余家即在此台之下。

这样的景色，在楼上是看不到的。因此我们就爬到清凉山上去。其实这也算不了什么山，只是缓缓的逐渐高起来的一座小丘而已。不过满山林木，细草平坡，着实幽静得很。近处还有一道山凹，又平添了些深远的气势。一个少女，手里拿了一把竹笆正在把落在地上的松枝搂在一起，已经有了高高的两堆了。

这地方就是清凉台的所在，据余宾硕《金陵览古》，“上有翠微亭，南唐时所建；又有‘不受署亭’，李后主避暑处也。”又说：“台踞山岭，俯临大江。每秋冬之际，木叶尽脱，夕阳返景，江涛浩渺，人烟寥廓。……”不论是半千还是宾硕，都夸说了大江，但在这里其实是看不见“江涛浩渺”的，这不过是出现在画家、诗人云烟缭绕的梦境之中的景色。

陪我同来的朋友提醒，这里就是杜少卿带着夫人游赏过的地方。那是在《儒林外史》第三十三回里。他们在清凉山的“姚园”里吃酒，“坐了一会，杜少卿也坐轿子来了。轿里带了一只赤金杯子，摆在桌上，斟起酒来，……凭在栏干上，留连痛饮。这日杜少卿大醉了，竟携着娘子的手，出了园门，一手拿着金杯，大笑着，在清凉山冈子上走了一里多路。背后三四个妇女嘻嘻笑笑跟着，两边看的人目眩神摇，不敢仰视。”

朋友赞叹说：“这真了不起，在两百年前能写出这样的场面。”是的，在今天，携着夫人的手，不说在清凉山的冈子上，就是在大街上走，又算得了什么？但这是在两百年前，吴敬梓在这里用了一个“竟”字，可见他下笔时也有些斟酌的。围观的人都“不敢仰视”，并不是怕挨板子，其实是孔老夫子“非礼勿视”的教育在起着作用。不敢仰视，斜视或旁窥则不妨，不然他们围在那里做什么呢？酒杯，还是赤金的，这自然有些可笑，不过是为了描写杜少卿这人物精心设计的一件道具，也并非随意的拉扯。

我们又从冈子上走了下来，回到了扫叶楼。我记起了龚半千的一首诗，这在我曾经读过的许多金陵诗中，是属于不易忘记的那一类作品。

> 登眺伤心处，台城兴石城。雄关迷虎踞，破寺入鸡鸣。一夕金笳引，无边秋草生。橐驼尔何物，驱入汉家营。

关于画家早年的经历，至今我们还不甚清楚，也不必猜想他曾参加过怎样的抗清运动，但从他的交游朋辈，从他的作品，无论画还是诗，都能无可怀疑地断定，他是一位有着强烈民族思想的明遗民。这诗就是明证。

《桃花扇》的作者孔尚任曾经到虎踞来访问过龚贤，这时他们结识还不久，不过已经是知交了。龚贤是《桃花扇》中的人物，虽然不曾以真实姓名在剧本中出现，但可以肯定，戏中某些人物的身上，必然有着他和他的朋友的影子。这就是他们一见就倾盖如故的原因。就在这次访问以后不久，老病的龚贤受到向他索书的豪横的迫害，曾向尚任求援，还没有来得及营救，画家就死去了。最后来送葬并经理身后诸事的也是孔尚任。他为死友写下的挽诗中，有“野遗归命辰，已巳秋之半”的句子，正因此才使我们得以确定画家的卒年是在康熙二十八年的秋半。

周亮工说，半千“酷嗜中晚唐诗，搜罗百余家，中多人未见本，曾刻廿家于广陵”，今天我们还能看到半千所辑《中晚唐诗记》的清初刻本。他自己的诗集，也曾发现了《草香堂集》的抄本（在安徽歙县文化馆），这是一部清中叶抄本，扉叶有“金阊刘建之梓”字样，所从出当是清初刻本，这也并不是全本，只存律体，还有一卷题《草香堂近集》。所收只是前期的作品（见《文物》一九七八年，第五期）。

（一九八〇、二、七）

据《金陵览古》，半亩园在宋代曾是“一佛祠”的原址。这祠原是郑侠的读书堂，郑侠有“漏随书卷尽，春逐酒瓶开”的诗句，受到王安石的称赏，成为知己。但后来郑侠反对新法的推行，曾画过有名的《流民图》给宋神宗，并疏论新法不便，成为当时两派斗争的一件大事。后来郑侠被贬斥，“侠既去国，仅存一拂，人称一拂先生。”这就是祠名的由来。前写《王介甫与金陵》文，没有提到安石在治平初曾因母忧持服，后又曾短期知江宁府居金陵的一段经历。安石与郑侠最初相识，也就在这时。因记此补遗。

同日夜更记

献花岩

天气真是好得出奇，几乎有连续两个多月的秋晴。到南京时已是十一月初，可是在玄武湖还遇到了大批蚊子袭击，走走路也会出汗，简直丝毫也没有晚秋的气味。对一个旅人来说，这当然是值得高兴的事。不过天气固然可喜，但秋意却完全不见，好像这只不过是夏天的尾巴，而这尾巴也似乎确是拖得太长了。

据说，只有秋天才是最好的旅行季节。中国过去的山水画家最喜欢落笔的题材也总是什么“秋山行旅图”之类。如果是夏景，就常常画一个摇着扇子的雅人坐在水阁里乘凉，在赤日之下蹭行的场面，我就从来没有看到过。不过，话虽如此，我终于还是遇到了一场秋雨，那经验也是很有趣的。

一天下午，没有什么别的安排，就抽空到龙蟠里的图书馆里去翻旧报纸。三十多年前，我曾到这里来过好几次，幸运地看到了不少丁氏“八千卷楼”旧藏的宋元旧本，还拜见了柳翼谋老先生，因此对这里颇有一些怀旧的感情。不过现在这儿已经不再有旧本书，变成了专门收藏报刊杂志的“分部”了。即使如此，我还是很高兴重访这个地方。

进门以后，迎面就看见一排新建的藏书楼。虽是砖木水泥的新结构，但设计还保留着民族风格，楼前一排朱红的水泥柱子，也颇有古意。但记忆中古老木结构的“惜阴书院”，却没有能看到。在阅览室里埋头翻着旧报，居然发现了不少三十多年前自己在南京写下的文字，其中就有关于“盋山精舍”的报道。报纸合订本的纸张都已发黄变脆，折叠处还用玻璃纸仔细地粘贴起来，俨然也是一种“文物”了，这就不能不使我发生一种感慨。也并非什么思古之幽情。只是不住地想，这一切真是从那里说起。就这样默默地翻着旧报，不知不觉，天色已完全黑了下来，更没有想到，秋雨也已经落了好半日了。

离开图书馆，到朋友家里去吃饭。在宽阔寂静的马路上冒着秋雨赶路，在公共汽车站上等车，最终终于来到叫作“阴阳营”的目的地时，几乎已经浑身透湿了。这是到南京以后遇到的第一场秋雨，虽然有些狼狈，但心情却是激动而高兴的。

这雨几乎下了小半夜，还夹杂着虎虎的北风。这就使我也一直担心了小半夜，因为按原来的打算，第二天是要到祖堂山去的。幸好，雨停以后接着来的又是一天秋晴，而且是十分理想的，为辛稼轩所赞叹的“天凉好个秋!”

车子从中华门穿出时，坐在车上的人都非常快活。朋友不停地给我提示，这里是秦淮，那边是长千里，乌衣巷也在这一带，现在钉着乌衣巷街牌的白鹭洲公园附近那一处其实是弄错了。……好像也的确是这样。我的一本《金陵古迹图考》早已不知流落到哪里去了，离开南京又那么久了，对这一切简直完全没有讨论的余地。过了雨花台，穿过铁心桥，经过新开但未完工的新秦淮，车子一直向南驶去。没有好久，就看到了著名的牛首山。远远望去，好像也并不见得有怎样的出奇，然而它却是很有名的。“遥望两峰争高，如牛角然。佛书所谓‘江表牛头’也。”（《金陵览古》）原来这还是一处佛教的圣地。晋元帝过江，在金陵起造宫殿，没有阙，王道就指着这山凑趣道：“此天阙也”。从此这山就也叫“天阙”。无论是怎样的淡话，只要出自“名人”之口，总是会变为典据的。

车子驶得近了，看那牛头上的双角时，好像只剩下了一只。据说另一只不知在什么时候已被毁掉了，那详情也弄不清楚。又据说这里还是发生过宋金激战的“牛头山”，至今京戏里还在上演的《挑华车》，那战场就在这里。远远望去，山腰上确还有着像带子似的一围断痕，据说就是当年的故垒。一一三〇年金军南侵，烧杀掳掠后在镇江被韩世忠打得大败，逃回建康，准备退回江北，曾遭到驻扎在建康附近的岳飞的部队的痛击。这史实我是知道的。但想更仔细地加以考察，就有些困难。几部有关的史籍，至今都还被“藏”在图书馆里，想看也看不成。买一部新出的《宋史》，价钱又太贵，也许还是查不出什么确凿的记载。我想，在野史或《系年要录》那样的书里倒可能找到一些影踪。但目前这一切都是无从谈起的。不过我真诚地希望，这些传说并不是齐东野语。我以为这才是牛首山的光荣，比起什么“江表牛头”或“天阙”，要有价值得多。

车子又开了大约一刻钟光景，终于看到了祖堂山。近三十年前曾经到这里来过一次，是为了参观新发现的南唐二陵，至今还留着极清晰的好印象。那次来游正好是春天，“春牛首、秋栖霞”，也确是经验之谈。这次是深秋，虽然依旧满山苍翠，到底不及春天的蓊郁。从山脚向上望去，幽栖寺就像安稳地深深地坐在一只巨大的绿呢沙发里，背后环绕着重重叠叠的山的屏风。寺院显得小小的，静极了，安谧极了，也匀称极了。

上次来时，记得是从后山翻过来的，曲曲折折地走了好半日，一路上攀藤拊葛，好像路边还有流着山泉的小溪，好不容易才来到了寺前。这一回车子却一直开到山脚，上去没有多远，就到了寺门。山门前的一块地方，好像也比当年逼仄了许多。我想，重要的原因是这里比过去更拥塞、更荒秽，增添了许多不调和也一点都不好看的东西，在破旧的临时建筑上刷着难看的白粉，堆着乱七八糟的事物。站在这里，会使人感到一种说不出的局促和不安。

过去，这里四面都是丛生的参天古树，现在好像已经斩伐得差不多了，只剩下了一株古银杏远远寂寞地站在一边。“月牙池”的旧额倒还在的，悬在一座破破烂烂的亭子上。亭下的一弯池水，成了一座污水池。朋友指点，亭子旁边与石板过道，就是有名的“琵琶堤”，从前人们从这里走过，会听到琤琤的步履声，就像苏州灵岩山上的响蹀廊一样。可是现在就是请西施小姐来走过也什么都听不到了。

对一切名胜的解说全都失去了兴趣，就赶紧走上寺门去。不料这寺门却是锁了起来的。打听下来，才知道好几年前，这里已经改成“精神病院”（?）了。这真的使我吃了一惊，也不能不佩服某些人物设想的奇妙。近来一直在报纸上看到不少离奇的故事，风景胜地被夷为平地者有之，改为工厂者有之，变成集体宿舍的也不少，但被这样“化腐朽为神奇”地利用着的，以我的见闻寡陋，倒还是第一次听到。从墙缝里张望，果然看见有不少在院里挑着水桶迟缓地劳动着的人，据说这些都是病状轻减，可以适当使之自由活动的病号。沿着墙外向山上走去，就可以更清楚地看到寺里的情状。原有的结构已经大大改变了，新修起一排排长长的“宿舍”，想来就是病号们的住处了。

朋友带我去看了祖师洞，就在寺旁的一座岩洞里，现在是“药库”，有两位女护士坐在那里，承她们的好意开了电灯让我们进去参观了一下。这是一个仅能转身的阴湿暗冷的洞窟，好像顶上还不住地滴着水。据《金陵览古》，“有石窟如台，深丈广寻，题曰‘献花岩’，唐嬾融祖师禅定于此，有百鸟献花之异。”在这样的地方闭关的和尚确是不愧为祖师。我自己是有过“坐关”的经验的，“坐关”的地方和这里也差不多大小。毕竟因为道力不深，几乎一天也坐不定，即使有百鸟前来献花，我想也未必有效。这样想着，怀着敬畏的心情，立即退出来了。

绕过寺后，上山，真正奇妙的景色出现了。眼前是一片绿色的海。整整半面山，像筒裙似的，围着厚厚一片参天的竹林。这都是直径半尺左右的楠竹，疏秀、挺拔，微风过处，有一阵阵悉索的声响，小路就在竹林中间蜿蜒地穿过，落叶满地，一片还没有褪尽残绿的暗赭，踏上去可以感觉出厚实、棉软中间的弹性。我尽量放慢了脚步，惟恐走尽了这片可爱的竹林。

竹林尽处，已经是祖堂山的右侧了。这时我们才有可能回过头去遥望牛首山，照余宾硕的描写，“秀宇层明，松岭森郁，绮绾绣错，缥渺玲珑”，大致是不错的。但我想，三百年前，此处应该有远较今日更为茂密的林木，那就是也许我们会觉得他的描摹有些过于夸饰的原因，那幽栖寺，遥遥望去，也依旧是美丽的，这使我感到了很大的安慰。

在山路一侧，看到仅存的一堵断垣，更确切地说，只是一座小小的山门。但山门上面却留下了“古拜经台”四字旧额，此外，连碎瓦都没有一块了，但我却觉得这地方很好，也许这就是杜牧所见的“南朝四百八十寺”之一吧？

（一九八〇、二、三）

南唐二陵

这一篇本来是应该紧接在《献花岩》后面的，可是一直拖到现在才来动笔，想想牛首山上应该已是一片浓绿了。

去年秋天我们到祖堂山去，从山后的竹林穿过，走下山来没有好久就能看到脚下光秃秃的荒岭上有两个不起眼的土堆，如果不是土堆前面各有一个进口，仿佛还装着什么门板一类的东西，那就无论是谁都很难辨识，这里曾经埋葬过南唐先生和中主。他们是五代十国那个混乱时代里一个小国里的小皇帝，不过有一位却是我国文学史上著名的词人，而他的儿子则是一位更大的词人。

五十年代初期，二陵发现后不久，我曾来访问过一次。二十多年过去了，这里几乎没有任何变化。这真是个荒凉寂寞的地方，四周几乎没有一点绿色。不用说陵墓前面的石刻，简直连残砖碎瓦也没有。就在陵墓前方的明兵部尚书王以旂的墓道，却还留下了几个石翁仲。可见在明代，这里已经就是这样子。他们不约而同都选中了这个地方作葬地，大约信奉的是堪舆学的同一流派。但在我看来，却实在看不出这里的风水好在哪里。

墓前不远，还留下一个小水塘，但已邻近干涸，我在这“池塘”前面立了一会，迎面吹着虎虎的西风，不禁想起了中主的两句词：“菡萏香销翠叶残，西风愁起绿波间”，同时又想起了王国维对这两句的评赞，“大有众芳芜秽、美人迟暮之感”，这是说得不错的。此时我所有的也正是这样的感觉。虽然眼前的“池塘”里并没有什么荷花、莲叶，只是一点浅浅的深黄色的烂泥浆。

我们又走进墓室里去参观。陪同我们参观的是负责照顾这两座墓室的七十一岁的夏在培老人，他摸出钥匙打开了门上的锁。这门，不过是从他家里扛来的两块板，胡乱地装起来就算是“门”了。原来的门在十多年前被红卫兵捣毁，本来还准备进去砸烂墓室，被老人和大队里的农民所阻止。老人在大队里有些威望。三十年前这两座墓也是他最早发现的。

墓里也还是二十多年前的老样子。一些残存的殉葬品都已搬去藏在南京博物院里。这里只剩下搬不动或不必搬的石棺座，和中室北壁两座浮雕的武士像。这两位戴盔、披甲、身前竖着长剑的武士，站立在这里已经整整一千年了。看那神态，与其说是威猛的武士，还不如说是两个耕作得疲倦了正在休息的农夫。

武士的身上和彩画的枋额、头栱，画柱，双龙夺珠的浮雕，原来都是涂金敷彩的，不过现在已经几乎脱尽了，只剩下石刻缝隙里偶然留存的暗红的朱砂痕迹。室顶满绘着天上的景象，日、月、南北极、满天星宿，都用朱线联接起来。地面上铺着的大青石板上则凿出了弯曲的江河的纹路。棺座是六块大青石组成的，表面边缘有牡丹和龙的平雕。非常简单，比起成都的王建墓来差得很远。前蜀的王建和南唐的李昪的时代和身份都差不多。但王建的陵墓中，棺座是由四个武士用力抬起的，武士们只雕出了上半身，神态逼真，巧妙地表现出他们虽然用尽平生力气，还是不能不使下半身陷入了地下。王建的棺座四周更精致地雕出了神色飞动的十几位歌舞伎。她们或弹琴擘阮，或舞袖轻飏，简直就是一组活生生的乐舞队。前蜀收留了不少唐朝逃来的士族、文人，如韦庄、毛文锡等，也带去了唐的典章文物和文艺风习。在这一点上与南唐也是近似的。后来我们从李昪的墓室走出，到他邻近不远的李璟墓室去看，虽然规制大致相仿，但更是简陋草率。很容易理解，南唐的国力，到了后主为中主建造陵墓时，已经更为衰弱、疲敝，不能不马虎应付了。

所谓“南唐二陵”，也不过就是这样。值得人们流连的还是李璟留下的四首词。这数量绝不能算是多。但只是这一点，就足以使他长久地在中国文学史上存在下去。

“细雨梦回鸡塞远，小楼吹彻玉笙寒”。这样的句子是使人难忘的。同样也是著名词人兼贵官的冯延巳曾以此为向中主拍马奉承的材料，但还是不能不承认他说得不错。

站在“二陵”外面不能不想到中主的儿子后主。他是被宋太宗毒死后葬在洛阳的北邙的，他的葬地恐怕连偶然被发现的机会将不会有。

清代的钦善在《读陆氏南唐书》中说：“……窃谓误用小人之祸，振古有之。而南唐书之小人，大半词人。夫不以伶宦奉己，不以贪黩殃民，讲易赋诗，以文彩亡其国者，古未有之，自南唐始矣。”（《吉堂文稿》卷七）

这种意见，在过去的读书人中间，恐怕是有代表性的。李后主不过是一个“生于深宫之中、长于妇人之手”的特级“大少爷”。他也绝不是什么宽厚的统治者，民间鹅生双子、柳条结絮他都要抽税，也算得是空前绝后的奇闻。我想不通柳絮怎样课税，难道说要收拢来过秤么？宋艺祖对他的评论倒是实事求是的：“乃一翰林学士耳。”李煜的词是作得好的，也极用功。金陵城破之日，他还在埋头填那首著名的“樱桃落尽春归去……”宋艺祖说：“李煜若以作诗工夫治国事，岂为吾虏也。”也说得不错。这和钦善的是两种出发点完全不同的意见，对照一下，是颇有趣味的。

后来我们又到夏在培老人家里去拜访。坐在他新造的房子里吃茶，听他谈二陵最初发现的故事。那是一九五〇年的春天，放牛的小孩在这个大土堆上玩，发现有一个洞，探进去恰好是一只龛，可以从中摸得明器和土木偶，卖给古董铺，每件可得三元。“二陵”就是这样被发现的。老人还说，二陵发现后，南京博物院的院长曾昭燏始终主持着发掘和研究的工作，在二陵附近住了半年多。后来发表了完整的调查报告。她死后也葬在这里。“文革”中墓碑被砸坏，用红笔大书“反动祖师爷”云云，到现在也还没有修复。

附记：

故宫博物院藏有传说是南唐名画家周文矩所作的《重屏会棋图》，据《挥尘录》说，画面正中南面挟册正坐的是李璟。这样我们就不但可以看到他的画像，而且能知道他的日常生活情况和当时的人物衣冠、居室器物以至文娱用品……这真是令人高兴的事。

（一九八〇、五、三）

秦淮旧事

二十年前，在重庆读书，偶然到沙坪坝中央大学去玩，在教职员宿舍某先生壁上得见胡小石先生手写条幅一幅，是一首六言诗：

总角簪花旧院，白头泼墨撅庵。鸡山烟霞绝世，归来何必江南！

当时还不知道这诗里所写的人物故实，只是为末两句所触动，觉得实在是好极了。这和自己当时那种“少年子弟江湖老”的感伤情怀是完全合拍的。记得壁上并排还挂着汪辟疆先生一首七律，那开头两句是“嘉陵江水女儿肤，比似春莼碧不殊。”也留下了深刻的印象，这两句诗所写的嘉陵江，在宿舍外面的松林间就可以望见，那江水绿如醇醪，真亏诗人想得出女儿肤色的绝美比喻。

胡汪两先生都在中大任教，近在咫尺，奇怪得很，当时却并没有起过拜谒的念头。

不久到了昆明，从翠湖图书馆里偶然看到什么笔记里记着明末云南的著名和尚担当的故事，才想起小石先生的诗原来就写的是他。担当俗名康泰，字大来。少年时曾远游江南，也是秦淮河上著名的人物，因而有簪花旧院的故事。算起行辈来，恐怕仅次于王百穀、马湘兰，比起金陵四公子来还要算是前辈。甲申以后即落发为僧，居鸡足山。所为诗自明亡以后改题《橛菴草》。这样，小石先生的诗，算是完全了解了。

当时此诗给我的激动，和诗人注入原诗的情感也还是有一定距离的。作为一个正直的爱国知识分子，诗人痛感抗战胜利无期，不禁有归来何日之慨。那末两句说的正是反话，可以抵得庾子山一篇哀江南赋，这在当时还是一个年青学生的我，是不可能完全理解的。

直到解放初的一九四九年秋，我又到了南京。为了替报纸组稿，在秦淮河上的六华春酒家备了一席酒，把南京大学的几位老先生都请来了，其中自然有胡先生在。这才算是第一次识荆。当时胡老的豪情今天还历历如在目前。解放给他带来的快慰真是无可言说的。记得当筵我背了这首诗给他听，他哈哈大笑，说了一句什么，原话记不起来了，总之，他是那首诗里自己的抑塞情怀一股脑儿都否定了的。

酒酣耳热，就又扯到了秦淮旧事。很自然地提到了写《板桥杂记》的余澹心。胡老揎拳挽袖。大声地说，“我给你讲一个有趣的故事。”

他曾在无意中买得余澹心的一部遗著的清写稿本——《东山谈苑》，是作者自己手校过的。最妙的是，书中有几个地方，为了避清朝皇帝的御讳，钞手缺了笔。余澹心用笔蘸饱了银朱，浓浓地补上了一点，那朱墨竟自透过了好几层纸。胡先生说，“只这一点，就把遗民的心情完全发泄出来了。”

这部《东山谈苑》，后来由江南图书馆影印出来。可惜是石印，自然已经看不到这一点的余痕了。

胡先生又告诉我，他看到过一幅画。山水树石之间，杂坐着一些名士闺媛。人物衣冠都是晚明风气。在太湖石上坐着一个风神倜傥的少年公子，衣服华美，秀色夺人。原图既无题识，又无画人姓氏。苦苦寻思，终不知是怎样的人物。最后无意中在少年的襟袖之侧发现了小楷细书“余怀”二字，不禁狂喜。胡先生说，“《板桥杂记》之出于如此人物之手，是完全可以相信的。”可惜当时匆匆不曾追问胡先生原图的踪迹。

过了一年，我买得清初汲古阁刻澹心《咏怀古迹》《江山集》《看花诗》等三种，就把这一段故事记于书端，日久几乎淡忘。小石先生于今春在南京逝世，偶与友人谈及，感念无已，遂拉杂记此旧事，以为纪念云而。

（一九六二年）

金陵杂记

一九四六年的下半年，我在南京住过一些日子，曾经写过一束随笔，在报上连载，题为《金陵杂记》。剪报久已失落了，但内容还约略记得。至今想起也还不能不为当时旺盛的精力和非凡的好兴致而神往。那时我是一家报纸驻南京的记者。记者的任务是每天到许多地方奔走，从不同渠道打听着不同的消息。到了晚上就将这些写成要闻，用长途电话报告给编辑部，工作结束时总是深夜了。这并不是轻松的工作，可是也并不感到是怎样沉重的负担。第二天照样在这个荒凉宽阔的古城里走来走去，有时为一个路牌、一个地名所吸引，就走进去看看。南京是六朝古都，时间虽然已经过去了一千多年，又经过若干次战乱，但遗迹还是丰富的，是骚人墨客吊古的好地方，可惜我并不是，随身带着的也仅是一册《金陵古迹图考》，如果遇到了真正的雅人，怕是要为之齿冷的。

最近偶然看到某先生那时在南京写的一首旧诗，其中有一句是“白门衰柳群鸦舞”，回忆起来，当时的政治局面也差不多就是如此。如果要更全面、形象些，较好的说法应该是这样：一面是庄严的工作，一面却是荒淫与无耻。这是不能不使人感到气闷的。吊古必然要伤今，恐怕也是古往今来的一条通例。“思古之幽情”并非无条件就可以触发的。虽然曾被“四人帮”之流“借古讽今”的棍子打得晕头转向，我还是不能不坦率地指出这一点。

因在文章中曾经记下过一些感慨，所以至今也还清楚地记得一些事情。有一次在什么地方漫游，忽然发现了阮步兵（籍）的衣冠冢，还保存着一块旧时的墓碑，这真使我异常高兴了。仔细看时，碑的顶端却新刻了一个“青天白日”的花样。当时年少气盛，不由得又愤激起来。这位古代狂诗人，在一千多年以后竟自成了“本党同志”，阮君地下有知，当不知如何咏怀也。

又一次是按照野史中提供的线索，跑到中华门内去“访古”，居然被我找到了一条叫作“库司坊”的小巷，也就是南明时老百姓称之为“裤子裆”的地方。更为意外的是，竟又找到了据说是阮大铖“咏怀堂”的故址。记得住在那里的一位老医生介绍说，这里不久前还曾遗留下一座楠木结构的厅堂，在抗日战争中已经拆卖了，此刻就只剩下一湾池水、几块假山的废圃，旁边杂植着桃花。想想这就是当年上演“春灯、燕子”的所在，真是不胜感慨系之。为什么要对阮大铖这样的脚色发生发此浓厚的兴趣呢？“四人帮”的爪牙们曾经查问过，我自然什么也没有回答。这样的问题难道能和这些东西说得清楚么？

一晃三十多年过去，最近才得到重新访问的机会。正是江南晚秋最好的季节，几天里抓紧时间跑了一些地方，不过到底也没有能够一一遍访当年的旧游之处。城市的面貌确实有了很大的变化，许多地方都已与旧时记忆完全不能吻合。走出车站，乘电车来到鼓楼广场，发现这里已是一个重建的崭新的地方。在一排新起的高层大楼的转角，一家饭店的市招上俨然写着“马祥兴”。这使我惊喜。也自然地想起中华门外只不过两间篷屋、七八副座头的马祥兴旧址。到底是大大不同了。至少在外表上看来如此。

这样，我的这次漫游，也可以说是另一种意义的“访古”。三十年来，胡乱读过一些旧书，时时遇到有关金陵故事的材料，有时也作些札记，想找个机会重订草率鲁莽的旧作。可是性情疏懒，工作断断续续，一直没有认真进行。中间又经过十年浩劫，积存的书册、笔记多已荡为云烟。不过我想，这也未始不是一件好事。有关金陵的旧记，浩瀚极了，要一一搜寻了来考证、爬疏，那就绝非个人微力在短期内所能做到的。有时，一空依傍也还有它的好处的。因此这次出游，就什么参考书也不带。就连手抄的一本余鸿客的《金陵览古》也留在家里。余鸿客是《板桥杂记》作者余澹心的儿子，也是一位遗民。这本著作里收录了六十首诗，每诗前都有详细的诗叙，整体形成一册相当完整的有关金陵古迹的考证著作。我得到此书是在一九五〇年，当时就深悔写《金陵杂记》时未能引用有关材料，不然成绩可能会要好些。现在就想少少利用一下。

考证的工作虽然为某些人讥为繁琐，脱离现实，但其实是很不容易的，也并非毫无用处。今天提倡求实的精神，要求实，在很多地方就不能作考证。上面曾经提到过阮嗣宗的衣冠冢，原址就在凤凰台。《儒林外史》的作者吴敬梓在《金陵景物图诗》里就曾提到此处。他所说的是雍乾之际的情况。他说，“台在花露岗，城内秦淮、城外护河二水之间”这里就是说，今天地图上“花露岗”的名目早在清初就已有了。吴敬梓又说，“又台下有阮籍墓，谓明时掘断碑得之。按籍陈留尉氏人，殁于景元四年。后二十魏始禅晋，又十五年晋平吴。籍始终魏人，固不得葬于吴地。一统志记，籍墓在尉氏县东四十五里，是其实也。或疑阮孝绪墓，孝绪字士宗，音同而传讹焉。”

吴敬梓是小说家，但也搞考证。他怀疑这个墓不是真墓，好像清初时阮墓碑碣并也不说明是衣冠冢，他的意见自然也有道理，可供进一步讨论的参考。不过天下古迹，并非全部都经得起科学考定，有些难免出于“好事者”的捏造。但时代既久，得到了人民的承认，它们的存在就有了新的理由。考证是必要的，它利于辨明是非；但现实也应顾及，对一些有疑问的遗迹，也还是应该“姑仍其旧”，作为一种民间传的痕迹也好。

但对目前凤凰台畔的阮墓，却已不再需要这样的斟酌、考虑了。据《雨花》月刊（七九年十月）一篇文章的描绘，“四十三中校园内的阮籍衣冠冢已被彻底平掉了，我在乱石堆中只找到大约十分之一块墓碑。”这是不能不使人感到可惜的。学校是文化园地，在校园里为一位古代诗人留一块栖身之地并不就辱没了谁，在我看倒应是一种光宠。

凤凰台就是这次想去而没有去的一个地方，因此只能用“卧游”的办法来回顾一下，希望今后其他古迹不再出现类似情况。

采石·当涂·青山

一

对于唐代的李杜，我一直是佩服杜甫、喜欢李白。这恐怕和接触作家、作品的先后有关。从很小的时候起，就开始接触李白的诗了，什么“床前明月光”啊，“白发三千丈”啊，对小孩来说都是有趣的近于儿歌的诗。意境奇突而不深奥，琅琅上口，很快就能记得、背出，而且至今也不忘记。儿时的好感是一辈子都不会消失的。

接触并少少理解、欣赏杜甫，那可是较迟的事情了。像《秋兴》那样的诗，恐怕不是年青人所能完全理解的。口里说是怎样的了不起，看来也不免是出于“不识愁滋味”的“少年”的一种“附庸风雅”的习惯。“剑外忽传收蓟北”一诗的神妙，是在内地听到抗日战争胜利时才第一次深切地感受到的。没有“饱经忧患”的经验，恐怕不容易懂得杜甫。

意外的是，正当前些年全国人民“饱经忧患”的时候，出现了一阵引人呕吐的鼓噪。那正是“法家”被挖掘出来、捧上天去的时候。从古代的“帝王将相、才子佳人”群中，精心选拔了一批名人，布出了一个雄壮的法家阵营。在这中间也出现了李白。他是作为文学界的代表人物登场的。一位得风气之先，并勇于“改过”的聪明的学者，在一本文学史中，使出了殡仪馆特级化妆师的全套本领，把李白打扮成一个响当当的“法家诗人”，同时下死地把杜甫推入了另册，更狠狠地踩上了几脚。

卖论取官、卖身投靠，原是我们这个有着悠久封建传统的国度的丰厚遗产的内容之一。对此，我们是熟习的，也能充分理解的。出奇的是使用的那别致的手法。手法的卑劣说明了用心的卑劣。一个人被开刀整容、画上了各种油彩的李白，看了也真使人不舒服，简直要引起无名的激愤。“为混蛋所称赞，不如战死在他的手里。”鲁迅先生引用的这句“伤心悟道”之言，送给李白也正合适。可惜他早在一千多年以前就已死去了，连抗议也办不到。

为什么扬李就必须抑杜呢？难道他们两位就不能在我们的文学史上并存么？难道他们的声光，是随便谁能加以消灭的么？一个被“钦定”为“法家”，另一个必须打成本“儒家”么？学者也明明知道杜甫的名字抹不掉，才别出心裁地另立专章，将他打入另册，难道这么一来就天下太平、文坛万岁了么？“百花齐放、百家争鸣”到底摆到什么地方去了呢？

这样，除了旧有的好感之外，对这位大诗人就又增加了新的同情，也就是说更加喜欢了。也因此，这次在南京安排游览日程时，朋友要我在栖霞和采石当中选取一处时，就毫不犹疑地放弃了前者。虽然那里有满山迷人的红叶，路上还能看到新修整的六朝陵墓上高大而美丽的石兽。

二

一夜西风冷雨并没有彻底结束延续了一个多月的秋晴。到了早晨八九点钟，太阳出来，依旧是一个绝好的清秋天气。车子离开住所，穿过中华门，向西南方向驶去时，时间已近午了。公路有时和通往芜湖去的铁路并行，时时能看到在高高的路基上的缓缓移动着像玩具似的列车。南京也正像一个古董铺子，到处都是遗迹，车行过处，朋友不断地指出了长干、新亭……都是有名的地方。不过也并非所有的遗迹都有同等的吸引力。新亭，那是随同晋元帝过江的豪族名士们经常会饮的所在，他们有名的议论，“风景不殊，举目有河山之异”，今天听来就好像已经颇为遥远，照王国维的说法，有些“隔”了。但在明清之交，它却是诗人念念不忘的好题目。这样想着，又经过了已经成为一个小城镇的九四二四工程基地，经过了西善桥、铜井，一个小时以后就到了著名的马鞍山。

这是一个崭新的城市。几条主要的街道和两侧的建筑都是新的，整齐、大方，一些都没有拥挤局促之感。市区有一个新建的湖区，岸侧种着垂柳，也是疏旷明净的。我们就在“胡滨饭店”用了午膳，领略了淮南菜蔬的风味，还吃了淡淡的“太白梨酒”，应该说，从这时开始，就已经开始感受到李白的流风余韵了。

离开马鞍山，三刻钟以后就到了采石的太白楼下。一带朴素的白粉墙，当中是一座嵌在壁上、金碧错彩、小巧精致的门楼，下面是一块蓝地填金的横额，写着“唐李公青莲祠”。大厅两侧安放了一对石狮。这种建筑格局正是典型的明代徽州风气。

李白的祠庙和以他的名字命名的书院，全国有不下二十处，许多他曾经居住或写下过名篇的地方都留下了纪念性的建筑。面前这一所，据书记是唐代就已存在着的了，它的另一个名字是“谪仙楼”。宋嘉泰中建“采石镇唐贤坊神霄宫，内有太白祠”（江南通志），应该就是现在这座还约略保存着旧时面貌的祠宇的前身。从外表看来，那格局也正像一座道观。太白楼是一座相当雄伟的双层两进结构的飞楼，正面遥遥向着江水的是一片明窗。这时正在重修，全部搭了脚手架。没有发现什么匾额、对联、石刻，只在后进看到题有“青莲居士”四字的一块小小横额，在墙上嵌有一块梅花碑，是光绪中期的东西。

这座外表看来极像明清之际大型戏楼的建筑，应该是历代许多诗人曾经驻足题咏过的地方。较近而为人所熟知的大约是乾隆三十七年壬辰（一七七二）春天安徽提督学政朱笥河（筠）在这里举行的大会。在这次盛会上年青诗人黄仲则写下了有名的《笥河先生偕宴太白楼醉中作歌》七古长篇。按照仲则的好友洪亮吉的评价，他的诗是“与青莲最近”的，他的这首长歌也确与李白有几分相似，只是气局更小了多少倍。感慨还是旧感慨，发牢骚的对象却从皇帝降到了提学使。一九二二年郁达夫的小说《采石矶》写的就是黄仲则的故事，其实写的正是作家自己，小说淋漓致地反映了大革命前夕一个对旧社会感到失望的知识分子的心。无论是黄仲则还是郁达夫，他们在作品中流露的感情，对今天的读者说来，都已几乎是辽远而不晚理解的了。

达夫在《采石矶》里说，“太白楼开了八面高窗，倒影在江心牛渚中间”，这其实是不确的。太白楼坐落在采石矶的背面。长江在这里有一个曲折，在楼上也能望见江面，但其间还有一两里路的距离，无论如何它的倒影也不可能落在江心。

下楼从右侧登山。迎面而来的是溪间、石桥，参天的古树，一片几乎有些阴森的暗绿。路侧有清初人的诗碑，还有一口“赤乌井”。直等爬到半山，才在山侧看到一座依崖而建的碑亭，这就是“蛾眉亭”。为什么有这样一个美丽的名字呢？因为这里和对岸的和州（今和县）有两座隔江对峙着的梁山，从江中远远望去，“色如横黛，修妩静好，宛宛不异蛾眉。”（太平府志）

这“蛾眉亭”里还保存着宋元以来的五座旧碑，文字还相当完好，没有漫涣。那是宋三山陈垲的诗碑；后至元六年（一三四〇）的“过采石”诗碑；至元四年（一三三八）陈肃书的《观澜亭记》，字写得很漂亮，是典型赵体的元碑；皇庆二年（一三一三）一位“采石书院老儒”的《重修采石蛾眉亭记》和刘淮的诗碑。

离开蛾眉亭更向右折，奇妙的江景在眼前出现了。长江就横在面前，脚下是陡削的峭壁，一直插到江底。前面江面曲折处联接着另一块峭壁。正像一座蜿蜒曲折的屏风。这些危崖似乎都由整块的巨石削成，完全没有山水画里常见的那种皴擦的痕迹，只是偶然在石隙里有几株横生小树，在江风中顽强地摇曳着。过去看新安派画家的画，如渐江的作品，总觉得那些减笔勾勒的山峦妙极了，比起有些画家重墨皴擦的效果不知道要好多少倍。渐江画的树也都是干干瘦瘦的，却总是有力地挺立在那里。一直觉得他怪，是遗民兼和尚的个性流露，还怀疑他的技法可能是从倪迂那里来的。在采石矶头一站，就发现这些推测并不完全合于实际。渐江写的正是皖中山水，他的艺术创造到底还是从现实中来的。

这时天色有些阴晦，风也大起来了。风执拗地不停拉扯着身上的衣衫，一阵阵虎虎的江声，是风声还是涛声，也许是两者的交织，听得人心里森然，觉得这里似乎是不能久驻的。

向上走是一块颇大的平台，周围是高耸入云的古树，台的正中是“横江馆”。这也是与李白有关的遗迹。李白有六首《横江词》，横江浦在对江北岸，是孙策曾经作战过的地方。《横江词》说，“人道横江好，侬道横江恶。一风三日吹倒山，白浪高于瓦官阁。”又说，“郎今欲渡缘何事，如此风波不可行”，在李白的心目中，这地方的一种不可代替的特点是浪和风。当然，像“牛渚西江月，秋天无片云”那样的时候也自然不是没有。

立在峭壁侧边，望着对江的遥峰远树，俯视这要算是附近长江最狭的江面时，觉得这实在是看月的好地方，而且最好是秋月。南宋词人姜尧章，是曾经长久往来于金陵淮上的，他在牛渚写的一首绝句，忽地在记忆中跳出来了。

牛渚矶边渺渺秋，笛声吹月下中流。西风不识张京兆，画得蛾眉如许愁。

秋月，横江，笛声。如果说是谢朓和李白发现了牛渚，那么在他们之后，有了姜夔的这一首绝句，也尽够了。

三

陆游《入蜀记》："采石，一名牛渚，与和州对岸，江面比瓜州为狭，故隋韩擒虎平陈，及本朝曹彬下江南，皆自此渡。然微风辄浪作，不可行。刘宾客云，'芦苇晚风起，秋江鳞甲生'，王文公云'一风微吹万舟阻'，皆谓此矶也。"

自古以来，采石矶就是重要的津梁渡口，也是战略要地。韩擒虎、曹彬以后，又有虞允文。金完颜亮南侵，宋高宗赵构已经作好了逃往海上的准备。幸亏金国内部发生政变，宋中书舍人虞允文采石一战，挫败了金主亮渡江南下的图谋，迫使他不能不移军瓜州，终于被乱箭射死。有一册《采石瓜州毙亮记》的野史，就记载着那战役的始末。

一三五五，元至正十五年，也就是宋小明王的龙凤元年，当时还只有二十八岁的朱元璋，事实上已经是一支重要农民起义军的统帅了。为了打破元兵的围攻，解决军粮供应，他率军从和州出发，渡江，夺下了采石，进取了太平（今当涂）。从《明实录》里可以看出元璋是有他的战略眼光的。他说服想过峪溪口直取金陵的诸将说，“取金陵必自采石始，采石南北喉襟，得采石，金陵可图也。”占领采石后，饥馁已久的起义军想尽力掠取粮草返回和州，这样就要使渡江战果完全丧失，元璋又对诸军说，“前有州曰太平，子女玉帛，无所不有。若破此一州，从其所取，然后方放汝归。”这些赤裸裸的流氓声口，在《皇明本纪》里记得详详细细，到修《实录》时就已完全不见，明太家被写成一个没有任何缺点、只剩下了“英国天纵”的完人。

采石一战，照《实录》所说，“常遇春奋戈先登，诸军鼓勇继之”。这大概是的确的。当我们从左面下山，经过温峤的“燃犀亭”，和有嘉靖壬子旧额的“联璧台”，沿着濒江凿出的逼仄的石级走下去时，在一块悬空的石块上看到了半只“大脚印”。据说这就是当年常遇春登上采石矶时一脚踏出来的。按比例，有着这样大小一只脚的常遇春的身材，至少也要和灵隐寺中的四大天王相仿；而且看那气势，常遇春似乎也并不需要什么舟楫，他简直是从对江一步踏了过来的。

这当然是神话，不过却是绝妙的神话。在这里曾经发生过怎样残酷、剧烈的战斗；人民驰骋着怎样的想象，放情歌颂起义军的勇士；对革命对象的元朝统者又怀着怎样的感情，这一切，都是清清楚楚的。

五年之后的夏天，朱元璋的劲敌陈友谅率水陆军夺取了太平，“列巨舟于采石”，而且自称皇帝，立了汉国。这是一场形势更为严重的恶战。朱元璋在太平的守将是枢密院判花云，被俘不屈，被友谅缚在舟樯上乱箭射死。这就是著名京剧《战太平》的本事。经过保卫金陵的一战，元璋终于消灭了陈友谅的水师，再度收复了太平、采石。

沿着峭壁侧畔的石级，可以一直走到接近江面的地方。江里有几块桌面大的巨石，为湍急的江水所荡激，四面涌起了汹涌的洑流，闷雷似的涛声这时听得更真切了，说话时也不得不提高声音。抬头看时，采石矶的悬崖几乎是倾斜着向江上压来。想想过去的战争，在仰攻、占领这样的要塞时会出现一种怎样的情景呢?

曾有一种传说，李白穿了宫锦袍，夜里在采石泛舟，吃醉了，要去捉水里的月亮，淹死了。他身上的锦袍后来就葬在矶头的衣冠冢里。又有不少文士费力证明了这不过是一种捏造。我看这正是一种天才的捏造，李白干出这样的事，也并非完全不可能的。

这是个古今多少诗人游览吟咏过的地方，也是曾经发生过多少场恶斗的古战场。一切美好、优雅和丑恶、残忍的事物好像同时一下子全部集中在一起，集中在这个伟丽瑰奇的山水窟宅里。这就是采石矶。

四

离开采石的太白楼，已经三点过了。不知道能否在一两个钟头里赶到当涂的青山，路又不熟，要随时问讯，真是一些把握都没有。公路好极了，路边一色种着柳树，都已合抱。在笔直的“柳巷”中穿行，是别处很难遇到的经验，这正是安徽的特色吧，我想。柳与淮南，总是不可分割的。

我过去没有到过安徽，这种印象完全来自姜白石的作品，也许是不足据的。白石写过描写“青青官柳”的《淡黄柳》，他说，“烟渡口、水亭边，长是心先乱。”在古代的文学作品中，柳与别离总是牵连在一起的。柳，作为行道树，因此也应是最合适的。使我特别不能忘记的是白石词序，也往往提到了柳，特别是合肥的柳。他说，“客居合服南城赤阑桥之西，巷陌凄凉，与江左异。唯柳色夹道，依依可怜。”又说，“合肥巷陌皆种柳，秋风夕起骚骚然。”在晚秋的薄暮，在高柳垂阴的路面上行进，不能不想起姜白石说过的这些美丽的浸透了诗意的语言。

不久，就望见了当涂；随后，就又从她的身边擦过了。问讯的结果，有人说青山没有好远了；有人说，还有二三十公里。远处出现了一抹淡淡的远山，也许这就是青山了吧，但其实并不是。

车子终于在过了一座桥后左折，向一处选矿厂驶去。远远可以望见新建的职工宿舍，是很整齐漂亮的红砖建筑。再向左，是与一条管道并行的堤路，长堤过后，路面开始坏起来了，不久，终于看见一座山村。跳下车，向村口奔去。从大男里收获甘薯的农民口中得到了确实无误的指示，李白的墓就在不远的高处，而那背后小巧精致恰如一座碧缘翡翠屏风的就是谢家的青山。

这是一处小小的山村，疏疏落落一起也不过二三十户人家。村路上有走来走去的鸡群，还有黄狗。到处栽着小树。

刚下学的小学生三三五五在路上走着。李白的墓就在村口，圆圆的，新加了石墓圈，上面露出了覆土。墓前嵌了一块小小的石碑，写着“唐名贤李太白之墓”，四围有简单的花纹，没有纪年，看来不过是清代的遗物。十几步外还保留了一声宋碑，右上方捶碎了一角。碑首的三行篆书是“□唐翰林李公新墓碑”，碑文楷书，系据李集所著原文转录，后面低二格书“附记”，作者是宋淳祐壬寅，暂兼权太平州事的马孟点。“附记”大致说，他重立此碑时，上距元和丁酉墓之更徙已四百二十六年。“附记”中还有“葺其祠宇”的话，据老农说，这祠宇原在墓前，后来被日本人一把火烧光了。现在准备重修。

再前面还有一块小得可怜的石碣，一九六五年立。说明着此墓是当涂县的保护单位，并说明墓是坐落在“青山南麓谷家村”，还指定了负责维护的大队，保护范围是五百公尺左右。

清王琦注《李太白全集》，卷后附“外纪”，搜罗有关的记载不少，但未收马孟点的碑记，王琦没有到过采石，更没有来过青山。他所引录的宋以来地志、笔记、诗文，十之八九也都不免是一些影响之辞，《一统志》说白墓“在太平府城东青山之北”，显然也是错误的。看来从来就很少有人到这里来过，这地方也实在是太偏辟了。但也许正因为偏辟，才逃掉了被夷为平地的厄运的吧。

天色已经向晚，暮色逐渐袭来，正如李白诗所说，“青山日将暝”，不能再流连下去。其实这里也没有更多使人流连的东西。但那青山却实在好，李白到底是有眼力的。这地方实在安静极了，也寂寞极了。

五

归途中顺便到当涂城里走了一转。出乎意想，这是个规模并不算小的县城。清代安徽全省十个左右州府中间，太平府是最小的一个，但提学使署却设在这里。说是当涂一直是一处淮南的重镇、名城。城里的建筑物也很精整，市面是繁盛的，大街上处处都可以看到品种丰富的副产品，街上的行人更是拥挤得非常，比马鞍山市还要热闹。

到马鞍山时，已经是黄昏时分，从市外通往南京的公路上穿过，可以看见高大的烟囱吐出的浓烟，在晚霞里有如一条条蜿蜒的黄龙。不多久，天色完全昏黑下来，路旁的景色变得朦胧、模糊，终于只能从迎面射出的车灯辨识曲折而长的公路。这是一条繁忙的公路，一连串车灯就像一条蠕动行进的火龙，迎面驶来的车辆交替打开或关闭车灯，形成不停的光影变幻，使我记起很久以前看过的一部外国影片，导演在影片里运用这种手法映衬人物心情的细微变化，巧妙得很，他制造的环境、气氛、情调，整个都是诗的。

这时我所想的，也还是有关李白的事情。

李白在诗国里的地位，一千多年以来，一直没有什么争议。人民是非常非常喜爱他的，这从全国有那许多纪念遗址就可知道。为什么李白受到这样的崇敬呢？皮日休曾经指出过李白的两个特点：真与放，是有道理的。作为一个大诗人，李白没有说假话的习惯，无论什么时候、什么场合，人们总是可以清楚地看见他的内心世界。即使是他在吃酒、要颠，甚至是暴露着自己的缺点的时候，人们也还是用理解、原谅的微笑看待他的坦直的自我表现。这是不容易的，能做到如此的真实。还有就是他的“放”。把李白的“放”解释为“思想解放”是危险的，因为他也有他的历史局限，而且是很大的局限，他的狂想往往与现实有很大的距离，有时甚至是荒谬可笑的，不过又有哪一个诗人曾经有过他那样的自由天真的想象呢？同时又是那样的认真。

有一件奇怪的事情，过去一直没有得到很好的解释。在唐代的选家编印的许多当代诗歌选本中，都收了李白的作品而常常忘记了杜甫。我想，作为全盛的开元天宝时代的歌手，李白的成就是无敌的。他是那个时代没有争议的代表作者。从安史之乱开始，李白的时代就过去了，他失去了创作上的凭依；同时现实的鞭子却惊醒了杜甫，使他开始唱出更为忧郁、沉重、愤激的歌声，而在这以前，杜甫在诗国里是不受重视的。

李杜的交替，是唐代诗国中的一次易帜，这种转换，在有唐一代的诗人以及选家中，不是很明晰的，也只有更后，具备了总结一代诗歌成就的条件时，才能逐渐看清其中的脉络。

记得过去曾经看到过一位也是扬李抑杜的旧文学评论家的非常荒谬但不失为尖锐的意见。他说，李白的诗里处处不离妇人与酒，而作为一种“诗料”，这两者可实在比杜甫念念不忘的“君”高明多了。他所说的其实也正是同样的意思。

李白常常说大话，但并非虚假的“豪言壮语”，因为他天真而且认真。李白用这种态度和唐玄宗以及李林甫、杨国忠之流打交道，难免要处处碰壁；他扬言想当宰相，施展自己的抱负，但他不是阴谋家。李白的思想里，有儒家、道家、神仙家、游侠……种种复杂的因素，只是缺少法家的影子。前些年大量出现的胡言乱语，不论是在李白身上还是给其他古今中外作家、作品家倾倒的大量污水确实已经造成了非常严重的文学污染现象，要花很大的力气才能得到彻底的清洗。这实在是一种非常艰巨的任务。

这样胡乱的想着，不知道什么时候已经进入了南京市区。因为南区停电，车子一直到了新街口附近才又看到了雪亮的灯光。

（一九七九、十二、八）

写完上文忽然想到明末安徽著名诗人、画家萧云从。他在明清易代之际先后创作了楚辞图和《太平山水图画》，都是寄托故国之思的作品。画家把热爱祖国河山的炽热感情通过画笔传之缣素，付之雕镌，留下了两部重要的古板画。在《太平山水图画》中，他用四十三幅画精心描绘了故乡的山山水水，写当涂景物的就有十五幅。云从的画风与渐江绝然不同，是继承了宋人画法更为写实的风格。看其中的一幅

“采石图”，高处是满布古松的平台，其间有一座亭阁，大约就是当日的“横江馆”，平台侧边有一人临江趺坐，画面左方是远山、帆影、长江，和在芦苇丛中隐现的帆樯。危崖耸峙，下面有人在泛舟。采石矶的雄险壮丽，表现得极好。不过因为画面的限制，画家不得不把太白楼从山麓搬到山腰，使它处于群峰环抱之中，距离现实就很远了。但到底留下了太白楼的原貌，那界画的工笔楼台，可以相信是当日实物的忠实纪录。

云从还在太白楼下的四壁，画满了祖国的名山，泰山、华岳、峨眉、匡庐，一时有很多题咏。据说这壁画在清乾隆中叶还没有毁去。今天太白楼正在重修，恢复这壁画，倒是个好主意。

一九七九、十二、九晨记

京华十日

前门箭楼的燕子

已经二十多年没有上北京了，真有说不出的想思。

到北京的那一天，天真够热的，觉得北京的太阳确是不同凡响。不过却热得干脆、痛快，绝不拖泥带水，这是比江南高明的地方。在前门外住下来以后，已经是该吃晚饭的时候了，就慢慢蹓出去，在前门大街上闲走，“都一处”“一条龙”“月盛斋”这些店招看了就使人感到亲切，即使里边卖的食物与过去不大一样了，也不要紧。“都一处”卖的是蟹肉包子，这应该是南京或上海的特色，现在是“南风北渐”了。但小米稀饭却是地道的北京风味，好得很。可惜我想再来一碗的时候，却卖光了。

来到前门箭楼前，早已是黄昏时分。白天几次经过，我已经贪婪地看过好几眼，现在就想细细地、前前后后好好地看看她。箭楼新粉刷过，虽然有金碧辉煌的彩绘，但整体依旧是庄严肃穆的。因为她的主体是用一色深灰城砖砌成的，真是落落大方。楼身比我保留的任何旧印象都干净得多。我曾经看见过在她身上画着日本仁丹的商标、美丽牌香烟的“美女”，和其他乱七八糟各式各样的布告招贴，就像浑身贴满了膏药。那可真让人不舒服。那简直就像中华民族百多年来苦难的象征。她像一位英雄的母亲，承受着重重苦难、凌辱，骄傲地挺首屹立，默默地护卫着，看着在她身边川流不息地走过的儿女。今天，她是应该开颜一笑了。

一种过去我没有见过的景致在眼前出现了，千百只燕子不住地围绕着箭楼飞，飞去飞来，飞进飞出，就像夏天雷雨前荷塘上穿梭飞舞的蜻蜓；蜂衙前哄聚的蜂群。

过去从来没有看见过这样的景色，使我在箭楼侧边伫立了很久。

忽然想起宋徽宗画过的《瑞鹤图》。那构思是有些相近的，不过比起眼前的这一派喧腾景象，可寂静得多了。

也许应该像故宫那样，在画檐朱栋之间结起铁丝网来吧，我不知道。古代的诗人喜欢用燕雀这样的小动物，点缀在宫廷殿阁之间，制造一种凄寂的气氛。我想，这是由他们所处的时代和诗人的感情决定的。其实同样的事物，用来抒写无论哪一种心情都是可以的。

我兜了个大圈子去看箭楼的侧影。发现她本身就像一只作势将要凌空飞去的燕子，有一对鲜明、凸现的侧翼。古建筑师手下精美的造型不能不使后人惊叹。它是那么端凝，却又那么轻盈；那么沉着，却又那么飞动；那么拙重，却又那么飘举；那么威武，又那么秀丽。在箭楼后面挺立着正阳门，这才是主帅，箭楼不过是他的先行。论气魄、格局，主帅确实有主帅的分量。漆工加在他身上的金彩无疑也更繁复而多。在晚霞映照下，发出了炫目的光；就是在暗夜里，也会呈现闪闪的莹光，一座七宝楼台。正阳门是端端正正的，气势沉雄的，可是奇怪的是，他给人的印象依旧是玲珑的，没有半点儿拙重的感觉。

很久以来，人们为某些民族形式的新建筑取了一个不大好听的称号——大屋顶。这称号也真不大动听，但也不能不承认它有一定的正确性。那些用大量水泥堆集起来的大帽子，远远望去就会使人产生喘不过气来的压迫感，更不必说在建筑学上负载承重，空间利用各方面的考虑了。正阳门和箭楼，应该说是典型的“大屋顶”，可是谁会产生那样的观感呢？箭楼上那一排排射口，是从实战的考虑出发设计的，但却安排得那么美……我想，在继承、学习民族优秀传统的工作中，我们做得实在很差，同时在学习时思想也多少是有些僵化的。

走到天安门前，天色已经完全黑下来了。长安街上和广场四周亮起了千万盏华灯。我走过金水桥边的华表，抚摸着莹洁的白石狮子。狮子身上还散发着晒了一天下来的太阳的余热，好像它们并不是石雕。

在观礼台边的栏杆上找到一个空档，坐了下来。这里坐满了乘凉的老人。

年青人多半在广场里活动，那里似乎有更大的吸引力。没有坐多久，我就跳下了栏杆，穿过长安街，走进了广场。这里的光线是较暗的，这里那里，都能看到斜支着一架架自行车，年青的一对就倚着车身轻轻地谈话，也许并不在谈话。也有三人一组的，添上了一个刚能爬动的孩子，在带了来铺起的毯子上不住地爬着笑着。年青的父母不住地交换着谈话，他们的声音高得多了，他们一大半的话都是对孩子说的。

此外，在广场上还看到不少玩“飞碟”的年青人。这是红红绿绿用塑料做成的像铁饼似的盘子，两个人对掷，可以掷出种种花样来。走着走着，一只飞碟向我飞来，正想躲时，它却从耳边飘过去了。

（一九八〇、七、十二）

逛琉璃厂

这次上北京，有两件事是使我感到颇为遗憾的。一是没有听过一次戏；二是没有买到一本旧书。

这两件事看来都很小，不过以从中看出北京——也许不只是北京——的变化，因此其实也并非小事。

关于京戏是否陷入了危机的讨论，展开得很久了。有的人强调抢救，有的就着重指出了推陈出新的必要。看起来似乎是针锋相对的两种不同意见，我看其实并不如此。推陈出新是世间一切事物都必须遵循的客观发展规律。无论什么时候，什么场合加以强调，都不会有谁出来反对的，对此，我看并没有争论的余地。分歧的出现大抵是将这条规律放在当前这个特定的历史时期进行考虑以后的事。

不知行怎么一来，本来是想谈旧书的，一下子忽然联想到了京戏。可能因为这两种事物的现状颇有相似之处吧。北京的京戏也不是完全没有，打开报纸就可以看到那广告，不过因为时间有限，终于一次也没有看。也没有受到朋友的撺掇，说有什么非看不可的好戏；而这，在过去，则是常有的事。旧书呢，确是想去看看，特别是从报纸上看到琉璃厂新貌的报道以后，就一直抱着这种强烈的愿望。可惜一下子就给泼了兜头的冷水。朋友告诉我，那里已经没有什么旧书了。也许还有一些，不过是放在后面的什么房间里，听说过去规定，要×长以上的读者才能走进去，不知现在是否有了改变。我想这也是一种奇怪的现象，把人们的不同需要，用官阶作尺度来加以区划了。譬如古书，字句是深奥的，也许只有×长以上的读者才能读得断句，……在这里，无疑又是将官阶与学力等同起来了，实在不能说是怎样科学的态度。

不过到了北京，不到琉璃厂走走，总不免是一种缺陷。因此，在一次偶然的机会里，搭了画家黄永玉的便车，路远迢迢地赶到了琉璃厂。永玉是去裱画的，于是先到了荣宝斋，受到了很好的接待。在里面的房里看了一下壁上挂着的书画，和玻璃柜里陈列着的文房四宝。不用五分钟，就都已看完。我就向画家告辞，因为估计要看看书，总要花上小半天时间，还是一个人慢慢走走的好。其实这还是从过时的老经验引申出来的结论，事实证明，它是完全错误的。

琉璃厂许多地方在大兴土木，好像还远远不曾结束。销声匿迹了很久的店铺市招又挂了出来，不过都是油漆一新的新匾额。这里没有兴建什么高层建筑，看来还是正确的。这些店铺的一个非常突出的特色是，它们都粉刷一新，都带有旅游事业的浓厚的色彩，都有写着外文的面向外宾的招贴。与之相适应，店铺里的商品，也都是按照这种需要而搜罗、设计、陈列的。此外当然还有一些相应的规定。因此，我只是花了极少的时间，站在每家店铺外面，向橱窗一望，就走过去了。有时看到店里有许多顾客，也都是外宾和归国华侨；至于北京或到北京来观光的中国主顾，却一个也不见。

不知如何，这使我想起抗战后期在昆明的南屏街，桂林的环湖路以及其他一些地方曾经看到过的那些挂着“In Bond”招牌的店铺。当然，在本质上，两者是完全不同的；不过引起联想的是它们表面现象的惊人相似。旅游和中外文化交流事业的兴盛发达，是非常可喜的，不过不能说一切都已经很完善了，我们实在应该把工作做得更好。就像在这样一条传统的文化街上，这种新型店铺的比重是否太大了一些呢，在数量上简直是压倒的。这样，留下来给中国的读者、观众徜徉流览的地方不多了，这就很使人感到不满足，因为书坊毕竟不是烤鸭店。

我终于发现了中国书店，这是在一个大院子里。在四周的房屋里依次陈列了书籍、字画、文玩……，俨然是琉璃厂的“东风市场”。不过这里的“特色”也正是街上许多店铺里的“特色”，因此归根结底，也就并无什么特色。书么，很少；旧书，特别是线装书，是一本都没有。自然，像《四部备要》零本那样的线装书，还是有一点的。

公然说出想买两本旧书这样的愿望，在前些年简直就不可思议，那是马上会引来遗老、遗少一大堆光怪陆离的帽子的。不过我一直在想，鲁迅先生的日记里，就曾经记下了许多在琉璃厂买书、买碑帖、买小古董、买诗笺、吃茶谈天的记事。在先生简单的日记里，所占的分量很不小，读起来也格外有趣。当然，这是鲁迅前期的活动（访笺则是晚年的事），但无论如何，说鲁迅是遗老或遗少，是荒谬的。反过来，想用“鲁迅买旧书、兄弟也买旧书”的方法，证明自己并非遗老或遗少，也并无太强的说服力，事实上，这样遗老或遗少型的人物，过去确是曾经存在过。

要判断一种事物的本质，并不是很简单很容易的。可是仅只登高一望就断然下了结论的，在今天也还不是绝无仅有，而且他们还往往申明是经过了调查研究的。这就很有些可怕。

关于首都的建设，中央书记处最近提出了四项建议，其中一个重要方面就是要把首都建设成为全国的文化中心，像琉璃厂这样的古老文化街应该怎样重建，就很值得研究。几百年来，这个地方对新老知识分子有那么强大的吸引力，那原因到底在哪里？实在值得研究。

想买两本旧书这样一种简单的希望，也许可以转译成想在这里碰到、找到别处不易遇到的知识材料吧。

旧书的来源是日渐稀少了。旧书的定义，也一直在不停地变化，在王渔洋、李南涧的时代，宋元本是旧书、也已是古董、宝贝了；今天谁要是还想到琉璃厂来买宋版书，那就不只是遗老或遗少的痴梦，简直是神经科患者的发作。不过今天也还是有今天的旧书的，只要是新华书店不予经营或无力经营的就都是。看来那天地也实在广阔得很。

什么时候，琉璃厂又恢复了过去的热闹，在人群中间点缀着百分之一、二、三的外宾和海外旅游者，在这样的时候，我们执行中央书记处的建议也许就有了部分的成效了。

（一九八〇、七、十七）

夜访“大观园”

宗江新近搬到北海后面东煤厂去了。他在电话里约我去吃饭，顺便看看他的新居——据说这是北京的“四大凶宅”之一。还说，可以陪我去看看恭王府，虽然他对《红楼梦》是外行，讲不出什么名堂来。我想，最好当然是拉了汝昌一起去，可惜他又正好出国去了。我和汝昌在一起谈红楼，最早可以回溯到四十五年前在天津南开中学读书的时候。每天吃完晚饭，我们总要走出校门去散步，散步中间就讨论《红楼梦》。散步的目的地是附近唯一的“名胜”——墙子河。而据何其芳先生说，这河其实只不过是一条“臭水沟”。

当时谈了些什么，今天是一点都记不起了。谈论的范围可是广泛得很。像大观园到底在南方还是北方这样的问题，肯定是接触过的。“限于水平”，当然很肤浅，也没有得出什么结论。今天我提起这些往事，只不过是想说明，汝昌的研究《红楼梦》，是很久以前就开始了的。有些研究的课题和趋向也早就确定了某些雏型了。

那天在宗江家里吃饭谈天，一直弄到很晚，可能已经是十时左右了。走出来时舒湮是同路，我们要走很远一段路去搭车。路上，舒湮指着一条暗黑的巷子对我说，这就是恭王府的边墙了。我为这次没有机会访问表示了遗憾。舒湮就自告奋勇提出要带我们去夜访。这使我很感谢，也觉得有点为难。在这样暗黑的夜里去闯府，行么？又能看到些什么呢？同时看见舒湮手里拿着一根拄杖，就更有些踌躇。但他说，这里曾来过多次，很熟，也到设在这里的机关开过会，没有什么问题。这样说着，我们已经折入了一条横街，不久就看到了那一对著名的白石狮子。狮子就坐在府正门前两侧。这座正门，是很有气势的。并不因为高大、崇丽，却由于它的厚重、端严。

恭王府的历史可以前推到什么时代，至今还没有定论。这座座门可能也已经过多次修缮。但我有一个感觉，它的风格，很容易使我们想起北京的天安门，南京明孝陵的大门，明故宫的午朝门……它们都并不高大（与全体建筑相比），但同有一种稳重庄严之感，有气魄。我没有看过北京典型的深宅大院，不知道可有怎样曲丽堂皇大门的实例。我只是想，这大约是从明初开始就流行起来的一种建筑风格吧。

天气黑得可以，雨后，到处都留着泥淖。一脚高，一脚低地走进府去，首先看见的是和珅的“违制建筑”楠木厅；再走进去，在一座垂花门后面，舒湮指给我看那有名的写着“天香庭院”的匾，朦胧中什么也看不清楚，更不必说上面的“慎郡王印”了。舒湮还指给我看了传说中林黛玉初次进府走的那座门，和有着小小的丛竹的“潇湘馆”。这一切当然也都在朦胧之中。不可能去看后花园了，远远地望见一排旧有的楼房，我想，凤姐看着家人向下搬东西的缀锦楼，大约就是这样的所在。就在这院落里，也还能依稀看到几处假山石，还有那著名的“西府海棠”。庭院里，除了我们几个不速的游客，就更没有别人，只在宿舍楼上闪亮着疏落的灯火。夜已经很深了。带着惴惴的心情，小心翼翼地在夹道、回廊、庭阶中间穿过，天空没有一点星光。我想，如果今夜有一轮好月，大约是可以领略到凹晶馆联吟那样的情趣的吧。不过我并不感到可惜。我想，这种奇特的夜访，可能比大白天来游要好得多。一切的不谐调都被夜幕遮去了，使我们看不见任何杀风景的迹象。一切缺陷都是可以用想象来补足的。我觉得眼前的一切，正是《红楼梦》所特有的一种曲型环境和气氛。

请原谅我在这里将恭王府的遗迹时时和《红楼梦》中的种种直接联系了起来。我只不过是一个普通的读者，多少知道这个地方与大观园之间有过某种联系，和因此而出现过的不少争论，后来还发展为惊心动魄的政治斗争。这也正是一种“梦”吧，但却不是虚幻的。因此，这个晚上我除了有着一个过客的激动心情，还有着别一种沉重的心情。

那是一九六二年的春天。从汝昌的来信中时时看到《红楼梦》研究新的动向和消息。在我工作的那家报纸的主管者也提出了要打开眼界，丰富一下人民文化生活的要求。就在这种气氛之下，我发表了汝昌的《曹雪芹卒年辨》，那是一篇连载三期的长文，这就使有些同行也觉得有些不舒服了，批评这是一种典型的繁琐考证。接下去，一篇《京华何处大观园》的报道发表了。理所当然地引起了很大的波动。一些蹲在一边眏着眼睛的人微笑了。好像是在说，“终于跳出来了。”不过一声也不响。后来我还发了刘蕙孙的《名园忆旧》。这是刘先生的投稿，他是《老残游记》刘铁云的文孙，曾在辅仁大学任教，他提供了恭王府最初卖给辅仁时的情况，以及当时人们（包括陈垣先生）对这府与大观园的关系的议论等资料。记得发表这篇《忆旧》时，已经可以清楚地预感到寒流的逼近，但我还是发表了它。当时是颇有些一不做二不休的味道的。

不久，上海的那位大人物发表了《大写十三年》的高论，这是一个明显的信号。十四年以前的事都已碰不得，何况是两百年前的《红楼梦》。这时在一旁蹲着的英雄们逐渐伸起懒腰来，冷笑也化为狞笑。但从这时开始到“史无前例”之前，他们还不曾公开地动手。这几年，就像江南那种阴湿寒冷的冬天一样，是很不舒服的一段日子。明知头上悬着一把利剑，却不知何时要落下来，只能不时地望着一眼那根缚着剑柄的时时欲断的绳索。

等到姚文元发表了他的大文，为一九六一、六二年有关《红楼梦》的研究讨论定了性。判决为“为胡适派唯心论实行了一次大复辟”之后，这种阴阳怪气的局面才算结束，终于知道了自己的“罪名”。坦率地说，正像花了几分钱买到一本《魔术大全》那样的索然无趣了。

至于为什么讨论了一下《红楼梦》就是资本主义复辟了呢？对此，我采取的是“不求甚解”法。因为早已有了“指示”，理解的执行，不理解的也要执行。完了。

不过，当时提供了“整版整版的稀奇古怪的地图”的那位朋友，却因“不明政策”用自己的手结束了自己的生命。应该提醒热心研究统计《红楼梦》里有多少条人命的学者注意，这里还有一条！

现在，汝昌的《恭王府考》已经出版，像我这样普通的读者也可以放心地走进“府”里去转了一圈，虽然前后还不到一刻钟。的确不能不说是发生了了不起的变化。这是真正使人高兴的。

（一九八〇、八、七）

绣春囊是谁的？

这是在曲园座上，从姬老那里听来的故事。

三十年前，在梅浣华家里看见许姬传先生，梅先生就称他为“姬老”。姬传当时不过刚满五十吧，清癯是有点清癯的，但称之为“老”，似乎有点不切实际，他其实比梅先生还小几岁。不过今年姬传已是八十二岁的高龄，确是不折不扣的“姬老”了。但清健得很，谈天的兴致也极好，简直和过去没有什么两样。

姬老的外祖是宜兴的徐致靖，是戊戌政变中力保康长素的重臣。那拉氏事后痛惩祸首，他被革职拿问。总算没有杀头，大约是从宽判了个终身监禁。徐在刑部狱中坐了年把，洋鬼子打进北京来了，那拉氏匆匆逃往西安。监狱也无人看守，犯人一个个都自己走了出来。据说徐老先生最初因为没有释放的明旨，还不肯出狱，后来实在想住也住不下去，这才襆被回南，来到杭州定居。

徐先生是前辈，在杭州时有一辈年青的小友常在一起谈天、吃酒、唱曲。一次在陈庄（陈曾寿家，在定香桥左近，其实不过是几间平房，不可误认为刘庄、蒋庄那样的地方）

相聚。座中有俞恪士（明震）、陈仁先（曾寿）、夏剑丞（敬观）等人。偶然谈起了《红楼梦》，徐老突然发问："你们知道傻大姐拾到的绣春囊是谁丢了的？"诸君面面相觑，回答不出，只好齐声说道："年伯赐教。"徐老掀髯而笑，缓缓答道："是薛宝钗的。"

这真是石破天惊之论。不过人们知道致靖先生是熟读而且精研《红楼梦》的，谅非故作惊人之语。此外，徐先生还有一种见解，他深恶"索隐派"的研究方法（按他的时代，大约是较古老的"金陵张侯家事"说之类），力主要从小说本身去找答案。这见解，可是与当前出现的一种观点有些近似了。诸人再度请教之下，他果然说出下面一些理由来、我这里是转述，当然不是徐致靖的原话，但那论点完全是他的。

一、绣春囊事发之后，凤姐带着王善保家的一群人，进园抄检。从怡红院出来以后，凤姐就封王善保家的说："我有一句话，不知是不是。要抄检，只抄检咱们家的人，薛大姑娘屋里断乎抄检不得的。"这话。连王善保家的也只能笑着回道："这个自然。岂有抄起亲戚家来。"小说接下去的一句就是"一头说，一头到了潇湘馆内"，翻天覆地地抄起来了。

薛大姑娘是"亲戚家"，难道林姑娘就不是么？曹雪芹紧锣密鼓地安排这个情节，不是一种鲜明的对比么？这说明，凤姐心里有底，林姑娘是可以信得过的，即使王善保家的有怎样坚定的立场，灵敏的阶级斗争嗅觉，也抄不出什么"爱巴物儿"来的。但另一处，则"断乎抄检不得"，恐怕不只全是出于礼仪性的考虑。

二、抄检过后，薛大姑娘立即找了借口搬出大观园去了。快得希奇。如果出于礼仪性的考虑，以宝钗之圆通，必然要等事情冷一阵子再提，以免生分。但她却那么快匆匆地撤退了，简直撤退得有些狼狈。这是与宝钗的一贯行事不大合的。

三、抄检之前，王夫人把凤姐叫了去，加以种种难堪的责难。细看是有些奇怪的。而凤姐那样跪下来哭诉，确也是出于常规。见过许多大世面的凤姐，怎么一下子就这么禁不起打击举止失措了呢？凤姐说，“胳膊折在袖内”，是有道理的，表面看来，这是就贾府的全局着眼；再进一层，维护负责管家的王夫人与凤姐的体面，乃是尤为急迫的任务。她们都姓王，而薛姨妈也是姓王的。

四、薛宝钗的社会经验，比起林黛玉与宝玉及其他许多姑娘们来，是不能相提并论的。黛玉只不过读了一部《会真记》，就觉得“余香满口，”实在是“浅薄”得很。而宝钗却一眼就能认出当票来，这且不说；宝钗对黛玉作思想工作，有一段现身说法的“自我检查”：

“你当我是谁？我也是个淘气的。从小七八岁上，也彀个人缠的。我们家也算是个读书人家，祖父手里也爱藏书。先时人口多，姊妹弟兄都在一处。都怕看正经书。……诸如这‘西厢’‘琵琶’以及‘元人百种’，无所不有，他们是偷背着我们看，我们却也偷背着他们看。……”这一席话，竟使单纯、缺乏社会经验的黛玉为之动容，在思想上来了个一百八十度的转变。“然我最是个多心的人，只当你心里藏奸。从前日你说看杂书不好，又说我那些好话，竟大感激你。”宝姑娘的政治思想工作算是头等出色的，不过她开出的那“无所不有”的书单，实在是避重就轻，很不完备的。当然我们从曹雪芹笔下，“考证”不出更多的内容；不过这里是需要一点联想的。不然，一部伟大的作品的思想内容，只能限于纸面，就不免过于机械了。

五、徐老先生认为，“绣鸳鸯梦兆绛芸轩”一节，作者运用的是与第五回写宝玉在泰可卿绣房里午睡同样的笔墨。

以上是从姬老那里听来的故事。可能记忆有误。这些意见，我认为至少是“言之成理、持之有故”的。如果不是细读《红楼梦》就不可能提出。见闻所及（当然是很寡陋的），好像还不曾看到同样的说法，因为之介绍如上。

（一九八〇、八、八）

猫虎同宗

到三里河去拜访永玉的那天早晨，偶然遇见了华君武。这是此次北京之行的一大收获，而且是意外的。

读华君武的漫画，迄今也有几十年了。当然早已在头脑里形成了一种印象。照我想来，他应该是一个身材不高，动作机敏，双眼有神，语言冷隽，时时都在注意观察着一切的那样一位画家。话不一定很多，但总是含有类似神宗“机锋”特色。……

作为一个读者，在熟习了一位文学家、艺术家的作品，并发生浓厚兴趣之后，总想有机会能看到他们本人。这恐怕是无论古今中外，都人同此心，心同此理的。就像看《五花洞》的观众，总想从真假潘金莲身上，看出一些破绽来。不知道这算不算一种“低级趣味”，坦率地说，这样的“趣味”，我也是有的。不过这次看到了华君武，不能不承认，旧有的那“印象”，是很有点离谱了。

他的身材是高高的，头发很浓密，但已大半银白。眼神并不凌厉，相反，倒时常射出一种祥和之光；他的话也并不少，也很风趣，但并不充满了“机锋”。他是尖锐的，严肃的，激情的。不过我总觉得在他的言谈中，处处都带着一种悲悯的意味。看来这和“漫画家”的身份似乎格格不入；但我相信，这正是他的特色，也应该是生活、战斗在伟大时代中的中国漫画家的普遍特色。

画家的客室里正高朋满座。坐了一会以后，我就提出，要先到近处去访问另一位朋友，同时希望君武能给我一张画。见面不过五分钟，就开口要画，这不只说明我的新闻记者旧脾气、作风还不曾改掉，也正说明了画家的是怎样的人。

大约一个多小时以后，当我在永玉的饭厅里刚刚坐下，君武的电话就来了，说我要的画已经画好。永玉就要他来一起喝两杯。不久，他就笑嘻嘻地拿着一张猫走进来了。

书上有长长的题跋。画家说：“猫虎同宗。老虎当了领导。刚愎自用，老虎屁股摸不得，人称一言堂主。小猫形象可爱，嗓音也妙，参加文艺工作，人咸爱之。捧场的，喷香水的，摸顺毛的颇不乏人，偶有逆其毛的，小猫就大呼小猫屁股也摸不得，可见虎性尚存。”

习惯的看法，漫画上的题字以少为贵。最好是“无题”。这话也不一定全面。题跋（包括诗）在一幅画上所起的作用，有时是不可估量的。这种例子在八大、石涛……以至齐白石的作品中是很多的。我一向主张，他们都是漫画的大师和先行者，虽然他们都不是专业的漫画家。中国古代的大画家中，有几位平生没有画过一幅漫画呢？而他们的画又以有长题者最为人所爱重。只有像王石谷那样才总是签一个名拉倒，有时写两句诗也是借用旁人的旧句。他们好像满脑子只有形象思维，独缺逻辑思维似的。这是很不正常的。

今年七月四日华君武在《人民日报》上发表了一幅猫虎同宗图，基本上和这一张是同一粉本，不同的是那张画是“阴文”或“白文”的（借用治印的术语）。那张画上的文字只有两条。画家的意见已经概括地写出来了。要更详些，就要看这里的长跋。

猫虎同宗，在科学上是确有根据的。猫吃亏的就是天分太差，一旦身长丈余，体重数百斤，那就非刮目相看，离开远远的不可。“有一分本钱，说一分话。”（仿胡适博士语，原本“本钱”作“证据”）这是怪不得她的，动物学中的猫想“衍化”为老虎，恐怕要多少万年才有可能，烦难得很；人类就不同，在这儿，猫虎之间实在并不存在一条鸿沟；今日宛转乞怜，明天也许就要威镇山岗。反过来也一样。例子多得很。

老虎也确有许多坏脾气，和历史上的楚霸王很有些像。归根结蒂只是一个“愚蠢”。而他们自己总不大肯承认。在深山密林里，老虎有着这样的天性，还不难理解；但在人类社会里，却保持着老虎的脾气，那简直就是一种不折不扣的“低级趣味”。

那天喝了许多酒，也谈了许多有趣的事。不过关于老虎屁股问题，并不曾深入讨论。上面这些粗浅的意见，还是今天临时想起来的。

（一九八〇、八、九）

访叶圣翁

几个月前，我将一本原刻的《拙政园诗余》寄给俞平伯先生，请他在书前写几个字。俞平老生长姑苏。也就是女词人徐燦的故乡——茂苑；曲园先生的春在堂在蚂蚁窠巷（今改马医科巷），离开拙政园也并不甚远，因此我觉得请平老给这本词集加题，是有根据、也说得出口的。不久，他就在我寄去的“汲脩斋”（蒋生沐）旧绿格子纸上写了跋文。平老近来作书，多用退笔写大字；这篇跋却是小行楷，丰神绝妙，还是三十多年前“遥夜归思引”那种风格，真使我欢喜、感谢。后来我又忽发奇想，叶圣翁也是苏州人，何不顺便也请他就近写几个字呢？就请平老转请，自己也写了信去。很快，圣老的回信来了。他告诉我，跋已写好，不过寄去的旧格纸行距太狭，先后写坏了两纸，还附来了写错的一纸，“藉见我确已不能作小字。”这使我非常惶恐，我事先竟未考虑他们两位都已是八旬开外的老人，圣老的眼睛又不好，只是随手寄了旧格子纸去请他们写字，不但失礼，简直是不可原谅的。想想至今还保留着这种“少不更事”的鲁莽脾气，心里有说出来的不安。圣老寄来的跋文是用钢笔在道林纸上的，但写得非常认真，他要我自己缮录一过，现在就把那大略转录在这里。

> 久不得黄裳兄音问，去夏始获来书，喜甚。……顷承以《拙政园诗余》属题，则俞平翁题语先就。诵其题语，然后览湘苹词。于词之评品、及集以拙政名而与园无关；尝菰园赋长歌而今不得见，皆与平翁有同感。拙政园者，余自幼常涉，三十年来每到苏亦必一往。前夏割除胆结石，体气颇衰，未识能再访否。又年来目力大不济，览书报眼镜放大镜并用，犹复辨认难真。忽发奇想，安得书报大字精雕如此集者耶。一九八〇年五月一日叶圣陶于晴窗下题。

因为有着这样的原因，所以这次到京后的第二天上午，就到东四八条去访候老人，想当面为自己的失礼谢罪。八条是一条很长的胡同，在东四下了电车，打到巷口，走了好半日才在巷底找到叶宅，这是一所典型的四合院，院子不大，杂植了一些花木，显得异常安静。等了一会，不见有人走动，只得自动走进北房里去。北房一溜三间，右手的一间里临窗放着一只写字台，上面堆满了书报，我想这大概就是圣老的工作室了。探头进去也没有人；折到左面一间，在进门处的一只竹榻上，看见圣老在支颐小睡。开始还不敢惊动，踌躇了一会，只好轻轻唤醒了老人。

圣老醒来，端详了一下以后，立即从榻边站起来，让我在书案前坐下。他没有责怪我的失礼，只是说，坐在榻上休息，不知怎么一来就睡着了。他从袋里摸出了助听器，左手托在胸前，相对端坐了，一面说，听觉不好，近来也离不开这个了。圣老安详地微笑着，须发全白了，特别是双眉，脸色红润而有光泽。面对这样端坐着的他，不禁使我想起不久前在苏州角直瞻拜过的唐塑罗汉。

我们现在就坐在他写“随笔”的睛窗下面。北京初夏的早晨是可爱的，窗外就是一株海棠，花时已过，现在是一丛浓绿。今年春天他和俞平老曾有过一张留影，就摄于这海棠花前。

静坐相对，他告诉我病后的健康状况，和近来工作的种种。可以领会得出，老人身上无例外的也有着沉重的负担，许多报刊都希望能得到他的文章。对一位八十六岁高龄的老人来说，他的勤奋、认真、从容，也真是不可及。回忆自己读小学时第一次出手买书，就买的是《稻草人》和《古代英雄的石像》，书是早已失落了，但两书的封面图案，至今还分明留在记忆里。想想写了这些书的那支笔至今还在有力地挥动，不能不产生一种幸福感，也不能不感到一种无言的鞭策。

去年秋天，在南京遇见圣老的小孩至善（说“小孩”也已是五十出头了），我曾向他仔细打听了圣老患病前后的种种。有一件事留给我的印象是很深的。在十年动乱之初，圣老自己并不曾受到怎样的冲击，可是那“黑云压城城欲摧”的压力，即使在安静的小院子里，也照样会感到，也许比起出入现场的人还要来得更厉害。朋友一个个变成了“牛鬼蛇神”，再也没有了谈天的对手。一个人离群索居，积累了多少不能理解的问题要找朋友交换一下看法。他在小院子里再也关不住了。一天，就冲出去找老舍，而老舍恰恰就在那一天撒手离开了人间。从此，圣老的健康慢慢坏下去了。

圣老的为人，和他的文章，他写的字，他的待人接物……一样，平易之中自有端严。他不喜欢讲过头话，没有“动人”的“豪言壮语”，这也许会使许多人感到不满足，认为是不够劲的吧。可是细想一下就会发现，他说过的话，多数是对人民有益的，极少有害的。这是非常、非常不容易的。而且我们也都知道，几十年来在一些重大关键时刻，他总是异常清醒的，坚定的，和人民站在一起的。

我就是带着这样虔敬的心情，在他的书房里过了一个愉快的上午。我发现近来有一种奇怪的愿望，喜欢和自己尊敬、爱重的前辈在一起。和他们一起，会时时感到自己还是一个“青年”，幼稚、莽撞，即使是小小的放肆也不要紧，是可以容许，也会得到原谅的。用不着时时装出正经的样子，而这是极易使人感到疲劳的。另外，还能从他们那里时时得到鼓励、鞭策。不只是从口头上，更多的是从他们的人格上，得到前进的力。

（一九八〇、八、十四）

忆赵斐云

七月二日早晨，我到北海旁边的北京图书馆去，想看看善本书。这里还是多年前的老样子，不过房子显得更旧了。因为建筑质量好，依旧保留着过去的气派，看起来还是很亲切、温暖的。庭院里堆放着一些木料和建筑材料，显得有些凌乱。大楼前面停着两部大客车，有许多上了年纪的老先生在那里一面等车，一面三三两两地谈话。我走进后面的办公楼，找到了接待的人，才知道想找的人都不在。今天早晨大家都要到八宝山去参加一个追悼会。再细问，才知道就是赵万里先生的追悼会。这真使我感到意外。接待的人好意地接受了我的请求，搭馆里的车一起去参加追悼的仪式。在路上很自然地会想起一些往事，同时又想，人世有些事也真是巧。譬如我在隔了二十多年以后来到北京，碰巧今天才想起到北京图书馆来，却正好赶上为斐云送葬。……这些，也真好像有些不可思议。

二十多年以前，有一次到北京图书馆来访问斐云的印象，忽地从记忆里浮现了。这一切，清晰得恰似昨天刚刚发生的一样。

记得那一天斐云的兴致很好。他一见面就对我说："你来得真巧，周叔老的书刚刚运到，还没有开箱，今天就请你先看。"他一边说一边领我走进地下书库。在那里果然看到六七只大箱子放在进口处。这其实并不是什么"书箱"，只是用木板钉起的、有如装机器的那种大板箱。斐云找来了工具，打开了其中一只的盖板，随手取出了面上的几册。我坐在临窗的小桌上细细地看了。书大约只有三册，名目早已忘记，也并不是宋元旧刻。这是一些经过著名的校勘学家、藏书家收藏的抄本，都有他们亲笔的校迹、题跋和印记。这样的书，是必须细看的。看这样的书，也真是一种享受。它们不只是古文献，同时也是一种非凡的艺术品。它可以给你许多知识。出校的异文，与通常刻本的差异，题跋中记下的流传经过，版本源流；以至校书人的笔迹，精妙的图记，纸墨行格的风格，还有装帧，都提供了极好的标准实物，可以据以审定旧本、新刊的真伪优劣。……我大约花了半小时左右才草草翻阅了三本小书，只能站起来向斐云致谢，同时表示，对自庄严堪的珍藏，今天实在无法一一浏览，只能知难而退了。

记得那一天我还告诉斐云，说在南方看到一册元刻的《岳忠武王庙名贤诗》，前面的一半则是《宋史》里的《岳飞传》，元板元印，刊工、行格几乎每页不同，有小山堂、鲍以文、明善堂的藏印。觉得很别致，斐云告诉我这书书库里就有，而且有同样的三册，说着就走过去随手抽出来给我看。原来这是内阁大库的旧藏，极可能是明初接收下来的元朝政府图籍，又于永乐中转运来京，以后就一直睡在"大库"里的东西。三本都是蝶装，纸墨与小山堂本一般无二。这就为我解开了一个疑团，这印象，至今也还清楚地记得。

追悼会有不少人参加。除去北京图书馆的同人以外，还有在京参加全国文物工作和其他会议的人。在会堂里也挂着周叔弢先生送的花圈。丁志刚所致的悼词详细论述了斐云的平生业绩，对他作了恰切的论定。会后还进行了告别的仪式。从他的遗体旁边默默地走过时，我不禁想，我国老一辈旧版本目录学的代表性人物，已经没有了。

这许多年，我一直在担心着斐云的境况。他一直有高血压的宿疾，好像随时都有中风的可能。不能想象，他是怎样度过了那十年的岁月的。可是言人人殊，有的说他早已不在了，有的说他一直病卧在家。就在前两天遇到谢国桢先生时，我还问起斐云的消息，谢老只是证实了他还活着，不过不想谈更多的情况，只是叹息。他只告诉我一件事。“文革”初期，斐云被关在潮湿的地下室里。“造反派”知道他最怕蛇，就在他的被子里藏了一条。于是，他病了，被送回家去，从此一直睡到今年的六月二十五日。

在会场里又听一位朋友说起，斐云在病中接到一张什么特约顾问的聘书，兴奋得一夜都没有安睡。这大约就是六月二十四日夜里发生的事。

这说明，即使他在病床上睡了十多年，却依旧没有忘情于毕生从事的工作，没有忘掉他所热爱的祖国文化典籍。一直到结末，他的心依旧是炽热的。

斐云是王国维的同乡后辈与学生。迄今最完整的王静安遗书还是他编定的那一部。他走的也是先师治学的路。他作辑选的工作，辑过《周美成集》《宋金元人词》《元一统志》和一些其他的古文献，不过出版的不多。他最为人所知的一部著作是《魏晋南北朝墓铭集释》，在这书里每一件墓志后面都有详密的考订。他作学问的严谨是人们公认的。这是我国学术研究传统中科学性很高的部分的继承。不过他的平生“绝业”还是版本目录之学。在这方面，他没有出版过什么专著。所见的只是一些零星的论文，如置于《中国版本图录》前面的序言，就是他的手笔。我想，他一定还有不少未刊的遗稿，甚至还未研究写定的素材。这都是很珍贵的资料。希望北京图书馆的同仁加以整理、发表。譬如，斐云几十年来南北访书所积累的笔记，就是极珍贵的。像毁于“一·二八”战火的东方图书馆，他就曾经访问过。我们曾经看到他记录那里所藏天一阁旧藏的明代史料的论文。这些已不复存于人间的史料，只在他的笔记中还保留着一鳞片爪，它们的应该得到重视是无疑的。

斐云有一次南来，到海宁访书，从蒋家（别下斋主人蒋光煦的弟弟光焴的后裔）得到一部宋本《晋书》非常高兴，路过上海时特别通知我到他的旅寓里去观赏。《晋书》是宋刻宋印的，完整、明丽，确是漂亮极了。随后他又珍重取出了两册查继佐的诗稿《钓业》来给我看。这是《罪惟录》作者的手稿，一色行草，茂美飞动，真是可以称为“铭心绝品”的东西。斐云的重视此书，看来并不下于宋版。查继佐是明遗民，诗是未刊稿，当时不可能发表，也不敢雕板。居然完整地保存下来了。此外，他还从蒋家得到黄荛圃、吴兔牀所写的屏条，也兴致勃勃地拿给我看。他的得意是不下于攻下一座名城的将军的。这些，今天就都藏在北京图书馆里。

两天以后，他到我的寓所来看书。我是没有什么宋版书的，有什么值得看呢？可是当他看见一小册原刻的《拙政园诗余》（徐燦）和两本《竹笑轩吟草》（李因）时，非常激动了，立那从袋里取出小本子，将这两书的行款、序跋……一一作了记录。这两种书的作者都是兴海宁有关的，她们都是女作家，都生活在明清易代之际，又都各有很不平常的遭遇。《竹笑轩吟草》有“三集”，李因是黄宗义会为之撰传的女诗人、画家。《拙政园诗余》里的一些作品，斐云是能背诵得出的，此际，他就真的高声吟诵起来。他说，每次出来走走，总能看到一些新东西，过去没有见过的新东西，他说他出来的目的就是开眼界，长见识。他一面激动地说着，一面把小本子仔细地藏进衣袋里去。斐云在版本目录学方面的成就与声望，使他完全无愧成为这方面的大师。但他还是那么用功，那么勤奋，得到一些新知识以后又显得那么激动、高兴。这是使像我这样的后辈极为佩服的。

五十年代之初，潘氏“宝礼堂”的藏书归了北京图书馆，起运之前，在上海开了一次小型的展览，我也得到参观的机会，当然在那里又遇到了斐云。他拉了我看这看那，显得异常的兴奋、激动。他颇为神秘地拿起一部宋本《钜鹿东观集》给我看。这是一部残宋本，开首的几卷是明人补抄的。斐云指着那补抄的部分小声对我说：“你看这写手多精多好，我看这要比一部完整的宋本还要有意思得多。”说完，眯着眼睛神秘地笑了。这自然是一种“悠谬之说”，没有人会同意的。不过当时我却是完全赞同了他的意见，而且至今也还觉得他说得不错。因为我认为，古书不只有着文献方面的价值，同时也具有美的欣赏价值。宋刻书是一种优秀的工艺美术品，这是无疑的了；前人的法书，不也是一种优美的艺术品么?过去人们对藏书家很不满，给他们加上了许多帽子，其中有一顶就是“赏鉴家”或“古董家”。意思是说，这些藏书家不能读只会看，就和阔老玩古董一样。这话不能说没有一些道理，但无疑是过于片面了。

拉杂记下一些琐事，用以说明斐云对书籍的笃好，用作纪念，并志哀思。

（一九八〇、八、十五）

在三里河

北京太大了。要想看看朋友或办点事，交通就先是一个大问题。我觉得目前北京市内的交通情况还是可以满意的。路线多，车辆也不少。如果不碰到上下班的高峰，也并不拥挤的可怕。这样，一个有充分时间可以利用的游客，不妨手执地图一张，借助站头的路线说明，慢慢地从容旅行。不过有这种福气的人是不多的，常常是奔波半日，只能跑一处地方，看一位朋友，这就难免令人焦急。这时很自然地就会羡慕在马路上风驰电掣而过的小轿车。按照前些年流行的“理论”，出现这样的“邪念”，往往就是一个人变“修”的开始，好像确也有成分“道理”。这次在北京，也乘过几次小轿车。不过并不都是令人高兴的。一次，大约下午四五点钟吧，我们从东城回来，正好加入了王府井大街的汽车队伍。磨磨、蹭蹭、停停，在热闹的马路上竟自消磨了半小时左右的时光。就算我的脚力不济，这点时间，也足够在王府井打十来个来回了。凑巧这时太阳正好，从背后一直无情地晒过来，轿车里的温度一下子就平添了若干度。外加重帏深锁，气闷可想而知。这时看到人行道上手执冰棍自在行走的人，简直就以为他们是在天堂里。有时人们偶然向车里看上一眼，都会感到他们的眼色中有点“微意”。这时我就想，如果这轿车是有空调设备的，那就好了，就是更多停些时也一点都没有问题。最近看到报上揭露，上海宝山钢铁的某些人，私自动用外汇，违法进口了好几部有空调设备的高级小轿车，后来被海关发现、没收的消息，就不禁想起我在王府井大街上坐在不够高级的轿车里的经验。聪明人自有聪明人的“道理”，试想如果坐在这样理想的轿车里，窗里窗外，俨然两个世界。在阴凉的车厢里，坐在软软的沙发上，看着在烈日下挥汗奔走的芸芸众生，可多么有趣，多么自在。

生活是重要的，它不只是创作的源泉，即使想少少练达世务，熟谙人情，也半点都离不开它，没有在王府井的切身体会，我就不会懂何以有些人千方百计地要将某些货色弄到手。

不过我也有过另外的经验。只花一个上午就能看到好几位朋友的可喜经验。那是因为，不久前，有许多人都先后搬到一个叫作三里河的地方去住了。听听这不见经传的地名好像远得非常，其实也并不如此。从前门乘上地铁，很快就可以到达一个叫作“木樨地”的地方。这名字很雅，猜想下车后可能迎面看到一片桂花林，但实际看见的却是一排排新修的宿舍楼。在这里再转乘公共汽车，只两站，就是所谓三里河了。

这里有一个大院，但这与北京通常所谓“大杂院”的概念是两回事。在围墙里有着六七排、四五十座公寓楼，一色红砖建筑，清静、整洁、雅致，是颇为理想的住所。翻开小本一查，俞平伯先生就住在进门第一栋楼的楼下，于是就先去叩门。

一进门就是餐室和会客的地方。沿墙放了一排书箱，这是一些漆了红漆半旧的老式书箱，双排叠起就是一条长案了。当中摆着一张方台子。对面墙上挂着一副洒花腊笺的长联。我在等候主人的当口中，细细地看了这对联。一笔晚清风格的行楷书，自然是馆阁体的路子，但并不圆熟，有一种英挺之气。衬着淡墨繁复的印花底纹，在富丽之中，显得分外典雅。那联语是：

千古一诗人，文章有神交有道；
五湖三亩宅，青山为屋水为邻。

这时，平老从内室出来了。看我在端详着这副对子，就说，“这还是俞楼初建时留下来的东西。谭钟麟当时是浙江巡抚。”这时我就再看联语上的长跋：

荫甫前辈主讲诂经精舍十余年，多所成就。门下士徐花农庶常等为筑俞楼於精舍之西，彭雪琴侍郎为点缀花石以韵之。一时文人题咏满室。偶集四语，书呈粲正。馆侍谭钟麟并识。

从这简单的跋语中可以知道有名的俞楼草创的经过。西湖边上曾经有过多少有名的园墅、别庄、亭馆，恐怕至今也还没有人做过详细的考证与统计，那数量必然是可惊的。不过在今天依然存在的已经寥寥可数了，而俞楼则是硕果仅存的一处。一个月前，我路过杭州，承朋友的好意，带我去参观了初步落成的新“楼外楼”，站在那硕大无朋的楼上餐厅里凭窗而望，朋友就指着孤山脚下一座旧式的“洋楼”，告诉我那就是有名的“俞楼”。它在风景区规划草案中被保留了下来，我想这是非常正确的。

我最早知道西湖边上有过一座俞楼，还是读了平伯先生的《燕知草》以后的事，那书里还附着两张湖楼的铜版照片，就在《湖楼小撷》一文的前面。这一篇，是我所见的写西湖景色（春晨）最浓丽、细密的一篇美文，在平伯先生的文字中，也殊不下于著名的《桨声灯影里的秦淮河》。只要是去过杭州、欣赏过湖上的春晨的，都能知道这篇文字的妙处。如果谁曾起意描写湖上的春光，在读此文时，将更能领会作者下笔时所花的气力。

我把最近在杭州所见的俞楼的现状向老人汇报了，自然也提到了《燕知草》。他说：“这本书里的那篇文字，就是在湖楼上写成的。”他还告诉我，将近二十年前南游，曾经到过，我说，盼他能再度南游，真想陪他去重访俞楼。《燕知草》出版到今年整五十年，这应该也是一个很好的纪念。俞先生笑了。

就在方台的玻璃板下面，压着叶圣老在今年六月为平老《重圆花烛歌》卷子题的四首诗。平老说，他于一九一七年结婚，到一九七七年恰好六十周甲，写成此歌，那也正是离开老君堂的古槐书屋搬到三里河新居的时候。叶圣老原诗共四首，其第一首是：

西湖年少初相见，歇浦鸿光作比邻。周甲交情回味永，海棠花下又今春。

这最后一句说的就是今年春天他们两位在叶宅海棠花下一起拍的一张照片。平老说："在一些老朋友中间，我还算是最年青的，今年八十二岁。"说罢，他又笑了。

前些时我把两本郑叔问校刻的《清真词》寄给平老看过，因为书上有过录的王半塘、朱古微、郑文焯的大量校跋。他想起了此事，告诉我清真"蝶恋花"中有一句"赠行应已输纤手"，汲古诸本都作"先手"，本不错，校本却误从劳氏旧抄本改"先"为"纤"，不但不通，且不识"先手"意思。说着，他又走进内室，取出一册刚装好送来的精装的《唐宋词选释》相赠。在扉页上写了字，盖了印记。平老身体很好，动作也敏捷，只是腿脚不大灵便，走动起来要扶着墙壁、桌椅。

《唐宋词选释》是一册好书，也是一册有趣的书。随手翻读，能使人有熟而还生的感觉。说"熟"因为这里有许多名篇，读了如遇故人；说"生"，是说又有一些不那么为人习知的作品。选者在这中间是费了很多心思的。因此它不同于一些通行的选本。

回忆小时候读词，当然是从选本开始的。有那么一种印象，仿佛小儿得饼，一下子一支奶油大蛋糕放在面前了，只是大口地猛吃，那后果可以想见，不要好久，就腻了。我这里是指张惠言、周济一派的选本而言。后来接触到浙派的选本，从朱彝尊到谭献，那是另一路，也许像是一盘橄榄吧。总之，选家的手段是很厉害的，他们可以把同一事物，裁剪、装点得迥不相同。不用说，这怕都不是真实的原貌。《选释》是否就真能体现了整体的真实呢，当然不好这么说，不过它没有上面所说的两种特点，则是真的。原因可能是选者站得高些，钻得深些，也更为清醒的缘故。有时候，我觉得选者在拒绝一些几乎尽人皆知的作品的诱惑时，是表现了很大的勇气的。例如，在贺铸名下，就没有选“梅子黄时雨”一词。

《选释》不只是选，还做了大量笺注、通释、评论的工作。

小时读词，正如前面所说大口吃蛋糕那样的特点，只觉得满口甜香，却难得细辨滋味。因此，读《选释》的“释”，往往就别有会心。譬如梦窗的“惆怅双鸳不到”，过去似乎就不曾细想过这指的是美人的鞋子。玉田“见说新愁，如今也到鸥边”，为什么特别举出鸥来呢？白石“燕雁无心”“强携酒、小桥宅”“二十四桥仍在”，这些都说得非常合理、非常有趣，也都和过去的词话等不同。平老几十年前有《读词偶得》《清真词释》等书，都是力作。照我的旧印象，读了也颇有吃蛋糕之感。这里就不同。更精致、简约，因之也更多余味。但这浓缩、精炼，是从很厚实的基础上作起的。平老过去曾经说过："文心之细，细若牛毛；文事之危，危如累卵。"这两句话我至今记得。说词，也许可以比作到词人的心灵深处探险吧。这是很困难的工作，需要耐心、细心，更需要灵敏的感觉。因此，这也应是一种科学的工作。

选者在说小山"临江仙"时，于"两重心字罗衣"句下注，先说"未详"，是非常矜慎的态度。下面就详记对此所作的探索。指出太白"只愁歌舞散，化作彩云飞"为小山"当时明月在，曾照彩云归"所本。这是不大有问题的。他接下去又说："前人记诵广博，于创作时，每以联想的关系，错杂融会，成为新篇。此等例子正多，殆有不胜枚举者。"这一节话说得很好，说出了前人作诗、填词的一种普遍现象。对此可以不必大惊小怪。如旧诗话、词话中所说，某甲偷了某乙，某丙又袭取某丁，都不免迹近无聊。只要不是通篇的抄袭，只要用得恰切、出色，都应该承认是一种高明的"再创造"，不必七嘴八舌的纠缠。

在三里河的那个大院里，住着许多高级知识分子。他们中间有些是国内、国际知名的科学家、文学家、艺术家和学者，自然也有负责的官员。那天早上在黄永玉家里，我说起要去拜访钱锺书，永玉立即接口说，"那是住在我们这里的大儒"。这使我吃了一惊，也觉得很高兴。高兴的是锺书在朋友中赢得了如此的爱重；吃惊的是"儒"这个字眼，竟自从最最最卑微的地位一下子恢复了本来的身份。乍一听，是有些刺耳的，可是随即禁不住使我放声大笑了。

永玉画画、刻木刻、打猎、养猴子和猫头鹰，这是许多人都知道的；他还写散文、写诗，知道的就要少一些。其实他还有一项出众的成就是说“笑话”，那是只有相熟的朋友才有领略的机会的。“笑话”，这字眼并不十分恰切，因为有许多“话”并不可笑，甚至截然相反，只不过采取的是“笑话”的形式。例如，他告诉过我他们许多人住在“牛棚”时，一天三次走到饭堂去吃饭。排了队，低着头，手里拿着吃饭的家伙，谢罪、感恩，最后还要唱一支歌，食物才能到手。他为我唱了那支歌，弯着腰，带着极度的虔诚，歌声幽咽凄凉，真是不忍入耳。歌的结末是一个感叹的“哎！”出奇的是曲终奏雅，竟自饱含着欢快的调子。不能不佩服“天才”作曲家的出色安排。因为“哎！”过后就可以得到短暂的弛缓去填肚皮，而每次必然前来欣赏这种精彩保留节目的一大群孩子，这时也必将给他们一场喝彩与哄笑。

这个“笑话”还是六、七年前听他说的，但印象极深，至今不忘。不过这里只能记下那大略，比起他的口述又是差得远了。永玉有非常敏锐的感受力，有如一只辛勤的蜂儿，从这个花花绿绿的大千世界中到处吸取着各种营养，他在画上用掉的只不过是采集的蜜汁中的千百分之一；此外，就用来写诗……，只有在说笑话时才毫不吝惜。

永玉并不认识这位住在身边的“大儒”，不过他说，《管锥篇》出版的时候，他买了几部放在家里，随手送给来访的朋友。华君武也不认识钱锺书，他说起每天早晨在院子里散步，常常怀疑迎面走来的一位可能就是钱锺书，后来越看越像，最后下定决心，上去请教，不料却是一位研究所的教授。

他不知道钱锺书根本就没有散步的习惯。

这个故事也是很有趣的。我没有去打听住在这个“大院”里的有多少科学家，多少文学艺术家。不知道这里的“生态平衡”处于怎样一种状态。近来经常听到对社会上“重理轻文”现象提出的各种意见，这时就忽然想起，觉得这似乎也是一个值得重视的问题。三年来国家花了很大力量培养科学技术人才，这是理所当然的，完全正确的，而且也远不能说对科技人才的重视、使用、造就都做得很好了，不，还差得远。不过相比之下，文学、艺术以及社会科学其他门类得到的关切，恐怕要更差一些，十年动乱期间，知识分子都是“臭老九”。就在那时，也还有不少人迷信着“学好数理化，走遍天下都不怕”的格言，觉得自然科学、应用科学，离开政治总远一些，理应也较安全一些。这自然也不能说全无根据。被林彪、康生、江青之流选来开刀祭旗的也确是吴晗、邓拓而不是医生或工程师。不过后来形势发展，“革命”日益“深入”，这条格言的真理性也就逐渐褪色。大家渐渐明白，人们的命运都是紧紧联结在一起的，想拆也拆不开。标识着这种全民觉醒与觉悟的就是四年前发生的“四五”运动。

不过习惯势力是不会一下子就能得到改变的。最近几年，社会上一再出现某些弊病，追究起根源来，有些人就要“条件反射”地惊呼，骗子是一出戏煽动出笼的；道德败坏、违法乱纪是一个电影脚本教唆下泛滥的；流氓阿飞的出现，自然也是看了什么地方的“裸体画”，听了莫名其妙的“靡靡之音”的结果。总而言之，这一切依旧还是遵循着“阶级门争晴雨表”的固有“理论”。

这许多，都不能说对知识界的“生态平衡”没有影响。科学技术已被承认为生产力，文化、教育……呢？好像依旧是命定的“赔钱货”，于是有人就要剧团、书店……要自负盈亏，上缴利润，但又责成他们不得演出、出版只有可疑的“票房价值”的作品。总之是一切似乎都难亦得很。

在“大院”洁净、平整的小路上走着，头脑里杂七杂八想着一些复杂的问题，这样一直走到了庭院深处。角落里有一排车房，一座座公寓楼前面的花畦都铺着草地、种了小树，环境是幽静的，确是学者居住和用功的理想地方。我走上三楼去叩门。门开了一条缝，露出了主人的面影。黑而浓密的头发，紫棠色饱满的双颊，锺书还是二十年前的老样子，甚至还更结实而年青，这是出乎我的意料的。他没有先去拔掉门后的挂链，却回过头去喊道，

“杨绛，你看是谁来了？”

这时从书房里匆匆走出了满头银发，戴着细边眼镜，文静纤弱的女主人。她眯着眼睛对我端详了好半日，依旧叫不出我的名字。坦率地说，如果在街头相遇，如果锺书不会先叫过一声，我也完全认不出这就是杨绛了。

我被放进了书房，让在沙发上坐下，主人立即开始用响亮的无锡腔不停地谈话了，他甚至没有拉一把椅子来坐，就一直站在我的面前。在北京很少有自由地用故乡方言谈话的机会，我很能理解他的这种心情。没有好久，他已经转换了

不少话题了。在镜片后面疾遽闪动着的目光充分显示了在不断地变换的思路，正像大工厂控制室的电子屏幕上出现的光景。

他首先提起我四个多月发表的一篇《槐聚词人》。在那里我追述了三十年前在清华园对他们两位进行的一次夜访。他指出我记忆中的一个失误。在他俩住的那间冷清清的大房间里，确有一支讲究的西餐长台，但椅子是没有的。他说，那只不过是两支竖摆着的木箱。同时他还对我没有全文发表那联得意的诗表示了“不满”。我想，这也正好是一个例证，说明许多新闻报道（包括历史记载），由于种种原因，都不可能达到完全忠实地反映历史真实的程度。

另一件是香港有一位先生曾经“送给我三个老婆”的故事，这个问题当然没有深入考证的必要。这时，早晨的邮件送来了。他打开了一封信，里面是一张剪报，随手递给我看。他说，像这样与他有关的剪报，几乎三天两头都有人寄来。其中大半是“神话”，和“三个老婆”说差不多的。他开始检阅那一堆邮件。其中有开会通知，有社会科学院为评议“院士”起草的条例，他也是这个起草委员会的成员。……过了三十年，我发现他对开会的兴趣好像并没有多少提高。这时我又记起永玉说过，在“四人帮”横行的后期，他曾不止一次拒赴“国宴”。我想，在锺书看来，恐怕没有什么比关起门来看书更为有趣的了吧。

我对锺书的一些都不见老表示了我的高兴。这时杨绛就告诉我，在那“史无前例”的十年中，锺书也曾经患过严重的疾病，直弄到语言障碍、手脚不灵的地步。杨绛说在当时的医疗条件下，花了多少力气才确诊出那病因，由于哮喘缺氧致使大脑外膜受伤。当时，锺书一个人住在一间小屋里，杨绛要设法照顾他的生活，还要借交通工具拖他去看病……她的头发就是从这时开始，慢慢地变得全白了。我想，有时白发也是很美甚至是非常美的，为什么有些人总是千方百计要来染黑呢?

在兼作会客用的书房里，他俩各有一个工作的桌子。锺书的是临窗横放的一支大书案；杨绛的是侧放着的一支小书桌。我来的时候，他们都正在工作。写得一手出色喜剧的女作家现在在翻译。她新近出版了两大本《唐吉诃德》，又出了一本小小的《春泥集》。在这本小书里，她论证了艺术家最有趣味的工作在于克服困难（这是《读红楼梦偶记》）；也论证了中国古典戏剧的“幅度广而密度松的史诗结构。”这都是只有女性的细心才能作出的研究。我没有向她提出我的读后感，正像我不想在锺书面前放论古典一样，也不敢在女剧作家面前议论戏剧。我一直在怀疑，为什么有些人总是热衷于在我们非常自由的传统方法、形式上加上许多限制、枷锁。例如，有些导演喜欢让戏曲演员在真的花园里进行表演，在一大堆花木亭台、曲槛回廊中间作身段。这就不免给人以十分可笑的感觉，好像一支小甲虫在百花丛中蠕动。先是不容易发现；发现以后就又会感到那些动作都是奇怪的、可笑的、不调和的，像精神病患者的发作了。

为什么要在我们本来是十分自由的躯体上，加上外来的种种精致的枷锁呢?

他们的书房里几乎一切都是新的，新的家具和新的书架。书架只有一支，书不多，也并没有什么线装旧书。锺书给我看了他的著作的许多种外文译本。五颜六色的，《围城》就有好几种。他告诉我，这本小说人民文学出版社已经决定重印。他说，现在看书很困难，离城、离图书馆都很远，借书不便。我问他有没有助手，这似乎也不能真会解决问题。书还是要自己读。我想，这话是很有道理的甘苦之言。读书不只是接触、积累资料，重要的还是思考、发现。否则有了多少架先进的电子计算机，学者就能毫不费力地生产出来了。这样的便宜事，至少在今天，还是并不存在的。

他从书橱下面取出一部《管锥编》来相赠，又用毛笔写了几个字，"校雠粗率、讹脱不少，未及订正，聊供思适耳。"他还有自己留存的一部，每册都有许多改正的地方，折着角。我也不想借临了，怕半天也抄不完。他说，"这也不妨，留下一点事给旁人做，也挺好。"

书橱上面挂着一张古砖的旧拓片，旁边有很长的题跋，没有细看；沙发后面是一轴王梦楼的小条幅，写得却很好。乍看会误认作明人的法书的。王梦楼的字我并不十分喜欢，他的技巧实在已经熟练得有些"浓得化不开"了。但这一幅就不同，很有生气，别有一番姿媚，简直不像通常的王梦楼。锺书也很喜欢，让我下次再来细看，再看看他别的收藏。

（一九八〇、九、二十二）

故宫

故宫也无非还是老样子。天安门正在修缮，穿过中山公园来到午门时，立即就能看是那里簇拥着好几排等候参观的长长的队伍。这中间国外游客占了不小的比重，有些集体旅游者手里还拿着小旗。他们兴奋不安地站在那里，就和一群马上要看到新鲜事物的孩子一样。这样的情景是我过去不曾看到过的。

过去我来过好几次故宫，但最近的一次也已在二十多年以前了。那时几座大殿都用作展览馆，琳琅满目的古器物、书画……曾使我在这些殿堂里久久勾留。今天，已经新开了绘画馆、珍宝馆，三座大殿又恢复了原有的面貌，并经过了重新修整，彩绘。就连大殿前后广阔的庭院也都整洁得非常。解放以前，这里铺地方砖的隙缝里，到处长着高高的野蒿，宫殿顶部也插着许多瓦楞草，这都曾给我留下很深的印象。古代诗人用“麦秀”“黍离”这一类字样所传达的那意境，我是这时才真切懂得并领会了的。它们象征着一个旧王朝、一个旧时代的衰微、没落与终结。

今天的故宫，已经很难找到这样的痕迹，而这是丝毫也不值得惋惜的。

大殿前面的流金铜狮子；过去皇帝、后妃所用的大小各式玉玺；皇帝结婚的屋子和仪仗……这些都是人们的兴趣所在。自然，俗称“金銮殿”的太和殿里的宝座……更是吸引了人们的注意。

太和殿的内部陈设，在袁世凯打算做皇帝的时候，曾经遭过一次破坏，被撤去了原有的联匾，把宝座也撤掉了，换上自制的一支不中不西莫名其妙的大椅子。大概是表示他想当的并非全部旧式，多少带些现代化色彩的皇帝吧。那把被扔在残破家具库房里的宝座，后来被找到、修复，今天照样安放在原来的地方，果然富丽、华贵。

要登上这宝座，必须通过正面和侧边的“陛”，即木台阶。我仔细看了一下，这陛却并不怎样宽绰，只够一个人通过，旁边随侍扶掖的人都挤不进。像康熙那样精瘦的老头儿走起来自然没有问题，如果换个胖子，可就有些困难了。

今天，没有谁真的看到过这里真正出现过的场面了，记载朝仪的古书也语焉不详。只凭想象是难免要闹笑话的。不过我想，旧戏舞台上经常出现的那些场面，即使草率、简单，大致可能就是那么一回事。太和殿里，以及故宫其他许多地方，那些建筑与铺陈，恐怕很少是为了享受，重要的是它所起的宣传、威慑作用，说穿了也不外是舞台上的一些道具。几千年来，中国的老百姓就一直生活在这样的教导与威胁之中。只能在远处遥望龙楼凤阙的蚁民，深感住在“天子脚下”的幸福；竟能厕身于太和殿中的幸运者，在“天威咫尺”之下，其只能匍伏在地叩头如捣蒜，当然更是毫无疑义了。

故宫里的很多殿阁，尽管花样繁多，其实不过是一些放大了的四合院。住起来不免会感到单调乏味，也并不舒适的。皇帝不是白痴，自然也懂得这缺陷。明朝的正德帝就住不惯，常年在外面“旅行”，康熙、乾隆的多次“下江南”，显然也不全是为了调查研究民间疾苦。一个明显的证据是，他们在号称“天堂”的苏杭看到的许多私家园林精品，就被一一指定重建，搬到北京来了。他们用极大的兴趣营建了规模宏丽的皇家苑囿。他们自己用避暑、避寒的理由，长时期地住在这些行宫别苑里，日常办公也不例外。留在故宫“大内”里的时间其实是很少的。

人们觉得有趣的另一处地方是皇帝大婚的所在——坤宁宫。这是几间大型四合院的北房。窗上装着大块的玻璃。要看，只能通过这窗子。可惜里面光线太暗，看起来很吃力。我看了半天，只见有一只大木床，床边放着一块大屏风，上面写着大“喜”字。还有一些陈旧的仪仗，此外，什么都没有了。我想，不只是我，经过这里的游客都会有些失望的。

后来曾经问过一位在故宫博物院工作的朋友，他说这里也是按照当时的原状恢复陈列的。我却还是不敢相信，皇帝结婚，难道就是这样简单、朴素（简直是有些寒伧了）的么？这是不可想象的。我想，这种地方的陈列，也应该很好地下一番考证、复原的功夫。同时还应该给参观者以更好的观赏条件。人们自己是会从中得到应有的知识和结论的。希望看得仔细，以便在梦中照样扮演皇帝结婚，取得满足的人，大概今天是不多的。

六十八年前发生的辛亥革命，照一般的说法是由中国民族资产阶级革命民主派领导的。如果这样的看法可以成立，那么民国优待清室的条件，好像就有些像资产阶级对封建地主阶级实行的一次“赎买政策”。那要点就是，民国每年拿出几百万两银子，在故宫这块地方，维持了一个已被推翻的封建小朝廷达十三年之久。这花样原是袁世凯想出来的，当时的政治斗争形势也很复杂。不过就在当时和以后，人民对此是并不赞成的，认为是一种天大的怪事或笑话。今天看来，这种政策当然是完全失败了。无论是溥仪还是他那些忠心耿耿的遗老旧臣，都不以这种关起门来做皇帝的生活为满足。这怎么可能呢？想用赎买的办法诱使什么人彻底放弃手中的权力（即使事实上已经失去了这种权力），是困难的。因为他们清醒地知道，他们手中曾经掌握的权力，曾经为他们带来多到无数倍的财富与威势。几百万两银子又算得了什么。允许继续做皇帝当然不坏，不过关起门来就不免无趣了。

也许在这十三年中间所发生的一切，包括辫子兵的那次蠢动，不应该由还是儿童的溥仪完全负责。但可以肯定的是，对这种生活他也是不满并有所反抗的。在这段日子里，溥仪学过英文，写过新诗，写信约胡适博士进宫谈过话。他写了在宫里骑脚踏车，还下令把许多高门槛锯断了。当他最后被赶出宫去是时，人们还发现，他们的卧室里还留下了外国货的饼干盒子，他的“皇后”在生活上也有很高程度的“西化”。总之，这个“小皇上”一面穿着朝服接受许多老头子的朝拜，一面又尽情接受西方的物质文明。作为半封建半殖民地的特征，在当年的故宫里实在比十里洋场的上海还要来得醒目。

溥仪和他的小朝廷的改造，是在另外的场合，用另外的方式最后完成的。完全不是“优待清室条件”的功劳。

故宫实在是一个好地方。人们是可以从这里学到很多知识的。不过需要一副清醒的头脑和观察事物的方法。十年动乱中间，许多坏种在干种种坏事时，他们手中的“武器”好像就都是就近从故宫的废品仓库里搬出来的，不过许多人没有辨识出来。这就说明，我们对故宫的认识还是很肤浅，参观游览的方法还不对路。这一切，都是应加改进的。

（一九八〇、八、廿二）

过灌县·上青城

这是二十多年以前开手写的一篇文章。当时只写了一千多字就因为别的事停下来，几张残稿也早已不见了。这本来应该是一九五六年我在报上发表的《入蜀记》通讯中间的一篇。

前些时几十本旧日记又回到了我的手里，这中间就有一九五六年的一册。当时的日记写得比较细致，原是准备作为写通讯时的参考的。重新翻阅一过，还是很有趣味。那些蜀中的奇丽山水和可爱的人民的面影简直就宛在目前。我很想能卒成那篇没有写完的文字。但后来发现，这已经是不可能的了。因为即使有旧日记的帮助，当时的印象与激情，究竟追不回，变成有如笼罩在雾里的峰峦那样的事物了。因此我就想还是老老实实地把那些旧日记整理一下发表。除了文字上的修饰以外，也想补充一些依旧残留的记忆。此外，这些旧日记经过“专家”们的“审定”，新添了无数朱笔的杠子和“批注”，当然全是指出日记中的“反动”之处的。现在看来就又别有趣味，本想照样保存，可惜那将浪费许多铅条、铅字，所以终于还是忍痛放弃了。不过在整理时却并不遵照

“专家”的意见加以修改。“反动”的地方就依旧让它“反动”下去，好在经过十年的锻炼，读者的思想觉悟都已有了极大的提高，那么就让他们来加以鉴别。我坚信，他们的意见会比“专家”们高明万倍。

一九五六年十月廿五日

早七时许起床，天又是阴的。整理好东西，看完了报，九点钟还不到，冒雨乘车到成西车站。十一时开车。车子很漂亮，前面的挡泥板上漆着“安全行车十七万里”的字样。一切都很满意。可是出站还不到四百米就抛锚了。司机慢慢地走回去拿工具，又叫了技工来，爬到车子下面慢慢地修，这样修了一小时以后，宣布没有希望了。就由乘客们把这车倒推回车站里去。人民真好，对这一切真是毫无怨言。

下午一时，换来了一部货车，总算开出了。我坐在司机台里，一路上看见红得像鸡血似的荞麦花，美极了。拖拉机在田里耕作，翻起了一大块一大块黑土，那土真是肥得黑亮黑亮的。一时四十分到郫县，这就是老杜所称赞的郫筒酒的出产地。但现在酒好像不见说起了，绿竹筒仍在，装的则是酱油一类东西。二时，到安德铺，公路在这里分开，一条是到彭县去的。又过了竹瓦铺、崇义乡，这地方五四年曾出土了大批汉砖。再过去，眼前就隐隐地现出了青城山，淡淡的，似有若无，藏在云堆里。山中有一个缺口，车子向前，一直开过去，已经是灌县的城关了。

肚子饿极了，马上到食堂里去吃饭。没有肉，据说前两天割到过一次，每家店只割到一元钱的肉。只能吃炒鸡片，又豆腐一碗，好吃极了，吃了两大碗饭。

漫步进城，在城门角看到了水闸，绿波白浪中间漂浮着许多大木料，这是第一次看到了岷江。

走到了县人民委员会的文教科，找到一位女同志，她把我又介绍到文化馆去。

文化馆在公园里。走出县人民委员会时，雨正好大起来，狼狈之至，披上了雨衣，一路问讯，走到了南桥。在这里才真正第一次见识了伟大的岷江。

江水从雨山缺口处流下，水势极汹涌，有震耳的涛声。是涛声还是雨声简直分不清楚。雨并不算很大，但给涛声一衬，就俨然是极大的暴雨了。

这是一座相当宏伟的木桥，上面覆盖着瓦顶，桥身是红色的。两侧有绿色的栏杆，凭栏下望，桥下就是三五株大树的根部，碧绿的江水冲击在木桩上，飞溅起五六尺高雪白的浪花，然后散落下去。桥身两侧都是极大的鹅卵石子，用竹篓扎起，巩固了堤身也加固了桥身。在两行巨大的竹排，从江水来处把急流束起来了。从原始森林里采伐的大木料，就一根根从这中间流下来，随着江水，穿过桥身，冲到成都去。在木排上站着十几个手执长篙的汉子，用篙随时纠正着木料的流向。一排排的电线上面都悬着小电灯，在这里，人们是日夜轮班工作的。

雨里的远山如烟如雾，看不清楚。碧绿的江水，雪白的银涛，在密雨中间，这一切，真使人感到“南桥烟雨”这四个字确不愧是灌县八景之一。平常看到地方志里十景、八景这类字样总感到一般化，景色的平庸与题名的风雅多半扯不到一起。然而今天如此狼狈地欣赏了如此美丽壮伟的景物，却不能不感到这题名的恰当无比了。事实上，快感已经远远超过了尴尬的现状。

到了公园里的文化馆，在一间空落落的安放脚踏车的房子里安顿下来。五时许出来，先去看了一下那公园，它也有个美丽的名字——“离碓公园”。有一丛丛的楠木密林，还有几间文物陈列室，里面陈放着一些汉砖。

走到街上，找了个茶馆坐下来吃茶，一面看着街上来来去去的人们。一直到七点钟才走回来。在一家甜食店里吃了一盆八宝饭、一碗醪糟蛋。我数了数，在这个小城的一条大街、一条横街上，就有四五家甜食店。这个城里的人也真爱甜食。

在一家玉器店里买了用本山石料磨成的蟾蜍、鸡蛋、小狗。真好玩。还有一支大笔筒也很不坏，不过因为太重，没有买。

摸黑走回公园，又经过了南桥。河里的小电灯都亮了，绿波白浪在灯光下显得更好看，又站在桥头看了好一会每分钟漂过十多根的大木头。

这真是个“木之城”，如果写通讯，准备就用这做题目。

回到文化馆，主人已经为我准备好房间。桌子上面放着一厚叠铅印的《灌县志》和灌县的《掌故》《文征》，一起有十四本。灯下翻阅，抄下了一点材料，还描下了一张草图。

知道都江堰所分溉的有彭县、崇宁、广汉、金堂、新繁、郫县、温江、崇庆、新津、双流和华阳（即成都）等县。在《水经注》和《元和郡县志》里就都已肯定了这是李冰的功绩。斗鸡台的《水则》，就在伏龙观前的潭壁上，是至今还没有淹灭的故迹。凿离堆的是李冰和他的儿子二郎，在嘉靖中阮朝东的《新作蜀守李公祠碑》里还是这样说的，但到了范时儆的《重修灌口二郎祠碑》里就说，“其子二郎以神力佐之也。”

夜卧，皮不宁贴，涛声扰人，梦境迷离。

十月廿六日

早复雨，俄而小止。和文化馆的胡同志谈天，九时，一起出去，又吃了一碗甜食。然后一起去拜访在协商会工作的一位余先生，他对当地的历史、旧迹非常熟悉，谈了一小时后辞出。

一个人信步走去，走上山坡，转过一个题着“西川锁钥”的城楼，旧时的城堞还相当完整。等再度从城门走出时，眼前突然一亮，岷江就在正眼底。四面围绕着山的屏风，日光微露，晓霭迷离。远远可以望见都江堰的竹索桥，和隐约出现在玉垒山巅的二王庙的殿宇，真是壮观极了。沿着山坡下去，走到竹索桥边，上了桥。这是用巨绳绞竹所成的桥，上铺木板，两旁有绳阑。宽约八尺左右。桥上来往的人极多，那么长的一座大桥，走起来桥身却一直在微微摇动，这实在是一种奇迹而有趣的经验。走到桥当中，停下来看鱼嘴和

“低作堰”到底是怎么回事，发现这是完全真实的。这地方有一块用石块叠起的、头部尖尖的石台。现在是枯水季节，水在堰下；如果洪水来了，堰就要没入水下去了。江底睡着“竹龙”，是用竹料编成的几丈长的龙，中间装了大石，用来减弱水势的。差不多每年都要修换。就在前面，人们在搭着杩槎，准备修治岷江。

从桥上回来，又登上了“二王庙”。庙门内有几块石刻，一刻“深淘滩，低作堰”六字；其余两块刻的也是古代水利工程经验的总结，写成了歌诀形式的。灵官殿前还有“严武御书”的匾额，是莫名其妙的事物。大殿是楠木结构，一人合抱的殿柱有五六丈高。此外还有许多近人所题的匾额，其中有冯玉祥、也有吴佩孚的。前殿祀二郎神，金像，相当俊伟。两眉之间，又有第三支眼睛。在大像前面还另有一座也是二郎神的小像，穿的则是红袍。后面是李冰夫妇的享殿。我猜想，他们两位是沾了儿子的光才能在这里接受“人间香火”的。在群众中间，知道李冰的人就远远不及知道二郎神的多，因此这庙就又叫“二郎庙”。这和成都的武侯祠本来是昭烈庙的情况有些相似。刘备虽然是蜀汉的“先主”，但终于不能不把前殿让给了诸葛亮。人民的意愿实在是不可抗拒的。小说封神传中的杨戬就是“灌口二郎神”，也有三支眼，带着哮天犬，使三尖两刃刀，这些事物在二郎庙里也都有。为什么李冰的儿子又姓杨了呢？问问守庙的道士，也说不清楚。马叙伦先生怀疑李冰父子可能就是鲧禹父子的讹传，禹生石纫，这地方也正在四川。这也并不是没有可能的。

从二王庙出来继续向山上爬去，这样一直爬到山顶的公路上，然后沿了公路一直走进北门，在大街上吃饭。这次吃了椒麻鸡片。饭后，在饭店门口雇定了一部三轮车，折回公园取得包裹然后出城。

从灌县到青城有三十里。公路在田野里穿行，一路上几乎在沿山附近都看到了大片的楠木林，这是一种极为漂亮的珍贵植物，不论是大木或幼树，它们都毫无例外地挺着笔直的躯干向天空长去，那么秀气，那么挺拔，真是可爱极了。楠木，一直被认为是一种珍贵的木材，但在这里却并不稀罕。前两天在李劼人的“菱窠”里看到他家里的家具几乎都是用楠木做的，不施油彩，有一种特异的素朴的美。

我们在半路的中兴场停下来休息，吃茶。五时，到山脚。乘滑竿上山。刚时山，觉得有些像杭州的九溪十八涧的样子，再少少深入，林木就越来越茂密，天色也越来越暗了。山路铺着很好的石级，两侧都是冲天而起的古老楠木和松杉。到这里，就能开始深切领会那个“幽”字了。越向上走天色越暗。微雨开始降落，不时还听到鸟声。有一种好像小孩子玩的木制机关枪似的连续的声响，清脆得很，不知道是否就是啄木鸟在工作。“青城”，实在是个非常恰切的名字，简直一望无际，莫非青绿。

到天师洞时，天色全黑了。这是一所很大的道观，门外石刻很多，都是历代名人兼雅人的留题。不过也并无很旧的遗迹。走进去，有道士出来迎客。请我吃了带有一种野香的青城茶。吃晚饭，也不过是野蔬数品而已。不慎，咬了一口辣椒，真是辣极了。

吃完饭雨又下起来了，就和易当家（即观主）吃茶闲话。杂七杂八地谈着有关道观的事情。我对道教一无所知，不过知道道家也有许多派别，小心地不去发表外行的冒昧的意见。谈到八时左右，就被招待到楼上的客房里休息。这是一间阴暗、深邃的楼屋，门，板壁，窗棂……全是木制的。那两扇门就足有半尺厚。不但说明了古朴，也显示了这里木料的丰盛。在暗淡的油灯下面，格外感到一种阴森的情调。坐在油灯下面记日记，听着窗外萧萧的雨声，所谓山居的清寂，算是领略尽了。同时发现，过去从古代作品中认识的那种闲适、淡远的山水诗的情趣，都是隔了很远的一层的。像这样的地方，我怕不能住到一天以上。而道士们居然一住就是数十寒暑，仅此一点也实在是大可佩服的。

写完了日记上床。这床也是极厚实的木料所制，大而古朴。床上铺了两张棕席，又垫了一床棉被。身上盖了两条极厚的棉被，但却像铁一样的硬。不过睡得是很安适的。入睡时听到窗外的雨声又大起来了。

十月廿七日

晨六时许就为晨钟和擂鼓声惊醒，起来洗漱，早餐，依旧是野蔬四品，不过另添了一枚鸡蛋，吃了一碗饭。饭后饮茶一杯，即离院。易当家相陪，遍历诸胜。

首先看了灵官殿侧的那株古银杏。树身周围有一丈六尺，高十余丈，枝杆繁密，有些枝条倒垂下来有如石钟乳。据说是张天师手植的。这当然是查无实据，但确是可以算得是极古了。有一株旁枝，因为碰到一座小房子的檐角，被砍去了。其实是应该拆房而不应砍树的。接着去看“六时泉”，那是在一座峭壁上，并没有泉水，不过还可以看到水痕。据说从前山中没有钟表，看了这泉，可以知道时刻。为看泉而建的一座小阁实在是一个很好的所在。就在这旁边有一座新建的木楼，里面藏着唐雕的三王石像（伏羲、神农、皇帝）。像有二尺来高，形制凡近，好像不是唐代的遗物。另外有一通新翻刻的开元御敕碑。更走进去，在石洞里就藏着真的唐碑。碑很小，也很旧，字迹也漫涣了。不过开元正是唐的极盛时代，远在李隆基逃难到四川来之前，“御碑”是不会如此小气的，那么也许是后来的翻刻也说不定。

出了道观的后门，沿石级下去，就落入了万重深山里面。杂树丛生，奇峰叠起，天色又阴沉得很，走在这里，简直要产生一种恐怖可畏的心情。到处都是古木，奇怪的岩石，好像这里是终古无人到过似的。有一片高绝的山顶，中间有一道断崖。这就是所谓“掷笔槽”。关于这“槽”，又有许多神话。据说张天师和鬼兵立下誓约，用朱笔画山为限，青崖就中断了。那断处的石头远望是朱丹色的。这种传说，在王象之的《碑目》和《五岳真形图》里都有记载。显然是道士们制造出来的鬼话。不过那深涧的险恶，确是久住平原的人不能想象的。

一路上虽然走得很慢，还是不免要气急。那石磴实在是太陡、也太滑了。雨后的石级上，布满了青苔和浅浅的一层黄泥浆。穿了皮鞋走在这上面，实在是一种苦事。

这地方就是“上天梯”，真是名副其实。杜甫有一句“丹梯近幽意”的诗，就是在这里作的。

满山都是红叶，这实在是青城最美之处。红叶都是野漆树和五倍子树的叶子。有极艳丽的鲜红色，也带有微黄的丹红色。“四围山色中”，也就是四面的青山屏障之中，点缀了这错落的红色，实在是美极了。

走到了“朝阳洞”，有一座木亭。这原是看朝日的地方，可是我却为它前面的一株奇古的银杏迷住了。这棵树大约也要七八个人才围得拢。它挺立冲霄，但婆娑地张开了一顶满缀了黄缨络的宝伞。在这里，红叶是不稀见的，但黄叶则只此一树，而且又黄得如此娇艳。我们从这里又走到壮观台，回头一望，它依然在那里，舍不得不住眼地看了它许久。

在壮观台上望丈人峰，是一大片墨绿。我想，山水画家即使画的是北宗的青绿山水，画到丈人峰也一定要用浓墨涂它一笔的。在这峰上有测量队插上去的一枝标杆。丈人峰下有一片树木的青嶂，正好围在它的半腰。峰后，是淡青以至给白云笼罩得似有如无的远山。易当家告诉我说，青城山上的树木一共有二百多个品种，这是学校里植物系的师生们调查后所得的结论。

走到上清宫时正好是十一时。走近上清宫时，先看到了“青城第一峰”五个摩崖大字，总算不虚此行，登临了绝顶。

我们走进去吃茶。这里虽然不及天师洞的崇丽，但去明朗清疏，今天晚上要宿在这里，住起来大概也会舒服一些。

据旧记，这是明皇“幸蜀”以后起造的。这一组建筑起造在一片平坦的高台山上，刚才走过的丈人峰就俨然是它的一堵墙垣。前人说，“岷山数百峰悉在栏槛，如翠浪起伏，势皆东倾。”说得是不错的。

在这宫里走了一转，有几块石碑，是据张大千住在这里时所画的画本扰刻的。刻工相当精致。其中有一幅是花蕊夫人像，画得最好；另外两幅则是麻姑和西王母。花蕊夫人据说就是灌县人，也就是徐妃。画上有林山腴题的一首七绝，款属“清寂翁”，

> 青城辇道尽荒烟，环珮归来夜袅然。差胜南唐小周后，宋宫犹得记张仙。

徐妃是后蜀后主孟昶的贵妃。后蜀亡于宋，她也一起被俘到了宋太祖的后宫。但据说她还忘不了孟昶，画了他的小像私下祭祀。问起时就说这是张仙的画像，张仙则是可以保佑人们“多生贵子”的神仙。这样看来，她的日子比起李后主的小周后来可能过得太平一些。

午饭吃了一样用本山的白果炖鸡，二元五角。约易当家同饮，吃酒半两。饭后又与易当家杂谈道家的源流，知道他是属于北宗的全真教派的，讲究的是清净无为，也没有妻子。至于一般的烧符捉妖之流则是张天师的嫡系正一教，和他原非一系。此外还谈到道家中采补，辟谷、炼丹等种种派别，颇获得了一些常识。

向道士买了一双草鞋，又和易当家一起下山，去看那块唐代以前的摩崖大字。字径三尺，现在只剩下了山字和城字的左半，青字没有了。可能是山上的古树树根逐渐发展，使崖石崩裂了。

我们来到上清宫的山门。在外面的石条凳上小坐。仔细地观赏了山门两侧的雨株银杏，也是十分高大的古树。最妙的是从后根部又新生出来的小干，也同样从地面上直立起来，和母体平行，也亭亭地有丈许高了。

石凳上极凉，汗透重衣之后坐在这里，的确感到了山气的微寒。山中人之所以多吃辣椒，大约也有辟寒的用意。

易当家告辞回天师洞去了。我就拿了日记本到山门背后的过街楼上写日记。我就坐在“上清宫”那块横匾的后面。这里有一套楼厅、长廊。坐在这里可以望见后山的红叶和门外的银杏，一伸手，就能摸到银杏的树冠。

在一起的只有两位火工道人在磨辣椒粉，一位老人在为道士们缝棉衣，清静极了。

傍晚时，我就坐在厨房灶前的小板凳上，看火工道人烧火、煮饭，向火。很有趣，想起了《水浒传》描写鲁智深在瓦官寺里的情景。

吃晚饭时，这里的刘当家回来了，吃豆花饭，我又添叫了一盆腊肉，与他们对酌，又吃了一小杯酒。

七时就睡了。他们为我泡了一壶青城茶来，极美。又送来了一只“虎子”，这东西也已经好久没有看见、使用过了。

十月廿八日

昨夜睡得极安适，一直到晨七时才醒。吃完早饭还是到山门后面的楼上去写通讯，写到中午，写完了第一节。这时，日光忽然穿过云隙透出，立即下楼，吃饭，赶到山顶的呼应台上，这时，日光又已隐没在一片茫茫云海里，什么都看不见了，只为丈人峰拍了一张照片，随即下来。

刘当家陪了我从青龙岭下山，走的是一条小山路，极陡，不过很近，二时半就到了五洞天的门口。路上看到黄云鹄所写的摩岩，“天下第五名山”。

有一些少先队员在天师洞里耍。洗完脸后，我又携“贡茶”一壶到“白云阁”上小坐，续写游记，写对山的“六时泉”摄一影。翠柏苍松，红叶满山。就在石雕的棋桌上记日记。

在观里散步，遍观题壁诗文，佳作极少。看见刘成禺有几首诗，就写在吴敬恒题字的上面，痛斥吴的荒谬，倒是非常有趣的“笔战”。旧题中只有乾隆中顾光旭的一诗比较有趣。此外就是赵尧生所录的前人诗，字写得还算飘逸而已。

今天的天师洞大不寂寞。除了附近小学来了几十个小学生外，还有男女青年六七人，因此也就不再像前天投宿时那样的清寂。入夜，雨声又大作，檐溜不绝。秋日山中的天气往往就是这样。

夜秉烛续写文章，只写了四五百字，倦极，即睡。

十月廿九日

六时就许起来，天尚昏黑。洗完脸，看那大殿时，依旧是暗黑的。到山门口的亭子里站了一会。破晓时山中的景色，简直阴森得和黄昏时一样。回到观里，易当家刚刚在洗脸。他今天也要进城去开会，本拟等他一起下山，可是后来终于先走了。一路下山，在幽峭的涧谷里独行，不一会就出了汗。下山到一大半时，才遇到滑竿，这时已经可以看到一缕朝霞从山口那面升起，想不到今天倒是个好天气。

到长生宫后上黄包车。一路进城，晓雾在一片片长林树梢头飘浮，恰似一幅幅宛转的轻绡，想起了“平林漠漠烟如织”的句子。这种白描的句子都是从生活中来的，因此也常常可以从生活中遇见，而这就正是它的生命力所在。这七个字写得也真好，真恰切，想更换一个字都不行。

在中兴场吃茶，吃糕。到灌县城里时不过十时。车子十一时开出，车行甚慢，回到成都已是下午一时半了。

闲

一个在上海住惯了的人初到成都，一定会有一种非常鲜明的感觉，就是这个城市的悠闲。

从成渝铁路终点站走了出来，天正好下雨。手里提了两件行李站在泥泞的空地上，想找车子。可是只看到几位悠闲地坐在那儿休息的三轮车、人力车工友同志。向他们提出请求，他们就摆摆手，摇摇头，发出悠长的声音来，说道：“不去喽！”

真是无法可想。

焦急的心情碰上了悠闲的姿态，就正像用足了力气的一拳结果却打在一大团棉花絮上，垮了。

好容易挨到了要去访问的机关门口，取出、交上介绍信后，就被安置在一间休息室里坐。坐在古色古香的红木雕花椅子上，望着好大的庭院里的绿色植物和轻轻地落在叶子上的小雨。这时候，不管有怎样不安的心情，也一定会沉寂下来的。

走进办公室以后，坐下来，泡上一碗茶，还是照例从天气谈起，从寒流的突然降临，一直谈到特异的龙卷风。最后才接下去谈正事。

写介绍信的同志，真像绣花一样地进行着她的工作，那么细致，那么舒徐，那么轻柔审慎地落笔，盖章。最后，当她微笑着像完成了一件艺术品似的把信交给我时，我也笑了。她一回头就又熟练地拿起毛线团来。

这一切似乎都无可非议，只是使我感到生活的节奏被突然拉长了。

自然，我没有到过热火朝天的工地，也没有访问过某些工作紧张的机关。上面的印象很可能是极不全面的，但我心里到底留下了那么一种被放在真空里似的感觉。

成都的街上有着数不清数目的脚踏车。“过江之鲫”这句成语，真是说得好，那情景就正是如此。人们悠闲地踏着，慢慢地刹车，优美地转弯，文雅得出乎意料。好像在山国里的人一下子都来到了平原，尽情地踏起自行车来，顺便欣赏街头的景色。……

这些脚踏车百分之九十以上都是公家的。这些挤在春熙路、总府街上的车子，是否都是因公出差，也很值得怀疑。至少从骑车人的姿态上看，他们办的不会是什么“要公”。

利用旧皇城改建的市人民委员会的大门，是三个极大的城门洞，现在成了天然的存车场。我亲眼看见过几十百辆车子挤在那里的“盛况”，据说这些车子的保养情况是很差的。公家要不时付出大笔的修车费来维护它们在街上游行。

有的干部从办公室出来到几十步外面的饭厅里吃饭，也要利用一下车子。可见在成都骑脚踏车已经成为一种十分时髦的事了。

茶馆是成都的特色之一，茶馆有很多优点，我也是承认的。我自己就喜欢坐茶馆。曾经到过大大小小形形色色许多成都的茶馆。人民公园（从前的少城公园）里临河的茶座，春熙路上有名的茶楼，由旧家花园改造的“三桂茶园”……都去过。只要在这样的茶馆里一坐，是就会自然而然地习惯了成都的风格和生活基调的。

这里有唱各种小调的艺人，一面打着木板，一面在唱郑成功的故事。卖香烟的妇女，手里拿着四五尺长的竹烟管，随时出租给茶客，还义务替租用者点火，因为烟管实在太长，自己点火是不可能的。卖瓜子花生的人走来走去，修皮鞋的人手里拿着缀满了铁钉样品的纸板，在宣传，劝说，终于说服了一个穿布鞋的人也在鞋底钉满了钉子。出租连环图画的摊子上业务兴隆。打着三角小红旗，独奏南胡，演唱“流行时调歌曲”的歌者唱出了悠徐的歌声……

这里是那么热闹，那么拥挤，那么嘈杂，可是没有一个人不是悠然的。

在城外武侯祠侧的“隔叶听鹂之馆”里，也挤满了茶客。连竹制的小矮凳都坐完了。鹂是听不见的，塞满了耳朵的都是人声。

在成都的公共汽车上，我获得了安心欣赏司机同志驾驶技巧的好机会。他们是那么稳重地开着车子，离开站头还有三四个街口时就嗒的一声把油门关掉了。这时他手里掌握着方向盘，悠然地使车子在马路上荡，就像在太湖里飘摇的一叶扁舟，荡，荡……一直等车子的惰性完全消失以后就正好停在第二个站口上。这种熟练的技巧真使我看出了神，发生了极大的兴趣。也体会到这种节约汽油措施的必要性。但这也只有在没事上街的时候才行。如果真的身有要公，要保持这样冷静欣赏的态度，怕就非得失败不可。

人民公园间壁有一家门面非常漂亮的美术摄影服务部，橱窗里放了不少美丽的照片，引起了我去冲洗底片的欲望。走进空落落的柜台前面，发现一位同志正坐在里面桌上入神地看小说。我把胶卷递过去，他就伸出手来，说，“介绍信呢?”这使我大吃一惊了，赶紧说明，介绍信没带，服务证却有。同时底片也的确是因公拍摄的。他不等我说完，就慢声说道：“这是制度。”等我再行申述以后，他又说道：“我是照章办事，你有意见，找我们上级去。”最后问他上级在哪里，就连回答都没有了。

必须补充说明，在整个交涉过程中间，他都不曾抬起头来，我真羡慕那位拥有这样热心读者的幸福的作家。

我只好默然地走了出去。在门口又仔细端详了半日，到底没有看出这家只为有介绍信者服务的美术服务部与一般照相馆的外表区别。

然后在第二、第三、第……家照相馆里，我又遇到了态度和蔼、辩才无匹的几位同志，向我反复说明，由于某种原因(轮流休假)，不能按照规定三天交货的道理。即使我申说三天以后就要离开成都，也无法动摇他们维护“制度”的热情。

他们为了维护“制度”进行辩论时，那姿态就和在茶馆里谈论一样。能使人明确地感到，这是永远不会有休止的。

为了这样一些小事而不满、焦躁应该说是太缺乏修养了。

在另外一次机会里，使我对自己得到了这样的结论。

那是从成都到灌县去的早晨。又是一个雨天。旅客很早就在成西运输站内集合了。大家站在写着“安全行车十七万公里”的客车前面，非常高兴。准时上车，准时开车了。可是车子在公路上扭动了两分钟以后，又停了下来。

旅客在车里挤得好好的，谁都不想动。司机同志离开了座位，做了很多尝试，车子还是站在那里。这时一些有经验的人下车了。站在路边点上了纸烟，悠然地在看他进行修理。

我也下了车。因为还没有吃东西，想到路边的茶馆里坐一下。就向司机打听，行不行。他坦然地问我说：“去吧，来得及的。”

除了一位生病的妇女，所有的乘客都下了车。也有几位和我一起进了茶馆。

我们静静地坐在茶馆里观察事态的发展。先是司机走回去取工具，整整半小时后又回去请来了技工。又过了半小时光景，碗里的茶已经发白了以后，技工从车底爬出来，两手一摆，宣布说，“没有希望了。大家把车子推回去吧。”

乘客立刻从四面八方集合起来，把汽车推了回去。车子在泥泞的公路上蠕动，大家嘴里喊着“一、二、三、四……”

大家又回到了车站。有的去吃午饭了，有的买来了点心。等候站长调来接替的另一部卡车。我这时找着站长提出了抗议。责问为什么不做好行车前的检查工作。站长虚心地向我解释了工作的疏忽。

在站里等得无聊了，就去看墙上贴着的文告。我走到两三个同伴站着在看的一张用五彩美术字写成的文告前面。原来这是一张该站“开展站务工作良好服务月运动”的招贴，下面一共有九条公约，其第四条曰：“要对行车手续，迅速正确。准时开车。做到定班准点。”

同伴回过头来，大家都笑了。

我觉得这些同伴是很可爱的。他们富于幽默感，他们善于谅解一些生活中间的细小缺点，他们能毫无意见地帮助把工作进行下去。这是成都人性格特征的一个方面，是可爱的，值得佩服的。

使我不满足的还是那种悠闲的姿态，不慌不忙，“司空见惯浑闲事”，向站长提出抗议时，弄得只有我一个人出面。

在我离开成都前一天的晚上，一位朋友到我的住处来谈天。他是成都人，热爱成都，认为成都是世界上最可爱的地方。我是理解他这样的心情的。他又说，有一年到上海来，躲在房里哪儿都不敢去。这个城市的喧嚣使他头痛极了。关于这后一点，我是不同意的，和他展开了争论。我的意见是，上海的忙乱紧张……除去很多缺点不论，倒还是和今天的时代气息吻合的。

我对朋友说，希望下次到成都来的时候，除去特定的情况以外，一般也能感染到紧张与忙的气氛，希望能看到一个面貌崭新的锦城。他微笑了，我想他是会同意我这个上海人的意见的。

（一九五七年）

虞山春

一

第一次游常熟，已经是十六年前的事了。印象早已淡漠。只记得王四酒家的黄酒味道很好，那鲜红的“血糯”也实在甜得要命。此外就再没有剩下什么别的记忆。但也约略记得在剑门侧边的拂水岩上，的确遇见过一阵风来，水花扑面有如水雾的奇遇。

十多年来，从书本上逐渐增加了对常熟的认识。日益淡薄下去的实际印象慢慢由不少历史事实填补起来，增加了一些特异的色彩。常熟在我的头脑里逐渐变得更有吸引力。因此，几天前朋友打电话来说要组织一次常熟旅行的时候，立即答应了。而且为了动员妻一同前往，把“拂水”的“神话”，夸张了一番，说得神乎其神。

一早四点钟就起了床，赶到集合地点，刚好准时在五时开车。出了上海市中心，穿过北站，向嘉定的方向驶去。一路上满眼娇黄的菜花，紫红得有如一片片地毡似的苜蓿花，和一片片麦田，一块块整治得十分齐楚的早稻秧田，眼睛觉得顿时清亮起来。那空气也清新得出奇，好像在城市就根本无从享受到似的。

车过南翔，“古漪园”的大门一闪而过。不久就是嘉定。这已经不再是三百年前侯峒曾、黄淳耀们抗清死守的那座古城；也不是李流芳、程孟阳这些诗人画家聚居的水乡城镇了。它已经建设成一座近代化的城市。这在夜晚归车中看得更是清楚。电灯的行阵，汽车大约穿行了十来分钟才过完。

再下面就是太仓，是复社领袖张天如和诗人吴梅村的故里。再走就进了常熟境，桥逐渐多了起来。经过了“白茆港”，这是顺治中郑成功的水师直抵京口那一役，在长江岸侧的联络据点之一。“古里”，是有名的铁琴铜剑楼所在地。……这样，头脑里的历史联想逐渐活动了起来，即将来临的虞山也显得更有吸引力。一直等到从一片平畴远处发现了淡青色似有如无的一抹远山，才惊叫起来，“看，那不就是虞山!”

这种惊喜心情在游过滇黔山水的人看来是可笑的。可是有什么办法呢？在江南这一片肥腴的田野里，是无从想象滇蜀山川的风貌的。于是人们看见了这样的小山，也不禁欢欣若狂了。这又可以使我们连想起一个有趣的事实。盆景，这种艺术形式就是在江南一带的城市里长大的。那原因恐怕也就在此。人们很少看见奇伟的山川，于是就只能在想象里勾画自己心目中理想的风景。借助于尺寸之地，点染、布置。但结果，这样培植起来的盆景，那气局不能不是狭小的。就连苏州那些著名的花园，那些放大了的盆景，也不能不是这样的。虽然，在另外一个方面，却达到了艺术上崇高的成就。

就在这样胡乱想着的时候，车子到了常熟，进城以后就停在著名的“言子墓道”下，也可以说就是虞山脚下。

这是一座墓吗？还不如说是一座小山的合适。好久没有登山的人，看见这座排了整齐的石级的土山，也很有兴致地“拾级”而登了。而且流了汗，增加了喘息。这里有不少石坊，是从明清以来建立起来的。我没有抄下那许多石刻的横额和联语，总之，人们对孔子的这位得意学生是寄予了很高的敬意的。在孔门四大弟子中间，他是首席，而且是第一个把先生的教义带到江南来的。

站在墓顶，吹着风，可以俯视整个的常熟。这倒是它很大的一个优点。可惜我们的导游人并不是一个历史家，否则他就会指点给你，在那一大片整齐清洁的瓦房中间，那里是绛云楼的故址？那里又是翁同龢的故第？……那是会增添多少趣味啊！

二

从言墓下来就到公园里去吃茶。公园是新建的，但那山水亭榭，树木、溪地却都是多少年来培植起来的。在公园入门处，我们见识到著名的“红豆”，“红豆山庄”因之得名的“红豆”。可惜这只是六七尺高的一棵“样本”。

坐在溪边的茶座上吃茶。这一带很像杭州孤山后山一带的景色。那参天的古树，那曲折的溪流，那高低起伏作势的山峦，都十分像。这原来不是一朝一夕可以培植起来的。只可惜不知道从前这曾经是谁家的园囿？

提前了的午饭是在“王四酒家”用的。地方还是老地方，不过已经修饰一新了，楼上柱间悬挂着翁同龢晚年所写的一副对联，“带经锄绿野，留露酿黄花。”是刻在木板上，嵌了绿的。这怕是翁的晚年书法进入化境以后的最佳制作，比起后来在兴福寺里所见的一联高明多了。他是写苏字的，但又有一种颓放的腴美。好像一个吃醉了的胖老头儿。

同座的一位朋友，他的祖父是曾经做过昭文县令的。其时正好是戊戌翁同龢“放归”之后。他负有“管束”之责。但一个小县令又怎能去“管”一个退归林下的大学士呢？那办法也很妙。大约每月一至二次，由县官盛服坐了轿子去拜访这位大学士。而主人则不得挡驾。入坐喝茶，胡乱谈上一通，告辞，然后由知县向上司递一个“翁同龢不曾生事”的报告，就完了。据说这位“常熟相国”晚年是经常住在“山里”的，其实就是山脚的花园里。但每月也必回城里住一两天，就为的是接受知县的“拜谒”。这位大令还请他写过一幅对子，据说过了两天就很快地送来了。我也曾经看到过，上款是某某公祖大人之类很恭敬的称呼，但那字却拘谨得很，远远不及“酒家”里所悬的一联飞动而有姿媚。

饭吃得并不满意。原因是油太多了。这里生产一种很著名的“松菌油”，的确是一种名物，散发着松子的清香。可惜的是每只菜都大量地使用了这种油，这就使人们有些望而生畏。本来打算来吃些清淡而别致的菜蔬的，得到的却是浓重而一般的食物，这就不能不使人失望。

但那桂花酒却很出色。甜、香，隐隐有一种桂花的香气。

三

在没有太阳但颇郁闷的中午，开始爬山了。这就使那原来并不起眼的虞山，变得有些了不起，虽然说不上是怎样的崇山峻岭，想一口气登上绝顶，也还需要花一些力气。

前山是并不出色的。特别是到了“齐女坟”前那块平衍的山坡上时，更感到枯燥。没有树，只有小小的幼松，此外就只有沙砾。但在这儿已经可以看到山脚下的田野和两块明净如镜的湖水了。看起来正像翠绿斑驳的丝绒毡子上面镶了两块透明的水晶。很有不少帆船，在湖面上恰似一束束黑色的流苏。导游人说，“这是尚湖”，好不容易才辨清了那浓重的乡音所表达的字样。“尚湖”！啊！在吴梅村的诗句里曾经出现过的，春暖尚湖花的尚湖。湖水的确是美，完全不曾辜负诗人送给她的华丽的辞藻。

正像一个刁钻古怪的美丽女人，永远不肯爽快地正面向人一样，虞山的胜处，就正是爬过了那平淡无奇的岗峦之后才能窥见。剑门、拂水，一下子都在眼前了。的确是突出的清秀，是一种几乎有些清冷的秀丽，那些削壁，那只有一线可通的、在峭壁上绽开的“剑门”。更奇妙的是展开在这一片削壁脚下的一片锦绣般的田野。尚湖，在这山巅高处是看得更清楚了。在飞机还没有发明的古代，人们也只有从这种高处才有可能鉴赏祖国的锦绣山河。难怪杜甫会唱出“会当凌绝顶”那样的诗句来对大自然发出充满喜悦的惊叹！

剑门，就在那山崖上面，嵌着两个朱红的摩崖大字，还是明代嘉靖中的刻石。站在只有几尺宽的山径上，要仰起头来才能仔细地看到它，而再一曲身，就是“下临无地”的空旷。

这不禁使我想起也是十多年前的记忆来。同样也是一个阴阴的天色，但不是初春而是晚秋，我曾经走过四川的那个有名的“剑门”。那才是真正的“剑门”，那个“门”是两片奇峻的山峦组成的；不像这里，只是出现在一片山壁上的一条缝隙。过那个剑门的时候，我曾经暗诵着陆游有名的诗句，“此身合是诗人未？细雨骑驴入剑门！”现在就不禁又想起了它。也就在这时，脸上感到飘拂着清凉舒适的雨滴了。

四

来不及细看什么“拂水”，赶紧躲进“报国禅院”别院禅堂里去听雨。这是又扫兴又有趣的。山中遇雨固然是增加了困难，但登“剑门”又怎能没有“细雨”呢？

不需要好久，“细雨”已经变得有些近似大雨了，虽然还不曾到达“倾盆”的程度。

喝着寺里淡淡的本山茶，听着有一搭没一搭的“神话”，忽然想起有些过去的文人写下的虞山游记，不禁有些好笑了。就连生活在清初的尤侗，在一篇虞山游记里，不但十分夸大地描写了这儿的风景，而且还说这座寺院就是当年钱牧斋的“拂水山庄”。记得后来有什么考证家根据记载纠正了尤侗的谬说，其实用不到考证，只凭常识也可以断定这种说法之无稽。

钱牧斋虽然“风雅”，总也不肯把别墅造在这里。他还不是不食人间烟火的“超人”，柳如是怕也不肯在这里久住的。不但饮食使用等供应不便，也实在没有什么好玩，活动地区太狭小了。如果整天坐在剑门下面去望尚湖，也必然无趣得很，而且不要很久，就会弄得头昏眼花，弄不好还会落得一个忡怔之疾。

还有一个很好的证据，是不久以前友人摄赠的一卷“月提烟柳图”。

这是柳如是的作品，前面有钱牧斋的题跋。她描写的还不过是“拂水山庄”的八景之一，画面里有长堤、小桥、桃柳、楼阁，柳荫之下还停泊着一只小船，这无论如何不可能是山顶上的格局。看起来所谓“拂水山庄”，多半还是在虞山之麓，虽然不能确指，像那公园左边一带，就很有可能。只有书呆子才会相信什么“入山惟恐不深”的鬼话，钱牧斋虽然口口声声说什么“投老空门”，但要他和和尚们一样住在庙里，怕是办不到的。收起租米来就不方便，更不必说交结官府包揽词讼……了。

这样想着，想着，窗外的雨却越来越大了。终于听到了和尚的警告。看样子雨是不会停的了，而时间越久，山路就越滑，下山就越困难。……

这倒是十分别致的经历。当我们从后山小路冒雨下山的时候，尝到了很不平凡的滋味，倾斜的，几乎没有路径的，长满了各种树木草丛的山道，是那样难于伺应，往往要拉住了丛树的枝条才能放心地滑下去。但偶尔驻足休息时，就又看见了奇妙的景色，满山的浓绿一经雨洗都泛着油亮的光泽，山腰是一片迷蒙的雾，像围了一束轻绡，……

等回到“破山兴福禅院”时，人们的身上几乎都湿透了。

这雨，的确落得有些扫兴。它打乱了原来的计划。本想拜谒新近发现而且重修过了的黄大痴墓和吴渔山的“墨井”的，也打消了原议。只在一家著名的有着几十年历史的菜馆——山景园里吃了刚刚上市的鲥鱼，就上了汽车。

雨，洒在公路上，洒在长着茂盛的农作物的田野里，洒在新兴的近代化的城镇上空。当墓色逐渐袭来时，当汽车从黑暗中驶近布满灯火的嘉定、南翔的外缘时，可以看见车窗玻璃上面布满了闪光的水珠，城镇的灯火也变得红红的了。没有这雨，是不会为夜晚归途增添一重朦胧的诗意的。等车子重新驶入黯黑广阔的田野时，就又猛地听见欢畅的带着金属意味震耳的蛙鼓。不用说，夜雨也为他们带来了很大的愉悦。

（一九六二年）

富春

长久以来就怀着到富春江上去看看的愿望，只是到了今年的春季，才得匆匆去走了一转。现在要动手写一点记游的文字，却又已是秋天了。

我的一直念念不忘于富春，不只因为这条江水有着那样一个非凡美丽的名字，仿佛一提起就会梦见在烟峦云树中隐约出现的一位仪态万方、丰神绝世的美人，也还另有别的原因在。那就是很久以前从《六朝文絜》上读到的梁吴均的《与宋元思书》。吴均的那封信只有短短的一百多字，可确是把富春江上的风光写尽了。这与郦道元的写景文同是出现于六朝时期的名篇。《水经注》写了三峡，吴均写了富春。此外就又有元代著名画家黄子久的《富春山居图》卷。这个仿佛画家坐了小船在江上旅行时拍下的奇异的长镜头画卷，也实在是一件不平凡的作品。最后就是郁达夫的散文《钓台的春书》。他着意写了桐庐的桐君山和严子陵的钓台，却已不是单纯写景的文字了。此外自然也还接触过有关富春难以数尽的诗文，但曾留下印象来的却没有了。

今年春天多雨。在杭州躲了两天才好不容易盼来了春晴。

一清早就赶到九溪，搭上到富阳去的班车。开始时还傍着钱塘江走，没好久，就一头钻进了山窝。公路两侧是一片片三麦还不曾收起的田垄。多雨加上春寒，不只推迟了季节，对早稻也会有影响的。不过太阳出来以后，很快又感到有些潮热了。一个多小时以后，车子就到了富阳。这是一个热闹的小城。走出车站，就能看到并排的两条长街入口。沿江的一条就是春江路了。郁达夫的故居就在这条路上。提了旅行包沿街一直走下去，真是好长的一条街，快走到尽头时已经可以看到开阔的江面和挺立在面前的鹳山。这里出现了一片新建成的楼房，有些还是四、五层的建筑，是招待所、办公楼和宿舍，好像完工还没有好久。找来找去也没有看到达夫故居的门牌，原来这已被围在高楼后面的一条深巷里。叩了许久门环，也没有人出来应门。于是只能站在围墙外面瞻仰了诗人的旧屋。这是一座两层的旧式楼房，在墙外可以看见那也许就叫作松筠别墅的楼厅，黑漆的一排明窗大约还是老样子，不过推窗南望，现在已经看不到什么江帆、山影，而只是一排新楼。

在鹳山下面兜了一个大圈了，又从正街上走回来。这里充满了江南小县的一切可爱的事物，时兴的百货、古旧的药店、从农民肩上送出了一片叽喳声的鸡笼、照相馆橱窗里的时装少女……在街的正中有一家春江饭店，里面同样挤满了就餐的人群。饭桌上摆满了白地蓝花的大瓷碗，里面盛着一种粉红色的液体，人们大口喝着这种介于汽水与啤酒之间的饮料。我希望能在这里吃到著名的鲥鱼，却不曾如愿。只吃了据说是鲤鱼的炒鱼片，不过似乎又不大像。

下午一时，我又坐在去桐庐的班车里了。这一次，是毫不夸饰地钻进了山国。公路，就是劈山过后修成的，在峰峦涧谷中间穿行，处处都是危险的转折、回旋。山上种满了松树，还开了不少茶园。那些山顶的幼松，就像少女额间的短发似的。一路上看到不少新建的小型制茶厂、水泥厂和碎石厂，给这几乎是终古没有人迹的深山平添了不少生趣。碎石厂发出的是一种单调、寂寞的声音，不过却是一种跳跃着活力的音响。在这里，人们会比较容易理解，“靠山吃山”具有怎样一种含意。

一时五十分，车到新登。这里本来是新登县，现在看来只不过是一个大镇。五分钟以后就到了一个叫作窄溪的地方，公路陡然从山边崖角穿出去，一下子就看见了大江。公路很窄，下面就是悬崖。山壁上还有修路、开石方的工人。有的崖壁上渗出水来，砂石被染得深红；有时还可以看到崖间凌空悬着的大石块，只有很小一部分和崖壁联在一起，不知什么时候就会崩裂下坠，石块大得恰好能把公路封锁起来。

富春江就在脚下向前蜿蜒伸展，隔岸的青山这时也开始挺拔、密集起来。崖边、路角不时点缀着一两株蓊郁的古树，在春天的阳光下像一把把张开的绿色的伞。江里有航班的轮船，更多的则是木船，这里的航运也是繁忙的。

不久，就看见前面有一座大桥。对岸桥侧有一片工厂区。过桥，就是桐庐了。

这是一个依山滨水的城市。古老的桐庐旧城从清末起就已经是个荒凉破败的地方，它现在似乎只剩下了一条沿江的街，一条经过新建、显得繁荣热闹的长街。从著名的桐君山开始经过这街，一直可以通往新建的坐落在山腰的新区。县级的领导机关和其他一些单位都在这里。建筑几乎都是新的，环境是优美的。县委机关就在过去是唐代始建的圆通寺的原址。这里四周有不少参天的古树，从那树木分布的格局，很容易看出这里本来是一座寺院。左近的招待所也是在一座山脊上。推窗外望，迎面就是一片山峦，恰如一座翠绿的屏风。这是一个迷人的所在。宋代的范仲淹的一句诗，“潇洒桐庐郡”，说得实在不错。范仲淹当年一口气写了六首诗，每首开头都用了这一句。可见他确是认为抓住了这个小城的气氛的。

在长街上的一家“桐江饭店”里吃面。这里比富阳的“春江饭店”还要差一些。墙上挂着一块黑板菜牌，只见上面密密麻麻贴满了写着“完”字的小白纸片，好像也已经贴了很久了。看来小城里的居民似乎对吃喝并无太大的兴趣。后来发现斜对门有一家卖小笼包子和云吞的店却是生意兴隆的，价钱也并不便宜，和上海差不多。

在长街上徜徉，一直走到富春江和桐溪汇合的渡口时，已经临近黄昏，隔水遥望，临江耸立的桐君山，这时只是一片暗黑的浓绿，在山巅，是一座小巧的白塔。穿过小巷走下了江边，暮霭已经逐渐收拢，宽阔的江面上罩着一层水雾，真有一片烟波浩渺的气势。极目望去，桐江上游被两岸的山峰锁住，一片迷蒙看不真切。这后面不知道还有几许山重水复的转折，和三峡的格局简直没有什么两样。我在这里站立了许久。从前人们在这一带旅行，交通工具只能借助江船，在这样的时分，大抵总要停舟留宿了，如果旅客是一位诗人，面对这样的江山风物，唱出“日暮客愁新”这样的句子，那将是毫不奇怪的。

这个小城还保留着浓郁的农村气息。清晨五时，拉线广播就开始播音了。比这还要更早些的是耳畔山岛的啁啾。推窗一望，只见满山晴翠，又一个出色的春晨。

县委宣传部门的负责同志来得很早，他不但热心地为我安排、盘算了到钓台去的方案，还介绍给我两位负责钓台重修和全县文物工作的同志。这是非常值得感谢的。隔天晚上，我也曾向街上的老人打听过去钓台的办法。他们告诉我，小船大约很难找到；唯一稳妥的方法是从七里泷富春山的山背翻下去，那就连钓台也在脚下了。这自然不失为一个雄伟的计划，但当我在宣传部的同志面前提出时，他打量了我一下，摇摇头微笑了。也并没有再说什么。我看他是不想打击我的积极性。

想在一天中间完成去钓台的游程，看来是太局促了，何况桐庐的桐君山，也是不可不看的。今夜可以考虑住在富春江水电站，顺便看看大坝。主人的好客和周详、细致的考虑，使我只有感谢。

四十八年前郁达夫仔细写过攀涉桐君山的经过，那是直到今天读起来也依旧很有趣味的。这中间，自然是发生了许多重大的变化，不过桐君山还是桐君山，它依旧雄踞在桐江之畔，那么挺秀，那么雄奇。半个世纪在它看来实在也算不了什么。

当年郁达夫是夜访，今天我们却是晨游。当年的义渡今天也变成了机动的摆渡船。一船的乘客大约有二十来人。在船舱里人们随意把米袋、活鸡、油瓶……都放在脚下，年青的女服务员在卖着票，每位二分。乘客里游山的大约只有我一个。天目溪也实在很窄，轮渡叫了一声后，船尾稍一摆动就到了对岸。

登山的石级年久失修了，攀登时只好跳来跳去，比爬没有路的山坡似乎还要吃力。山路盘曲着，在半山我们遇见了修整山路的石工，他们是从山上向下逐步整修的。再上去就能看到那残破仅存的殿宇，还有一两间禅房。前两年这里也曾是一间工厂，最近决定修复时才迁走的。这两年在不少名胜地方都曾见过工厂的痕迹。这实在是不可思议的。只从运输条件上考虑，也很难理解人们为什么要把车间放在山顶。搬上原料，运下成品，看来都是非常吃力的。唯一的理由也许是，这些地方总有几间破房子，可以占了来加以利用吧？当年郁达夫看到的女墙、围墙、朱红漆的大门，都不见了。我们一下子就来到了道观的心脏地区。“元始天尊”（？）和他的同僚、随从也一个都不见。只在一大片青石板铺成的地平上看见几根残破的石桩，还有一个石栏砌起的“莲花池”。

值得庆幸的是满山树木并不曾遭到破坏。就在道观遗址前方，从山腰深处耸起了几株覆天蔽日的古树，我向同伴请教了它们的名字，莲香树和榔树。也许这并不是学名，只是活在人们口头的名称。它们张开了一幅阔大的碧绿帘栊，从枝柯的隙缝里可以看到一片万里晴江。与昨晚所见的薄暮桐江又自不同，阳光实在太艳丽了，江面上铺着的依旧是一片薄纱，一片使眼睛发眩的晴霭。这里的山光水色，就是这样不肯轻易使人遥遥看到她的容貌。是羞涩呢还是矜持，要么就是故意的捉弄。俯视那渡口时，天目溪和桐江汇合的地方，可以看到一条分明的界限。溪水是极清澈的，桐江呢，却早已不像吴均所说的“水皆缥碧，千丈见底；游鱼细石，直视无碍”了。

山顶这座残存的破庙，当然就是所谓“桐君祠”了。自然也有一点相应的神话传说和故实，不过我一点都不知道。那座七级的白塔，却实在秀美得很，也不知道始建于何年，但记载中曾有“景定元年重修”的话，可见这至少也是一座宋塔。使我最感到喜悦的是，山前山后、山上山下布满了古树。这里有樟、桐、枫、杉，还有许多叫不出名字的古树，有几百年树龄的也不只几十百株。后山还有极好的大片竹林，都是碗口粗细参天的毛竹。林木之间是够得上“荒秽”的了，落叶到处都有半尺来深，踏上去有一种说不出的快感。人们把“席丰履厚”作为豪侈的一种标识，不是没有道理的。这里到处都有浓郁的草木香，自然也有腐烂枝叶的气味，这一切，真的都是喷人欲醉的。

从桐君山上下来，到了文化馆。在这里我看到一部乾隆刻的《桐庐县志》，有乾隆十九年、二十一年严州知府、桐庐知县吴士进等序。这书在此时此地，不只是善本，简直可以算得是一部宝贝。关于本地的许多名迹，这里都有详细的记载。因此在整顿、修复许多游览点时都能从中得到帮助。过去这里曾经藏着许多钓台的石刻拓片，前些年都被当作“四旧”一把火烧掉了。现在想重刻一些石刻也没有法子想。据我所知，明代曾经有人刻过一部《钓台集》，那里面收集的碑文、题记是很丰富的。

随便翻翻，这部乾隆志所收的资料还是颇为丰富的。顺手摘抄了一些。使我感到有趣的是有关圆通寺的一节故事：

> 老僧欲植万松于路，乡人虑其蔽田，讼于县。县以符诘之，僧答以诗曰，“本不栽松待茯苓，只图山色镇长青。老僧他日不将去，留与桐江作画屏。”事遂已。

这位老僧未必说得出植树的重要意义，也许只是图好看。不过想办点好事并不容易，反对的人是多的。我怀疑这里所说的“乡人”大概是一些地主，他们有大块的田，还动不动上衙门告状，这都不像是普通老百姓的行径。老僧的诗写得不坏，说明他没有怎么的动机，只是想绿化一下环境。同时又颇为尖刻，县令和“乡人”读了不免要脸红，只好拉倒了。今天县委大楼附近的许多松树，也许就是这位老和尚留下来的吧。

从桐庐到七里泷，长途汽车只要一个小时。在招待所里住下以后就出去看水电站的大坝。

开阔的桐江，到这里突然束紧了。横跨江面的坝身就像一条束腰的带子。这是一座壮丽的工程，坝顶的路面可以并排行驶四部卡车，两侧有人行道。我们在坝上缓缓地走，山风忽忽地从耳边吹过，颇有寒意。向上游望去，正如吴均所说，“夹岸高山，皆生寒树。”这不是普通的山，它给人带来的是一种强烈的萧森之感。江边狭窄，夹峰高耸，即使是晴明的好天气，至少也要留下半江阴影，因此山色经常是墨绿的。山上生满了的“寒树”，有一种注本说这是指“耐寒常绿的树”，我看也不一定。无论是怎样的树，长在这里的山上，就非是“寒树”不可。在这里“寒树”不是特定的种名，倒是切当地写出了诗人心头的感受。江水从上游蜿蜒曲折地流来，在不远的地方就已有两三叠曲折，柔软得正如美人宛转的腰肢。

右侧突起的峰峦上面，矗立着几只银白的电塔，是插在高髻云鬟上的玉簪吧，这是不久以前为她添置的新妆。

电站大坝上面有巨型的吊车、行车，从机房伸出了碗口粗细的钢缆，牵引着一排闸门上庞大的闸板，每扉钢板的表面都留 下了层叠的水痕。闸门内外的水位相差在二十米左右。上流的江水依旧是急剧的，但已不再是“急湍甚箭，猛浪若奔”；下游则真的波平如镜了。大坝的尽头有一只狭长的槽，里面顺序挤满了几十只满载着木柴、山货的木船，在等待开闸放行。船家这时都在船尾烧火做饭，他们在简单的行灶里塞进短粗的木料引火。这里大概每天上下午各有一次开闸放行，可惜我们没有能看到那百舸争流的动人光景。我想在这样的时刻，摇了一只小船冒着急流从船槽里逆流而上，该是多么艰难而不可思议。看来今天想用这种古老方式去游钓台的人，大概是没有了。

在坝上徘徊时，我又向同伴打听了著名的富春江鲥鱼的近况，得到了这样的知识。鲥鱼是从海水里向上逆流游来的。它喜欢大水、疾流，也喜欢适当的水温，每年春天都要到这里来产卵，大坝建成后，当然大大影响了鲥鱼的活动。据说曾经设计了一种巧妙的三层之字形的“鱼梯”，试图解决这个困难，但不知是否有效。过去这里还生产一种只寸把长但体肥味美的“子陵鱼”，和鲥鱼一样，都是为了向严先生朝拜并为他提供垂钓方便，每年春天在七里濑汇集的。不过近来也大量减少，不见了。看来，子陵先生的“威望”，目前确已降低到临近破产的程度。

正式出发去钓台，是在第二天的清晨。离开招待所后，沿了右侧的山边公路，步行了大约半小时光景，就来到一处江边水驿。这里有三四间人家小屋，可以供旅人歇脚。狭狭的路边叠着石块垒起的围栏，杂植了各种草花，一头驯顺的黄狗在人们脚下徘徊，对每一个陌生来客都表示着欢迎。一位老年妇女从内室取出茶水来待客，我们把随身的包袱寄放了，随后登上了一只小小的航船。不是预先提出请求，它本来是不来停靠这里的码头的。同伴还搬了一大叠预制好的门窗木构件下船，这些就是重修严先生祠堂的备料。

小船向上游进发。这里大约可以算作这条江水最为美丽的段落。一路迤逦行来，在两岸高山狭谷中间前进，简直猜不透前面还将出现多少道曲折。石壁是雄峻的，有时甚至是怪异的，但一例青翠，是一片连绵不断重重叠叠的碧玉屏风。

山后面还是山，真不知道它将延伸到什么地方。这里的风景不知道曾经使多少诗人为之激动，唐诗人方干说：

“一瞬即七里，箭驰犹是难。樯边走岚翠，枕底失风湍。”这是说，过去在这里行船，上水下水，有风无风，是大有区别的，所以才有“有风七里、无风七十里”的俗谚。现在修了水坝，有了机动船，情形大不相同，但“走岚翠”的境界到今天也还依旧存在。诗人写景的手段是值得佩服的。他在面对现实时是用今天手执电影录像机者同样的眼睛、头脑观察、思索的。此外写得好的还可以举出杜牧的《睦州》诗：

> 州在钓台边，溪山实可怜。有家皆掩映，无处不潺湲。好树鸣幽鸟，晴楼入野烟。残春杜陵客，中酒落花前。

这诗写得客观，写得淡淡的，但确也写出了这一地区的风貌、风格。同时也说出了诗人自己寂寞的无可奈何的心境。

船行了没有好久，同伴就在我耳畔喊道：

“钓台可以看得见了。那不就是！”

我随着他手指处望去，看了许久，依旧辨识不出。眼前好像展开了一卷黄宾虹的焦墨山水，到处是奇峰、翠嶂、古木、枝柯，一下子哪里分辨得出。又过了七八分钟，小船开始向岸边拢近时，这才真的看到了钓台。这是两座突起耸立的山峰，好似两只大石笋。它其实并不是绝顶，在它背后还有着更为高峻的富春山的屏障。

我看见过一幅明刻的《钓台图》。刻工非常简单古朴，是嘉靖甚至更早时期的作品。在我的印象中，钓台似乎就是这个样子，实在是上了很大的当。这张图把钓台画成两座孤立的石笋，背后只有一点远山，登台的路用一条凌空的曲线表示，一些山石林木也没有。这当然不是真实的钓台，只是带有导游性质的示意图。不过它也有忠实可取的所在，它画出了江水的波纹，岸边题了“严先生祠”的石坊，走上去是围墙中间的祠堂，左面则是“客星亭”。这些，就在今天也还有参考价值，因为这一切，除了一间即将倾倒的破屋以外，是什么都没有了。

那间破屋看来并非当日礼堂的遗物，屋里有一口土灶，两只木床，是修复钓台先遣人员临时的憩息之所。但那墙上还嵌了一块“嘉靖辛酉都御史滁上后学胡松拜识”的“过严祠书留台壁碑”。在破屋外面，还留下了几块残碑，一块是有名的范仲淹的《严先生祠堂记》，很多人都在《古文观止》里读过的，但也并非原碑，而是明代的复刻，碑面剥落，连年代和衔名都看不清了；此外还有一块正统二年的《重建祠堂记》，碑上有一段题记，倒是很有趣的，“嘉靖元年五月廿八日，棠陵方豪秉炬登拜。时江风大作，仿佛见先生之神。”这是比郁达夫还要早四百十年的另一位“怕在这荒山里要遇见一个干枯苍老得同丝瓜筋似的严先生的鬼魂”的游客的自白。

除此以外，还有一块断角的正德旧碑，一块断成两半仆在地上的碑，现在我们只能看见它的背脊。据同伴说，这里本来还有很多旧碑的，但自钓台被“砸烂”以后，在十年动乱中间，这些“石材”都已跑到人们的门前、檐下，变为建筑材料，发挥另一种作用去了。留在这里的几块，大约因为石材较大，运输不便才得到幸免。

修复的工作正在开始，已经平整了一块地基，储备了一些砖块和门窗木框，准备先在这里造两间房子给工人们住宿。循路登山，新铺的石板山路平整得很好，走起来一些都不感到困难。不过只铺成了四百来级，约占全程的五分之一光景。石料是从别处运来的，铺成每块石板的工本约一元余，要算是很经济的。再上去就是破坏得非常厉害的旧路，看来总有几十年不曾修整了，几乎已经不能再算是路，想站称都困难，山路四周塞满了杂乱的草木枝柯，我们就这样攀藤附葛地前进。半途坐下来休息时，发现山石上有石刻题记，已经风化得不可辨识。费了很大气力才认出是万历中的题名。以后再经过几度曲折，就来到一处叫作中亭的地方。这里恰在山腰正中，前面树立着一颗石笋，左右上方就是东台和西台。我立即恍然大悟，那张明代《钓台图》所画丫字虚线的分叉处就指的是这里。那座石亭还基本完好，不过石柱上的刻字已被凿掉，只知道这是民国七年一位广东人重建的。不想再停留休息，紧接着急急地奔上了东面的子陵钓台。

在这悬崖百丈的高处，极目望去，江水如一个倒写的 S 字，深深睡在一只翠绿的锦盒里。江流回折处，大约就是鸬鹚su，却看不见水坝，那是被回峰掩却了。台侧崖边，有一株探身向下窥伺的莲香树，虽然并不怎样高大，但也有了相当的年纪。侗江两侧的群峰叠嶂，俨然是一架巨大厚实的绿丝绒屏风。梁代吴均称赞这里的风景“奇山异水，天下独绝”，不是没有根据的。它雄伟，又幽峭，更秀媚。这许多特色集中在一起，合成了一种终古如斯的静寂。严子陵找到这样一处地方“垂钓”，自然有他的理由。难道他真想从这里钓起两三百丈底下江里的鱼儿么？

东台现在是一无所有了，只剩下几处石柱础的遗痕，说明原是石亭的所在。同伴告诉我，在十年动乱中，是附近工厂里的一些年轻人摧毁了这座亭子。他们还动用了机械工具，当石亭被辘轳拉倒后，人们哈哈大笑了。那真是“史无前例”的十年，这“史”，不能狭义地只理解作中国史，应该更确切地说是人类史。煽起那许多群众陷入疯狂，在全国范围内无孔不入地进行了大破坏。对破坏的“成果”的评价是狂笑，这一切，难道是可以想象、容易忘记的么？

是年青人还是指导着他们的“理论家”呢？对谢皋羽则比较宽容一些，西台的亭子还照样站在那里。自然，一些石刻、碑文都砸掉了，因为这些都是出于封建文人之手的东西。谢先生有着爱国志士的好名声，比起消极退隐的严先生要较为可爱一些，因而区别对待的吧。这只是我的推测，不知道可真确。

西台的风景似乎比东台还要好。上游是通往建德去的，视野更为开阔，正是水远山长，蜿蜒无尽。漫天遍野的绿也没有尽头。只可惜在辽远的江岸侧边，出现了一小块黄色，好像整块绿丝绒被剪去了一角，打上了一块黄布补丁，原来在那里新建了一个什么小工厂。不能不说这是一种非常愚蠢的行为。我想，只能在那里尽量多种一些树，加以补救。

在西台遥遥向南岸望去，就是白云村。烟树人家都历历可数。据旧记，这里就是唐方玄英旧隐之处，谢皋羽的墓也葬在这里。

谢皋羽是文天祥帐下的咨事参军。南宋景炎二年（一二七七）别天祥于漳水湄。后二年，文天祥被俘北去，至元二十年（一二八三）被杀。此后每逢天祥殉国忌日，皋羽都要野祭。至元二十七年“哭于子陵之台”，作《西台痛哭记》，是极沉痛、洋溢着家国之感的有名文字。清黄梨洲曾为作注。皋羽选取了西台哭祭文天祥，在记事文里不敢明写文天祥的名字，连一起野祭友人的名字也不敢写，只好用“甲乙若丙”的代号。祭毕下台登舟，还为了躲避“逻舟”，“移榜中流”。他对子陵祠旁僧舍的印象是“毁垣枯甃，如入墟墓。”这一切都可以使我们想象那是怎样一个时代。《痛哭记》说：

> 设主于荒亭隅，再拜跪伏。祝毕，号而恸者三，复再拜起。……有云从南来，渰浥浡郁，气薄林木，若相助以悲者。乃以竹如意击石，作楚歌招之曰，“魂朝往兮何极，暮来归兮关水黑，化为朱鸟兮有味焉食。”歌阕，竹石俱碎。

这是一篇煽动性极强的文字，它煽起的是七百年来中国人民的爱国激情，每逢国家民族遇到危难，人们总会记起皋羽。黄梨洲就是一个例子。

同伴告诉我，他曾到对岸去勘察过谢墓，原有的石人石马都已被敲碎，墓地现在是一个大而深的潭。还曾有一座“许剑亭”也拆毁了。这一切当然是在“破四旧”的口号声中干下的，此外还有一种流言，说皋羽墓中葬了一颗金头，还有夜明珠……发掘 的结果自然是失望。谢皋羽并不是大官，也不曾被元朝捕获斩首，怎么会在遗体上镶一颗金头呢？十年浩劫中这类性质的破坏往往带有某些农村特点。

从钓台下山时，遇见了当地一位大队的支部书记，他正想进城谈判由生产大队承包钓台修复工程的问题，恰好在这里碰上了工程负责人。他们就坐在江边的断碑上热烈地讨论起来。钓台这块地方千百年来一直是严氏家族的私产，解放以后这种情况改变了。但又不像桐君山那样成为国家的公产，钓台分给了两个大队，是集体所有性质。因此在政策掌握上又有所不同。譬如山下的一棵枇杷树，树本身属于风景点，生产队有保护的责任，但每年生产的果实，是归大队所有的。

站在江边眺望隔岸的青山，面对汤汤的江水，一面想着严子陵的故事。这时，江面上忽然出现了随波而下的什么东西，一位青年农民拾起身边的碎砖块，向江中掷去，逼使它渐渐向岸边飘来。不久就能看出这是一条挺着白肚皮的死鱼。但那青年并不去捞它上来，又任它飘去了。他说，这是给上游的一家什么化工厂的废液毒死的，吃不得，这是我偶然得到的关于富春江的鱼的使人沮丧的消息。

就在这天下午，我在桐庐搭上了返回杭州的江轮。这是一条新的双层中型客轮，非常舒适，坐在临窗的座上可以饱看江景。旅客很多，但并不显得拥挤，大部是短程的农村乘客。一路要停靠许多码头。只是在这一路水程中间，才能细细领会黄子久《富春山居图》的妙处，悟出这是一幅高度写实的作品。平沙远渚，到处都有“白沙翠竹江村”的小景。远山层叠如带。近处的山色是浓绿，远山是蟹青，更远些就变得更淡，简直只是一抹淡墨而已。江中有时也出现狭长的浅滩，上面有成行的幼树。在黄子久笔下，这只是秃笔一抹，但神似极了。除了航班船、运输船，江上还有挖泥船在作业。一路上还看到很多碎石厂，全都在岸侧的山脚放炮炸山取石，就近粉碎，并在不远的临时码头上装船。我不知道这样做会在经济上带来多大的好处，显而易见的是几百里沿江的翠绿屏风被无情地破坏了。到处是七零八落的土黄、赭红的豁口，和尚穿的百衲衣怕也没有如此的破烂、芜杂。这是此次江行使人感到不舒服的又一现象。

默默地坐在船上，还是忘不掉钓台和听到的关于钓台重修的一些计划和设想。我想，重修后的钓台，理所当然地应该保留旧有的素朴、古拙面貌，宁可简单些而不必追求不谐合的华膴。在东台上，最理想的也还是出现一座倪、黄笔下造型的石亭。无论苏州或杭州园林中的楼阁亭台都不必去刻意仿效，弄不好是会弄巧成拙的。我坦率地说出过自己的这些意见。此外就还有关于严子陵的评价。这可是个复杂得多而且带有一定普遍性的问题。在我们的国家里，这样的历史人物是很多的，有关的遗迹也不少。在建设社会主义祖国、进行爱国主义教育、发展旅游事业的工作中，会经常遇见诸如此类的问题。历史学家理应负责地及时加以解答。

长久以来，人们对严子陵有着各种各样的议论，很久以前已经搜集编成厚厚两大本《钓台集》，其实没有收入的意见还很多。大体说来，人们对他总是称赞的多，不过出发点并不一致。严子陵是东汉光武帝小时候的同学。光武帝在和群雄角逐中间，他可能也曾参预过谋划，出过力，不过史传里没有说。后来光武帝即位，他却不肯做官，宁肯到富春山中去钓鱼过活。他的这种行径在封建社会里是有些特别的。他的几椿故事也一直被当作佳话来传说。严子陵被光武帝请到京师来以后，也是当年的旧友、此刻作了司徒的侯霸派人送来了一封信，自己却推事忙不来探望。子陵对来人问道：

“君房（侯霸字）素痴，今为三公，宁小差否?”

“位已鼎足，不痴也。”来人回答说。子陵就问他带了什么话来，来人照说了，又求写回信，子陵就箕踞在床上口授回书。来人嫌短，请再添两句，子陵的回答是：“买菜乎？求益也。”

这故事见于皇甫谧写的《子陵传略》中，范蔚宗的后汉书里就没有，所记非常生动，很可以看出严子陵作风的一斑。“萝卜白菜”这样的话头，最早见于旧书中的可能也就是这一条。他说话不但清厉而且尖刻。可见后来光武帝拉他同榻而眠，他竟将大腿压在皇帝身上的传说不是不可能的。他对皇帝说话也同样不客气。光武帝问他，“你看我比过去有点进步么?”子陵的回答是“比过去多少好一点。”这都说明，他不是封建社会里常见的那种隐逸，和悲叹“不才明主弃”的人物完全不同。

至于严子陵为什么终于不肯留在光武帝身边做大官，许多论者都以通常的隐逸心理来解释，那恐怕是不大说得通的。黄山谷诗：“平生久要刘文叔，不肯为渠作三公。能令汉家重九鼎，桐江波上一丝风。”稍稍透露了一点消息。张岱在《史阙》里就说得更为清楚，“光武，中兴令主也，而废郭后及太子疆，颇为后世口实。国朝方正学题‘严陵图’有云：‘糟糠之妻尚如此，贫贱之效可知矣。羊裘老子早见几，故向桐江钓秋水。’宛转二十八字，可谓发千古之隐矣。”

这可能是比较接近事实的一种分析。方孝孺是明初人，他曾亲见洪武一朝许多残酷的政治迫害事件，他的能够看出或猜到严子陵的心事，不是偶然的。

隐逸，也有种种的。那动机、作法、效果也大不相同。粗略地说，也许可以分为积极、消极两类。而人们对待隐逸的态度，也因时代、因人而异。我想，严子陵的受到重视并博得好名声，大约从东汉末开始。从列于钩党的人物算起，到三国、魏、晋、嵇、阮一辈的清流，大抵都常常要记起严子陵，羡慕他也佩服他。唐代的李泌也是向他学习有得的名人。最有趣的是北宋的范仲淹，他写的那篇《严先生祠堂记》抽象地肯定了严子陵，同时也表扬了汉光武，好像他们之间毫无矛盾，密切合作演出了一出道德正剧。宋太祖是搞“杯酒释兵权”式的中央集权的，范仲淹自然明白，他在做当地的地方官，只能讲这些淡话。但他到底不是糊涂虫，他另外还有一篇《钓台》诗：

汉包六合网贤豪，一个冥鸿惜羽毛。世祖功臣三十六，云台争似钓台高。

可见他也并不是完全没有看到问题的实质，不小心漏出真话来了。

严子陵是名人，钓台是名迹，这地方当然应该重修、恢复，成为一个旅游胜地。至于严子陵本人，只要我们明白他其实是怎样一个人，生活在怎样的时代，也就足够了。千多年来以他为代表的隐逸起过消极作用，是无疑的。但通过人们抽象的理解，也的确产生过好的、积极影响。那就是一向受到尊重的知识分子的正直与骨气。这正是古今一切形形色色风派人物的对立面。仅此一点，严子陵就可以有充分的理由存在下去，长久得到人民的怀念。

（一九八〇、十、一）

后记

右小文三十九篇，除去三篇旧作，两年来的纪游文字几乎都在这里了。说是纪游，其实内容芜杂得很，并非正宗的散文游记。或许勉强可以称之为旅行通讯，不过又不是。因为并无一名记者职业上的约束，不必时时顾及某些特定的限制和要求，想写什么就写，想说什么就说，结果就是这样一堆四不像的东西。对于慷慨地提供了发表的机会和篇幅的报纸刊物和出版社，我是很感谢的。

从四年前祖国大地重新恢复了生机之日开始，人们又逐渐获得了被剥夺了很久的正常的生活权利。这就是说，又可以像一个真正的人那样重新开始生活和工作了。在我自己是拿起了弃置二十多年的笔，并开始到处去走走、看看。从阴暗的洞窟里走出，突然出现在灿烂的阳光之下，眼睛会感到刺痛，耳朵似乎也经受不住熙攘的人声。这一切都是新鲜的。在生活、工作了几十年的父母之邦，有时竟自奇怪地感到了奇怪的生疏。“近乡情更怯”，这样的感情在旅行中是经常会出现的。一些本来是非常熟习的地方和人物，变得似曾相识或简直是陌生的了。这就说明，经过了不平常的岁月，客观世界确实起了很大的变化。面对现实，不能不产生一些感想。把这些零碎的感触随手纪录下来，就是这样一些文字。

生活在一个伟大的转折的时代里，是很大的幸福。我们几乎每天都在送走旧的，迎来新的。祖国的大地上有一片耀目的阳光。即使作者的视野是狭窄的，观察是浅露的，也还多少留下了一些痕迹。痕迹自然并不都是美妙的，我们正在清理废墟，不可避免会接触到大量断垣残壁和垃圾废料。但不要紧，我们同时又看到了它们的被逐步清除；同时在废墟上每天都在耸起崭新的建筑。在这个过程中，人们也会有一些不满足，但这也并不是坏事。它表现了人们奋勇向前时的希望与信心。

我还时时不能忘记过去，经常会感到“历史的重载”的沉重分量。今天发生的事，明天就成了历史。事情就是这样的。在社会变革急剧的时候更是如此。有时也为无力即时进行咀嚼、思考、判断而产生困惑。即使如此，还是只能不断地进行思索，时时得到新的认识，并从中感到快慰。

不论怎样美妙的自然景物，如果离开了人类的活动，也将是没有生命的。我好像从来就不曾读到过纯粹的写景文，用照相机拍下的风景画片那样的东西，在文字中是并不存在的。也许是我的一种可笑的偏见。看画时爱读题跋，游园时留心匾封。面对湖山，也总是时时记着一些赶也赶不开的历史人物与故事。美丽河山，不只是对自然面貌的客观描绘，其中也包含了对世世代代在这里劳动、生息、歌唱的人民的热情的赞颂。

一九八〇、十一、廿六

金陵五记

《金陵五记》，关于南京的游记、随笔集，1982 年 6 月金陵书画社初版。

据初版本编入。

一九四二年

白门秋柳

我们到南京时是一个风沙蔽天的日子。下关车站破烂得使人黯然。站外停着许多出租汽车，我们坐了其中的一部进城去。原想借这冒牌的“华胄”的风姿可以有点方便，不料车到挹江门时仍得下车接受检查，这职务是由“宪兵”执行的，严格得很，几乎连每一个箱子的角落都翻过了。又凑巧同行的×太太替他的兄弟带了许多行李，甚至脸盆、洗衣板之类都不遗漏。于是这检查就成为一种繁难的试验，我们得回答“宪兵”的每一个问题，每一件东西的出卖所、价格、用途，以及其他许多莫名其妙的问题。全凭问话者的高兴。我们得编造若干小故事予以满足，直至他们感到厌倦了为止，然后就拿起了另一件东西……

等到全部审查竣事以后，几乎每一个箱子都盖不上盖，只好把多出的衣物向车箱的角落里一塞算数。

接着我们就轮到接受另一种磨难了。所有比较像样一点的旅馆都没有了房间，南京的所以如此热闹，是那两天正在开着什么会，“冠盖满京华”了的缘故。南京的街道是那么宽而平衍，我们的破车子在萧条的街道上行驶，找寻着栖身的处所，最后是在朱雀路的一家旅馆门口歇下来。

这时已经是下午五点钟光景了。

我们开了两间房间。×太太自己住一间，我和W合住在一个很大的房间里。这屋子里充满着冷气，房中间的一个炭火盆渺小得可怜，表面是一层烬余的灰，灰下面的暗淡的红色就像是临终者脸上的光彩。这是怎样森寒的一间屋子。

×太太洗脸以后第一件事是命令当差检视适才翻得一塌糊涂的行李，有没有遗失什么。当她拣起每一件从上海带来的东西时，脸上就发出微笑来，好像欣幸着它们的生还。我们对这工作不能有什么帮助，却欣赏了她叫来的南京的小笼包子、肴肉、咸板鸭。这些也真不愧是南京的名物，我们吃得饱饱的。看她的“复员”工作一时还没有完结的征象，就告诉她我们要到街上去看看了。

我们又站在这飞舞着风沙的城市的街头了。

多长多宽阔的路。除了北平以外，恐怕在别的地方很难看见这么宽广的街道了吧，然而又是多么空旷呢？对面的街上有一家书店，我们踱进去看。里边放着几本从上海来的杂志和北方来的“三六九”（戏剧刊物）。另外有一册南京本地出版的《人间味》。在屠刀下面的“文士”们似乎还很幽闲地吟咏着他们的“人间味”，这就使我想起“世间无一可食亦无一可言”的话来，这虽然是仙人的说话，也正可以显示今日的江南的无声的悲哀。在无声中，也还有这种发自墙缝间的悲哀的调子。

打开一张地图一看，才知道我们现在所在的地方离秦淮很近，就出了书店向夫子庙前走去。地图上标着贡院的地方似乎已经变为什么机关之类了，有一片围墙围着。从一条小胡同里走进去，有不少家旧书店，进去看看，实在没有什么可买，想买一部《桃花扇》，却只有石印本和铅印的一折八扣本；翻到了几本《同声》，里边有冒鹤亭、俞陛云的文章，还有着杨椒山先生墨迹的影印本，后面有着“双照楼主人”的跋文，说明着清末他被关在北京的牢狱里时，曾经整日地徘徊在杨椒山先生手植桧的下面，因为他当日所住的监房正是杨继盛劾严嵩父子后系狱的地方。想不到住在陵园里的“双照楼主人”在呐喊着“共存共荣”之余，还有时间想到这些旧事。因为这杂志是由他出资办的，所以厚厚的一本书，定价只要一元。

再走过去就是有名的夫子庙。那一座黯黑的亭子，矗立在一片喧嚣里面，远远地看过去神龛里被香火熏得黯黑，如果这里面真是供着孔夫子的话，那厄运似乎真也不下于在陈国蔡国的时候吧？天色已经薄暮，远远望过去，在板桥的后面，是一座席棚式的小饭馆，题着“六朝小吃馆”。好雅致的名字。

小吃馆的前面就是那条旧板桥，有一部记载明末秦淮妓女生活的书，就题作《板桥杂记》。我和 W 立在这渐就倾颓的旧板桥上对着落日寒波，惆怅了许久。

桥右面有一棵只剩下几枝枯条的柳树在寒风里飘拂。旧日的河房，曾经做过妓楼的，也全凋落得不成样子了。那浸在水里的木桩，已经腐朽得将就折断。有名的画舫，寂寞的泊在河里，过去的悠长的岁月，已经剥蚀掉船身的美丽的彩色，只还剩下了宽阔的舱面，和那特异的篷架，使人一看就会联想到人们泛舟时可以作的许多事情，吃酒、打牌……这种零落的画舫似乎可以使人记起明末的许多事情，如《桃花扇》中所记；其实它们至多也不过是太平军后的遗物。当南京刚刚规复以后，当时的统帅，“理学名臣”的曾国藩为繁荣这劫后城市所颁布的第一条办法，就是恢复秦淮的画舫，想从女人的身上，取回已经逝去了的繁华。知道这故事的人恐怕已经很少了。

一路走着，我们沉醉于南京的市招的名色的多样性而有趣，纸店，装池店，甚至嫁妆店都在匆匆一望中使人流连；虽然市面是那么萧条，在暮色苍茫中走过市街，想想这已经沦陷了五年的城市，在满目尘沙中，很自然地想起了“黄昏胡骑尘满城”的诗句。

晚上在那间充满了冷气的大屋子里，坐下写一封信，告诉上海的朋友在我们的长途跋涉的第一段旅程中所得的印象。想起了昨夜的别宴。她们都上了装，还赶了来，那是一个凄凉的聚会，浅浅的红唇，失去了风姿的笑靥，那一种沉重的感情，真使人觉得艰于负载了。

第二天早晨，从枕上看到窗玻璃上结着冰凌，北风一夜都没有停，炭炉里的微火，不知在什么时候早已熄了。太阳光微弱的黄焰，简直没有一点温暖。

×太太要到市场去头东西，要我们陪了去。几个人坐在一连串洋车上，从铺着石子的小巷里穿过，车子的底座上都装着响铃，在车夫如飞的脚步中叮当地响着，打碎了这古城的角落里死一样的寂静。久违了这种洋车的铃声，不想在这里还好好的保存着。

我们走过市场里的一家服装店。这一家有十几个伙计，顾客却只有我们一起，所以全部的店员都跑来接待，从他们过分的殷勤中，更看出了商业的凋零。

从市场里出来，我们又浩浩荡荡地回到旅馆里去。×太太又要出门访友去了。留给我们的任务是替她看守房子，她还告诫了我们关于行旅人所应注意的事，我们的任务于是就成为很必要的了。

我和W寂寞地在炉边向火，剥着橘子吃，把橘皮投向炽热的炭上，让它烧出一种很像鸦片的香味来。

我们却打算着怎样在这仅有的一天的勾留中，看看这大城里的几个地方。

在下午四点钟左右，我和W到鸡鸣寺去。这是从极南到极北的一段路，在车夫的平稳的脚步中，我们坐在车上，浏览着街景，任北风从大衣领子里吹进去。南京的大陆性气候在冬天特别显著，这种气候给人的是一种僵冻的感觉，手部脸部都在北风里隐隐地痛，实在并不必要等风刮在脸上才有如割的感觉。

在北风中挨过了三刻钟，车子在一片陡坡前停下来。一片红墙蜿蜒在高处，一段曲折的台阶，衬得山门高高的，远远的。慢慢地踱上台阶，抬头看见那个竖立着的小小的匾额，“敕建古鸡鸣寺”。山门两侧的红墙上，墨书着“大千世界，不二法门”两行字。一种娟秀而又阔大的气势，很和谐地予人一种美的印象。

这是一座废寺。走上去却费了我们很长的时间。供着山神土地的殿宇里，门窗都失去了，神像也有的破碎不完，座前的石香炉里却还有不少香烬，应当是不久以前还有香客来过。我们经过每一个院落、每一条小径屈折地走上去，很可以领略这古建筑物结构的精巧。

因为是这样一个严冬的傍晚，寺里几乎没有一个人。自然更没有品茶的人了。我们走了许久寻找豁蒙楼，始终没有找到。绕过了寺后的和尚墓塔，还走进掘得深深还十分完整的堡垒，这应当是民国二十七年（一九三八年）冬天战后的遗迹。这曲折的沟垒真是阴森得可怕，不时还可以发现许多兵士的遗物稻草标语，我们都有一种重过古战场的感觉。最后在堡垒的顶上向下看时，整个的南京城都在眼底了，眼前的一所宽广的建筑物的每一个房顶上，都飘拂着一面青天白日旗，可是上面多了个三角形的小黄条，这就是那一出丑恶的傀儡戏演出的地方。

我们拣了路上台城，疾速地走着，急遽地呼吸着干燥而寒冷的空气，肺部有着燃烧似的感觉。立在这一片六朝故垒的顶上，不得不油然地使你缅想着古昔。眼前是一望无际的江天，一片荒寒的白水，疏落地散布着几个小洲，在一片夕阳里，无数的水鸟飞起飞落，多荒凉的地方。这时风更紧了，呼呼地吹着，我们坐在平台上已经颓了的残垒上，打开了地图，它像一片金属似的在风里振动着响。我大声地叫喊，然而耳朵里只听到呼呼的风声。

重新站起来，让劲急的北风戏弄着我们的衣襟、头发。我感到自己是一个渺小的人，站在这么一个古老而空阔的地方。

我们想起了还在下面等着的车夫，不得不离开了台城走下去。找到了车夫以后，看看地图上远在西隅的扫叶楼，觉得是要有待于它日重来了。不料车夫却答应了在日落以前赶到，就重新坐上车去。

这时已经是五点钟左右。车子在一些不知名的小巷里穿来穿去，看看那生活在卑陋的屋檐下面的人们时，不禁有着非常亲切的感情。这些靠着小本营生糊口的人们，他们的停滞在手工艺时代的技巧：装池，打铁，木作；从这些渺小的人们的手里，精致的雕琢出一些小器具。传到我们的手里时，使人不缺乏亲切之感，不是那些 Mass Production 的制成品所可及的。可是恐怕这一些仅存的技艺，也将要慢慢地消灭了。

车子离开了陋巷，又出现在一条宽阔的街上了。我打开地图看，回头告诉 W 这是“随园”的遗址，这是曾经藏了丁丙善本的龙蟠里。光线越来越暗，路却越来越荒凉了。在路上我们看见了不少牵了马的兵，看那黄呢军服，尖尖的帽子，和圆圆的皮枪壳，以为是“皇军”的巡逻队，仔细看去，才知道也是一些“同胞”。他们用好奇的眼光看着我们这在薄暮时出城去的人，使我们也不禁惴惴然。

最后车子停在一片山坡的下面。这时虽然还没有全黑，太阳却早已落下去了。得了车夫的指示，我们跑向一个寺院的旁门。到了门口才知道门是关着的。门口贴了一个什么筹备处的条子。我就不管这些上去敲门了。心里却猜疑着会出来怎样的一个人物，一个大兵呢，还是一个副官？半天以后才传来了悠长微弱的声音。

“谁？”门随着开开了。一个穿了黑色袈裟的中年和尚，一只手竖在胸前。

“二位居士的兴致真好。”我们惊异着在落日孤城里见了这样的人物，就告诉他我们明天就要离开南京，想用这匆促的时间看看扫叶楼的意思。

我们被导引着从一道孤悬着的楼梯走上去。走进了一间小楼。这时天色已经完全昏黑了，楼里边看不见一点东西。只依稀看见四壁都是白垩了的，还挂着许多木刻的楹联。W走近去仔细看了其中一幅的下款，告诉我这是江亢虎的。我说：“那就不必看了吧。”

我们凭了窗槛下望一片迷蒙的莫愁湖，和那一片城堞。从和尚的口里，我们听到了关于石头城的许多故事，和胜棋楼也已经倾圮了的消息。他的黯淡的声音，缓慢地述说着一些兴亡的史迹，好像听见了低回地读着的一首挽歌辞。

最后他告诉了我们他的身世，是一个军人半路出家了的。他诉说着寺里的贫苦，全仗春秋两季卖茶的收入维持，而现在却是寒冬，难得看见一次游客。我们捐出了一点钱，他感激的收下了，点上了一个灯碗，引我们到他的禅房里去，在暗黄的浮光里，我们走进了一间森寒黑暗的屋子。他从零乱的壁橱里找出了一册寄售的谈金陵古迹的书相送。还有一幅他自己画的“兰草”，并不十分高明。这些我们都已经寄给上海的朋友了。

从扫叶楼出来，我们坐上原来的车子，回到夫子庙前去。车子沿了石头城的女墙跑着，很久很久，才看见稀疏的灯光。

这正巧是一个三角形，连接了这个城市的三个角落。我们毕竟又从荒凉黑暗里回到响着歌声弦管的秦淮河畔了。吃饭的地方是一家很大的馆子，一间间白漆木槅隔开了的房间里多半空着。我们找了一间坐下来以后，先要了一个火盆来烤手。谈着这几小时的游踪，那个和尚，翻着他送的那一本书。我想到离沪以前所作的一点小小的工作。搜集了不少材料，写了个以南唐历史作背景的戏。因为匆促没有能上演，这时大概还压在和平村一间房子里的一堆琴谱下面吧？

吃了点黄酒，走到街上时，从雪亮的电灯光下面的地摊买了黄黄的橘子剥了吃。那里去呢？去听听有名的秦淮的清唱吧。走上了一间楼厅，在进门的“皇军”处验了市民证，坐下来看戏了。清唱的那一种姿势使我很厌恶，想想这就是秦淮河畔，这些商女和这歌声。又想起了朋友 K 在一小张报道商情的报纸上编着的一个副刊。那正是“一·二八”以后，上海几乎是万籁无声的了。那一张小报上却还经常的有短短的杂文在发表。有一次在记载电影女明星“晋京觐见”的消息之后，附了一句“不禁有烟笼寒水月笼沙之感”，被嗅觉灵敏的巴儿闻到，K 就被挤下来的事。坐在这悬满了“玉润珠圆”之类的锦额，映着雪亮的灯光，充满了嘈杂刺耳的弦管歌声的茶楼里，我重复着唐代诗人同样的感情。

第三天，就要离开这城市了。又是一个严寒的天气。早晨起来到邮局去发了一封航空信。看着地图，穿过许多窄得几乎容不下一辆人力车的小巷——其中有一条就是乌衣巷——。这里全是一些狭小的房子，贫苦的人家。巷子的尽头，有一片池塘，旁边堆着从各处运来的垃圾。地图上却标明着“白鹭洲”，一个雅致的名字。这冬天的早晨，洲边上结了不少冰碴，有几个穿了短短的红绿棉衣的女孩子，伸着生满了冻疮的小手，突了冻红的小嘴，在唱着一些不成腔调的京戏。从那些颤抖着的生硬的巧腔，勉强的花梢里，似乎可以听见师父响亮的皮鞭子的声音。

等到这些女孩子的花腔熟练了，就让她们走到台上去，用那一种姿势表演，万一得到什么人的青睐，成了什么“总统”“亲王”，那么她的“师父”或“父亲”就可以得到一笔很大的财富。这正是一种颇有希望的“行业”，多少人都投资进去，让他们的——有许多是买来的——小女儿在这寒冷的早晨到这一湾臭水前面来喊嗓子。

这就是秦淮，一个从东晋以来就出名了的出产着美丽的歌女的地方。

一九四三年十月十二日

一九四六年

旅京随笔

鸡鸣寺

编者要我写一点南京的“文化”情形，这事真困难。南京有什么“文化”呢，干脆地说一句，我找不到什么。在这“劫”余的首都，民生凋敝，文物荡然。这里有大官的汽车，歌女的惨笑，可是绝对找不出什么文化来。夫子庙成了杂耍场，这已经是“古已如斯”的事了，状元境、三山街一带，几乎成了妓女的大本营，跑旧书铺的结果是空带了两手灰尘回来。风流歇绝，我想不仅是“有心人”才会叹息的吧？

我不是复古论者，但是在这种情景之下，如果不高兴去欣赏酒吧间里美国兵的疯狂的音乐与女人们的恶劣的舞姿，而且不认那是“文化”的就只有一条路可走，去看看这六朝旧都的古迹似乎还有点意思。然而这也不免要时常遇到“煞风景”的事，譬如我现在还穿了身“军装”，——这也没有办法，我没有余钱去治装——走来走去，低回于胜迹之侧，就不免为人所奇怪，这岂不是“雅”得有些“俗”了吗？

今天去蓝家庄看了梁漱溟先生。他老先生的水晶眼镜，白布小褂，双梁布鞋，很使我佩服。我忽然觉得，南京的文化是在这里了。他老先生道貌岸然，使人敬畏，也许是看了我这一套G. I. 有点与特殊人物相似吧，有些保留地不大肯多说话，这也是“煞风景”之又一端，没有办法的。

从蓝家庄出来，经过“考试院”，看看那金碧辉煌的建筑物，只有厌恶，不，南京的文化也绝不在这种“雅”得令人肌肤起栗的地方。

到了鸡鸣寺，看了“胭脂井”，旁边一位背了枪的“同志”警告我不可久留，因为这儿已经成为“军事重地”了，防空司令部在此办公。我只有用了两年来养成的习惯，说了一句：“God Damn it!”

走进鸡鸣寺中，一看“豁蒙楼”安放了几十张床铺，两张办公桌子，玻璃窗上写了“谢绝参观”的“美术字”，于是完结，这里不用英文，还是用国粹的“呜呼”吧！

只好在大殿里靠窗吃茶，有许多中学生在吃茶念书，预备升学考试；也有不少善男信女于清磬声中，膜拜求福。

凉风中望后湖的芰荷，荒芜的台城，心里平静得很，好像在脑子里开了一部电影，从孙吴开到现在，一部历史电影，还有配音，“玄武湖中玉漏催，鸡鸣埭口绣襦回”……呀，南京的劫余的文化，其在是乎。于喧声笑语之中，我也哼了几句：

眢井空遗六代祠
美人风雨泣燕支

明珰留忆他生梦
笺擘犹传绝妙词
玉树歌残春似水
景阳钟断梦成丝
旧情更向何人说
惆怅城头落照时

好了好了，不再多作笺注，以免无聊。现在日光向暝，满湖芰荷，别有一番零落芜秽之致，我真正十分惆怅，十分惆怅了。

九月四日鸡鸣寺

关于“泽存书库”

冶城的秋色已深，无情风雨，带来了新凉。在这已凉天气未寒时，似乎最宜于登临访胜。记者生涯是忙碌的，原无暇作此雅事，然而近来和平谈判已入牛角尖，一半时恐怕也转不出来。与其整日为此无益之事多费时间，还不如来看看南京的文化，“点缀升平”来得有意思。

前天下午到宁海路十九号去看周逆佛海，吃了闭门羹，出来后就在山西路上闲蹓。偶然走进一家旧书店，买了两本端木子畴先生旧藏手题的词集，与老板闲谈，知道山西路口的中央图书馆北城阅览处，即是以前陈逆群的“泽存书库”的遗址。心里一动，遂即走去，投刺之后，被引入一间小巧玲珑的客厅里，里边布置楚楚，沙发古画，不染纤尘。窗外小池假山，居然颇有幽趣。一会，屈万里先生出见。这是一位山东鱼台的老乡，人极朴实，是负责中央图书馆特藏组的。这一组的任务是收藏整理善本、字画、边疆语文、档案违碍书等。现在他事实上负责“北城阅览处”的善本整理事宜，将来重庆的善本下运，日本的善本索回，存于沪港的善本再来，这个“北城阅览处”将成为中央图书馆的善本丛集之处，与北方的北平图书馆将为公藏的南北双璧了。

我提出了汉奸陈群的“泽存书库”的事问他，屈先生很详细的为我说了一下这个书库的历史，颇有趣味，大可加入“书林逸话”。陈群字人鹤，是伪府中的老汉奸之一，如果照系统说来，是应当属于“前汉”的。他当过伪内政部长、伪江苏省长，这都是肥缺，括钱不少，他大都用来买书。当南京沦陷之初，满街都是旧书，没有人敢买，也没有人买得起。这些书大抵连造还魂纸都没人要，大多烧火而已。陈群这时开始收书，于是一般书贾才将这些“废物”收集起来，少加整理，拿给陈群去看。

照我在那家旧书铺中听来，书店老板提起“陈部长”来，真好像是在说开元遗事的样子了。那时他们三五成群，挟了书到伪部里去，陈群常亲自接见，忙时也将书留下来。这样，他在伪内政部长、伪江苏省政府任内，买书不少；等后来作了伪考试院长以后，括钱不易，遂渐不能买书。他的“泽存书库”共分三库，他在“自剖书”中自称一百万册，实际南京有四十万册，上海、苏州两地有二十八万至三十万册。是他在临命之前昏迷了呢，还是后来有了走漏，不得而知，总之百万之数是远不到的。

最难得的是他家中（南京）还有十多万册，这大抵是最精善的本子，他仰药前亲自写了数百封遗书，都编了目，又督促家人亲自动手整理家中的书籍，编目送到这里，然后才仰药自尽。遗嘱中对“泽存书库”还念念不忘，嘱管事人照旧做事，据那个旧书店老板说还将心爱的古董每人分赠一件以为遗念。总之，这一切，在汉奸中，算是作风特殊的，也可以说是一个畸人。

这批书，胜利后经行政院批交中央图书馆接收，自本年四月二十三日起开始编目整理，至今大致粗毕，大约再有十数日，即可完事呈报了。现有的书目即已有一千多张。

我顺便又问屈先生关于汪逆精卫的遗书，他说在颐和路三十四号汪宅中共有七千册左右的书，大抵是平常本子的词曲书，倒并无什么可观，至多也仅是明本而已。

我要求屈先生带我去看看书。我们走出客厅，穿出月亮门，一大间房子里，满地都是蒲包，里边满满的装了零乱的日文书，还没有整理完。

这整个的院子是圆形的。有两层楼，大约有大的藏书房二十余间，里边是一排排的木板架子，触手琳琅，缥缃满架。我们顺序开了门进去看。因为时间的关系，偶尔拿两部看看，就已经有不少善本，现在随便记一点：

一　徐乾学的明史列传的稿本（或是传抄本）六十五大册。

二　宋本春秋集传。

三　经厂本诗经大全，原装大册，明代的豪华装。蓝绫面依然存在。

四　宋绍圣四年福州东禅寺刻正法念处经，字画古拙，是北宋遗风，纸极厚重。

五　四雪草堂的隋唐演义。

六　弘治本（？）琵琶记。

七　西厢记（李卓吾评本，万历本，金谷园本。都有精图，还有一种满汉金碧精抄本，抄手工致之至。满文译的汉书，我还是第一次见到。）

八　万历本三宝太监西洋记（小说）。

陈群的收书大约很像陶阑泉的收开花纸书，即极意求好，他有殿本的康熙字典与全唐诗，都是最初印本，触手若新，实在是书林尤物。此外我还看了几种高丽刊本与抄本，大册皮纸，非常可爱。因为书还没有归类，检查不便，我看了一下厚厚一叠的善本书目，宋本有：（一）隋书（建本，残），（二）范文正公集（残），（三）苏集，（四）龙田水心二先生文粹，（五）黄帝内经素问（杨守敬跋）。元本有：（一）唐文粹（全），（二）群书钩玄，（三）荀子，（四）李太白诗，（五）续宋中兴编年资治通鉴，（六）黻藻文章百段锦，（七）中和集，（八）困学纪闻，（九）汉书艺文志考证等。

这只不过是匆匆过眼的结果，疏漏自所不免，而浅学又不能做像缪艺风所发明的那一套“黑口，双阑……”之类的提要，于学人或无用处，不过意在使大家知道在南京还有这样一个看书的地方而已。

最后我想附说一句，陈群在收书之际，也正是上海我们教育部的委托人在收书的时候，照一些记载，这事不啻是一场争夺战；据说陈群又是不大讲究的，书送来好坏都要，然而他毕竟也收了这些。宋元本固无足观，明本倒确是不少，而且陈群特别喜欢集部，所以别集类的秘藏尤多。屈先生告诉我说在日本的一部分中央图书馆的书中，明代史料独多，有些真是外面从未听到过的秘籍。听了这话，不禁使我为之怦然心动。真的什么时候才得生活安定，重有余暇来看书呢。在落日秋风之中，走出了“泽存书库”，我心里还是这样的想着。

九月十九日深夜

访“盋山精舍”

在石头城的角落里，清凉山旁边，有一个清代留下的古老的书院。清道光年间两江总督陶澍为了纪念晋代在石头城与苏峻作战的陶侃——那个无事时搬砖的老头儿，说是要惜分阴的——建立了“惜阴书院”。咸丰年间遭乱，毁了一大部分，后来又重修，光绪二十七年改办学校，当时钱塘八千卷楼丁丙的藏书，有继陆氏皕宋楼售与静嘉堂之后更让给日本人之议。缪荃荪大声疾呼，以为不可以，以为这是国耻。得到了当时的两江总督端午桥（方）的帮助，用了七万两银子买下了。又用了三万多两银子造了四十间藏书楼。是为江南图书馆。丁家的书一起有十二万册，更加上武昌范氏木樨香馆及宋教仁遗书，共有十六万册，这是民国十六年的数字。

这一次战事，这里的书不曾运出去（只有一小部分由柳馆长诒徵运往江西），经过日本人的没收，运到朝天宫的故宫博物院里存藏。胜利以后清查，居然没有损失多少。其中的宋本都完全保存，元本损失了四十余种，听说是被一位小伪官拿去送礼了，陈群处也发现过一种。盋山图书馆自印的秘籍，现在只剩了三千余册（原有九万本）。所以我想去买一部阮大铖的咏怀堂集也没有成功。现在的志书有二三十架，三间大房子，在江南藏志者中可以算是巨擘了。还有一个特点，值得提出来的，这里的主持人倒还颇有一点古风，他们重视传抄的工作，如果你拿了丹铅砚笔，带了普通的本子想去借他们的宋本来对勘或抄录的话，他们是非常高兴的。不像北平图书馆那样重门深锁，将宋本书放在玻璃箱中，只有特种学者如胡适之之流才有看的福气的办法。大家都在喊学问是公器，可是许多人都不肯拿出藏本来给人看，以免抢去了他的教授的金饭碗，这情形，只要一看那些专做冷门学问的教授中的情形，即可明了。因为这些东西，一向不为人所注意，他们搜到了一二稀见册籍，即可雄踞砧坛大加铺陈，据为私产，殊有专利之势。一旦要钱用时，还可以高价售与图书馆，不过这一着大抵是不大用的，因为这等于卖绝了自己的生路，其悲哀犹如李后主之失去南唐，盖可原谅也。

废话少说，因为主人的好意，我也有幸登楼看了一下好书。由两位老先生（他们服务本馆已经数十年了）引导，沿了已经将要颓坏的木梯上楼，开了门进去，在这空洞洞的大楼中，放了几排木书架，没有玻璃，听说这些还是几经努力向朱家骅要来的。一架架都满满的装了书，样子比“泽存书库”拥挤得多了。据说他们原有的书橱，楠木制的旧橱，已经被当柴来烧掉了，现在还剩下一只，放在隔壁，算是纪念品。

秋阳从窗口照进来，长书桌边还放满了没有整理的书，用草绳拴着。我真为这批书痛心，用草绳拴的地方，那些宋纸都有些磨损了，这是我们用来对待海内孤本的方法。这样一个图书馆，只有七个人负责理书，没有一部车子（车子都运兵运军火和装姨太太去了），馆方好容易从有关方面借了一部卡车，将积存他处的全部珍本扔上车去，运到龙蟠里，再卸下来，堆在地上。当天因为雇不到工人，于是这些宋元本就只能在潮湿地上睡一夜，幸而还不曾下雨。现在是用每天四千元的工资雇了工人来将这些书陆续运上楼，草绳作捆，掷在楼角，如果你去一翻的话，那全是四库底本，商务的四部丛刊古逸丛书的底本，毛抄黄跋。……这简直是一种“传奇”，可怜的不能使人相信的“传奇”。

居停主人殷勤地从书堆中找书来给我看。第一部找到了宋小字本晋书，这是商务曾经影印过的。板式甚小，厚纸，磁青面，初到手使你不觉得这就是如何可珍的册籍，可是你一看那铁划银钩的字迹，一笔不苟的刻法，你将叹诧这比麻沙本的字体，比黄善夫本史记的字体，更可爱。我又看了宋本汉书，这是有如黄善夫刊书的字体了，墨光如漆，薄纸上有如云状的墨痕，有如看宋人墨痕，加于读书的兴趣之外。

关于小字本晋书，傅增湘说过：“盖北宋本也（按指自藏小字本唐书）字体秀劲，笔意在褚颜之间，断为闽中所刻，与宋建本之锋棱峭厉者迥然不同，盖北宋尚存古意，不似南宋以后专以精丽为长，此时代刀法之变迁，不廑缮工之有优劣也。余旧藏百衲本通鉴，其小字十五六行者与此正同，他如日本官库所藏初学记，江南馆所藏晋书，其密行细楷，亦类此。”

我前面所写，意殊未尽，翻检藏记，偶得傅沅叔的一段话，抄了来说明正好。傅氏是老辈藏书家，凡老辈都喜欢考究避讳，与白口黑口的一大套，而这里却能提出版刻的风气加以注意，难得之至。我虽然不能一定断定那本晋书即是北宋刻，然而它与南宋本的不同，则是不容漠视的。

黄荛圃自称“词山曲海”，然而士礼居藏词曲为外间所见者绝少，近年来才少有发现。这里有一部元刻的“阳春白雪”，可以算是非常的珍品了。书是蝴蝶装，最可爱的是书前的一张柳如是的小像，作道家装，图作于清初，悬想当是曾经亲自看见过河东君的人物所写，三百年前秦淮河上的名妓，后人曾经为她做过“事辑”，她曾经追求过陈卧子，自称女弟，陈不敢接受；后来才转而看上了钱牧斋，在我闻室中为牧斋检书抄文，有如女秘书。春浮园集中有记云：“钱牧老语余言，每诗文成，举以示柳夫人，当得意处，夫人辄凝睇注视，赏咏终日。”原书后面有黄跋，当时未细看，回来检士礼居藏书题跋又不见，不知曾否提到书的来历，也许这是绛云楼中故物，小像也是原写，那么就更有意义了。

此外有王菉友说文解字句读的稿本，丹铅满纸，可以窥见二百年前人著书的遗风。宋乾道本《颐堂先生文集》，是商务古逸丛书的底本。嘉祐本唐书，明活字本《鹤山大全集》宋巾箱本《欧阳文萃》。宋本《医说》，与明嘉靖翻本对读，真是有趣的事，字体，行格全同，有如临摹古帖，然而风韵相差是不能掩饰的，这里可以看出明翻宋本的可珍，更可以看出宋本的风神，如此，庶几不会从书贾手中买到“宋本”的翻刊书了吧！

宋活字本《壁水群英待问会元》九十卷，明陈白阳藏。宋朝曾经有过胶泥活字，长沙叶德辉藏有《韦苏州集》，说就是胶泥活字；这一本后边有“牌子”，罗列“丽泽堂活版印行，姑苏胡昇缮写，章凤刻，赵昂印”，可以算是中国活字版史上的纪程碑了。

一部宋刻、宋纸、宋印的《云仙散录》，所用的是宋朝的公文纸，每张都盖有官印，并纪年代，有开禧元年六月，嘉泰四年十二月字样，都剜空衬纸，以便观览。

这时柳老先生翼谋进来了。戴了眼镜，穿了旧夹袍，六十八岁的高龄，说起话来还是精神贯注的。我有机缘与老先生坐谈，听他述说了九年来流离的经过，他说到激昂的时候，总是说，“非人力所能为”，看了这批书又重新被整理，放在书架上，他说：“书住在此楼三十余年了，八年中迁居流浪了一次，今天仍旧回来，真是神灵呵护……”这使我想起了藏书家在题跋中所常说的那一套神话，然而这却是极富于感情的。

柳老先生追述九年前逃到武汉与当局交涉运书，那时的江苏省教育厅长，柳先生说“就是周逆佛海”，给了他多少留难，漠视，规避……

胜利以后，他马上飞回来看书，与杭次长立武几次交涉，才在接收大员的机位中占了一个位子。他是非常感慨于南京接收时的紊乱的，曾几次说及。这里我想追述一件已经为图书馆界熟习了的故事。山东陷敌时，济南的山东省立图书馆长王献唐作了呈文给韩复榘要求派车，韩在呈文上批了两个大字“不理”。

现在，柳先生几次请江苏省教育厅派人来馆看看，得到的结果还是“不理”。据说他们不愿来看，是不敢来，一看之下，书橱没有，人手不足……在在都要增加经费，可是省府正在关注“苏北难民”，想请“上海小姐”们给弄一笔钱，又那里管得这些连烧火都不燃的宋元本呢？

我陪了柳老先生缓步去看了他们的藏志，看工人在运书，走下了楼，穿过“陶风楼”，柳先生告诉我，这是纪念陶侃、陶澍与端陶斋（方）的。走过庭前，双梧高耸，旧时的庭宇依然，书房如旧，柳先生指点着这些说，俞理初、胡培翚都在这儿做过山长，这些旧房中也住过不少名人，如薛时雨的姻戚、袁爽秋，都是这儿出身的学生……叩别出门，坐洋车回去，看看石头城上的一片落日，也真感到有些“古意”，也感到异常的黯然。

九月二十八日上海

附记：

今年夏天，在来薰阁买到两册《阳春白雪》，即是那曾经柳如是校过的元本的抚刻本，黄跋也照样影刻了，可惜书中的校笔，与书前的河东君小像没有办法照样刻下来。

三十六年七月二日重校记

“美人肝”

南京是所谓六朝古都，秦汉以前不谈，仅自孙吴大帝黄龙元年（二二九）建都开始，到现在已经是一千七百多年了。其间虽然经过多少次变革、兵火，到现在，总算仍旧是政府所在的地方。想看看南京的文化，极容易联想到古昔，事实上似乎也只有“古昔”还可看。要想找民国三十五年度的新文化，可以说并没有。除了“中央研究院”的房子还漂亮之外，似乎只有一二种仿效上海方型小报的豆腐干周刊了吧？说也难怪，胜利虽已一年，干戈却尚未化成玉帛，乒乓之声起于天末，又哪里有闲心逸致来讲求礼乐弦歌之事？因此，要在这方面找材料，就异常枯窘，而且这仅余的一点“古昔”，也将为当局的“粉饰”而日益消亡，灵谷寺改为阵亡将士墓，豁蒙楼上住了防空的大员，“南朝四百八十寺”这一修饰会弄得古迹荡然，阮步兵的墓碑上刻了党徽，朋友说笑话，不料这位晋代的狂诗人千年之后却变成了“本党同志”，阮公地下有知，不知当怎样“咏怀”也。念郁达夫遗诗，“唱破家山饰太平”，即使在多晴好的秋阳之下，也不免有些愤懑了。

提起文化，这应该是历史流传的结晶品，这中间自然包含了两种。其一是太平盛世，衣食丰足之余的余绪；另一种则是世纪末人们疯狂的享乐。前者可以举出曹雪芹的祖父曹寅。曹官江宁织造时，曾刻《楝亭十二种》，其中有《粥谱》等一二种，讲究吃而及于吃粥，可谓精致了；原书少见，读者大抵还都熟习红楼梦上宝玉挨打以后吃莲叶羹的情形吧？至于后一种则可以举出较近的南明作例，一翻《板桥杂记》之类的书，总该惊异于那些“名士”“美人”是怎样的在吃着、玩着穿着。却说明朝的南京，与现在稍有不同，现在繁华中心的新街口一带，当时还是“大内”，商业集中处还在聚宝门（今改中华门）一带。如果想了解明代金陵的繁昌情形，我想是非在中华门内外一带多走走不可的吧？自中华门沿城西行，在现在已经十分荒落的西南隅里，正是当时的达官贵人们的园囿所在之地。仅举一例，阮大铖的“石巢园”即在此处，当时人称之为“裤子裆”，现在是“库司坊”，还有一湾小池，两片断石，正是当时咏怀堂遗址，上演《春灯》《燕子》的所在。中华门外，过“长干桥”，经“雨花路”，两旁的店铺，古色古香，还都十足的带了“旧味”，我想当是太平军后的遗迹吧。自然，时代逐渐加上去的色彩也还是有的。在这里，在仅余一楹的“大报恩寺”的对过有一家十分不起眼的小店——“马祥兴”。

店虽小却十分有名，是一家清真教门馆子。以一味“美人肝”驰誉当世。听说当汪逆兆铭开伪府于金陵时，曾经时常深更半夜以荣宝斋小笺自书“汪公馆点菜，军警一律放行”，派汽车到这里来买菜回去。这事至今在南京的小报上还津津乐道。甲申三百年祭，金陵就更有了新的马阮，如果依照“历史循环论”讲来，也真是“并非偶然”的吧？

我与朋友也自然是想领略一下这名菜的。坐在暗黑的房子里边，据了一张古老的座头，与堂信商量。回答却是没有。原来所谓“美人肝”是一种鸭胰，每只鸭子只有一只胰脏，大小约一寸吧？如果要拼成一盘菜，似乎就非几十百只鸭子不办。店中经常派人在市场上面收，收得与否是没有一定的。

我们另外请堂倌推荐两样拿手的，就又要了“凤尾虾”与“蛋烧卖”，要半斤黄酒，没有“美人肝”，究竟未免有些遗憾。

看看这家店，前面一间是柜台与锅灶所在地。后面一大间就是卖座的地方，上面搭了席棚。听说战前不是这样子，这是轰炸以后的遗址。里面用木板搭起来的一间，则是“雅座”了。与我们并排而坐的，正是一些“贩夫走卒”，短蓝衫，大肚皮，一杯一杯地喝着。再隔壁，就又有衣冠楚楚的“上流人物”，还带了“红襟翠袖”来，如果讲“民主”，这里却还有一点点。“上流人”的台面亦只不过加上一张白布单，因为他们是在请客。

一会，胖胖的老板用荷叶包了刚刚收到的一些鸭胰给我们看了，他的脸上充满了欣喜之情。“刚刚收到了这一些，就给你加一只美人肝吧。”我们自然欣然接受了。多美丽的质朴的“人情味”。

我的确觉得这是古昔的文化的所在了。我又想到北平的

“沙锅居”，与另外一家吃烧牛肉的地方。也是这么一个逼仄旧老的小房子，也是这样的九流三教拥挤一堂，一同欣赏他们的美味的方式。西欧与英国人似乎还可以欣赏这些，美国商人大抵绝对不能了解这个了。无论生意多好，“沙锅居”每天只卖半只猪，决不增加。宁愿让十一点来的顾客失望而去，明日请早。清朝的大臣们早朝退班后不及更衣，全副盛服，抬起一脚与贩夫走卒一起围炉烧牛肉吃，老板没有想到“雅座”，更不必说“女招待”了。这大约是中国人的一种特别想法吧。在南京也曾有过陈后主的“临春”“结绮”，但是词人们总是慨叹于“眼看他起朱楼，眼看他宴宾客，眼看他楼坍了。”很自然的归结于“知足常乐”“满招损，谦受益”，融合了道教分子的所谓儒家思想，就是这样。它的好坏与留给中国人民的影响不提，这是地道的中国文化的遗留的事，总是真确的吧？

看题目好像是要大谈其“食道”，不过这个我是不懂的。“美人肝”在我看来殊无异于炒鸡丝，虽然更多一点清淡味，而且它的名字又那么好。此外，我们的便饭实在只用了很少一点钱，比到什么“三六九”之类的地方还要便宜。

十月九日

老虎桥边看“知堂”

在重庆滞留了颇久，周作人两次公审都未能旁听。到南京后，人地生疏，买了一张地图在街上闲步。走过延龄巷，穿过国府路，看见了那座朱红剥落了的国民大会的大牌楼，再走过去，翻开地图一看，已经到了洪武路。向左一转即是老虎桥，也就是“模范监狱”了。心想何不就去看看周作人呢？于是就又穿过了几湾臭水坑，远远有一座红墙的大院落，走过去看，很多人在那里等候探监。我在人群中走上一问，说是要看汉奸周作人，卫队长答说这星期中已经有人看过了，怕不便；交涉的结果，由我写一张“申请书”给所长，又在门房等了一会，就有一位领了我进去。进了外面的监门，曲曲折折地走了一会，来到一大间办公室，所长降阶相迎，寒暄之后，他让我坐在一张长条的会议桌边，所长正坐，我在左边第一张椅子上，又泡上两杯茶来。

寂然有顷。我问所长，可有什么规则要预先知道一些。所长问我是否与周认识，我答说不认识。所长说一向不大欢迎记者与他们会见，因为这批汉奸往往一遇机会即大发谬论。我当即声明，决无代为宣传的意思，于是又寂然。

一会，我在窗外看见一位狱吏带了一个老头儿来了。这是我第一次看见周作人，不过在印象中，是早已有了一个影子了的，现在看看“正身”，大抵差不多。他穿了府绸短衫裤，浅蓝袜子，青布鞋。光头，瘦削，右面庞上有老年人常有的瘢痕，寸许的短髭灰白间杂，金丝眼镜（这是他在一篇文章中提到过的“唯一”的一副金器，三十年前的老样子）。

与想象中不同的是没有了那一脸岸然的道貌，却添上了满面的小心，颇有“审头刺汤”中汤裱褙的那种胁肩谄笑的样儿。

请他坐了下来。他搓着手，满脸不安，等候我发问。这种“会审”式的访问很糟，简直没有什么话好说，只问他这儿过得还好否？他回答还好。我问，这是第几次来南京了，他说南京是他做学生时住过的地方，以后来往路过也有好几次，最后又含糊地提起上前年的那一次南游。那次“荣归”，在当时敌伪的报纸上很宣传过一阵子。我曾经稍翻过一下，也颇领略了一下当时的盛况，记得《苦雨斋打油诗》中有一首道：“疲车羸马招摇过，为吃干丝到后湖。”悬揣当时的知堂，不致没有汽车坐，这疲车羸马大抵是所谓廋词吧？虽然现在南京市上也正多着这样的马车。

后来他提到最近没有再审的消息，大约是在收集证据吧？有一位律师愿意为他辩护。他自己写过一篇自白书，两篇《答辩状》，所说的话大约都在那里了。我即发问，一向是佩服倪元璐绝口不言一说便俗的他何以在这次法庭上又说了那么许多不免于“俗”的话？这很使他有些嗫嚅了。最后他说，有许多事，在个人方面的确是不说的好，愈声明而愈糟，不过这次是国家的大法，情形便又微有不同，作为一个国民，他不能不答辩云云。他重复声说，现在想说的只是一点。起诉书中说他“通谋敌国”，而日本人也说他“反动”，是“大东亚思想之敌”，事实上绝对没有在两方面都是“敌”的人。除了这点以外，其余的都可不说。

他又说发表在国闻周报上的一篇《日本管窥之四》，有很多人没有看过。我告诉他这篇文章我是剪存了的，他很惊异，说这篇文章的结论与《日本之再认识》中的结论是相同的。

他又说文人报国的方法，也只有写写文章，不误人便好。他又说其实也可以上前线去一刀一枪的，本来是海军出身，还是武人哩。

我又提起那一次元旦被刺的事，他说这事至今还没有弄清楚，恐怕是日本人的诡计。我就又提起日本人恐怕没有弄死他的意思吧？他说这事有几点可疑，其一，那时他在燕大教书，还未投伪，中央未必要处决他；其二，日本人后来终未能查出这事，其实是应该查得出的；其三，该时他每周有定时出城教书，坐洋车多经荒僻之处，要下手正好下手，为了避免嫌疑，所以才到苦雨斋去刺他的。他又说事后燕大的司徒校长还去慰问过他；后来教育部特派员某氏也去慰问过他云云。

我又问他是否还有许多集外文没有收集？他说没有了。我又记起了有一次偶然在《中华日报》上剪了下来的《参拜汤岛圣堂纪念》的文章。他就说这些应酬文章照例是不收集的，也还有许多在外面。我不禁又想起那张穿了军装检阅童子军的照片来，问了他，他好像觉得无所谓，马上答说，他“演戏两年”，那些都是丑角的姿态云云。

最后话题转到苦雨斋的藏书，我问他是否都已封掉，他答不知。虽然可以通信，但是也不好再去问这些事了。我问他大约还藏有不少鲁迅的遗稿吧，他说有是有的，不过大抵是早年的零碎作品，而且也并非创作。

好像后来苦雨斋也在大批的收书，也颇有些善本，照纪果庵所说，满架琳琅，很是可观的了。他说这也没有什么好东西，他的买书与别人的藏书不同。他所买大抵在别人是不要的，一些西洋书也大抵是生冷的货色。

未能免俗，我又要他写点东西，如近诗之类，他说近来很久不曾作诗了。也难怪，在老虎桥边是很少可能有打油的“雅兴”的。他想了一会说有一次在监中为一位朋友题画的诗，写了下来：

墨梅画出凭人看，笔下神情费估量。
恰似乌台诗狱里　东坡风貌不寻常。
为友人题画梅　知堂

读了这诗颇使我“有感”。正如他说过的一句话，虽然是在说别人，也难免不涉及自己，这里“笔下神情费估量”，正是写《自白书》时的写照吧？居然“风貌不寻常”，这在我一些也看不出来，只觉得这个“老人”的愈益丑恶而已。很奇怪，这诗没有衰飒之音，而反倒颇有“火气”，岂真是愈老愈要“向世味上浓一番”乎？

时间拖得太长也不大好，只好请他回去休息了。我就又向所长说希望看一下他们的狱中生活，就又由一位狱吏陪了我走进了“忠”字监。这是一个小院子，里边是孤零零的一所红砖房。其中是一间间的小房间，从门板上面的一小块铁丝网窗中可以望进去，房子极小，可是横躺竖卧的有五个人，汪时璟、刘玉书、唐仰杜这些老奸都赤了膊席地而卧，有的在一叠饼干匣上面写信。梅思平在里面的角落里看书，殷汝耕在看聊斋，王荫泰藏在墙角看不见。走到第四间，“知堂”刚刚回来，在里面一角里的席地上，脱下了他的小褂小心地挂在墙上，赤了膊赤了脚在席上爬，躺下去了。旁边放着一个花露水瓶子。

我又想起了刚刚的那首诗，好一个“东坡风貌不寻常”。不过这儿我没有嘲讽的意思，那情景，真已是够凄惨的了。

附记：

这是一篇报道，我只是记下了他的话，其“谬论”在明眼人看来，自然是雪亮的。而且在监狱里辩论也不免为奇谈，因此也就不再加以仔细的批注了。

八月廿七夜记

一九四七年

金陵杂记

小序

今年夏秋之交在南京住了两个月。初到之时，因为地方不熟，所以买了一张地图，拿了在城里走来走去，想认识一下这个大城。小街俚巷，往往都使我觉得有古味，因而设法想找两册书来看，如坊巷志之类，可惜“帝京景物”只存北京一略，没有适当的书籍。积习未除，屡过旧肆，又到盋山图书馆看书，时有摘记。积累渐多，遂有写杂记的意思。

开手时本来颇有兴致，后来却越想越难。如果只是游记，描写风景，记点琐事，似乎太单调。不敢附庸风雅，说是有怎样的“历史癖”，不过觉得有些地方，的确是历史味浓于风物美。譬如那荒秽不堪的乌衣巷竟能使我流连移时的原因，该不是去看那一堆堆的垃圾与一个个的卖春妇的吧？这样，就想有系统地看点书，等找到书目一翻时，又不免有烟海之叹。浮世多忙，何暇作这种“无益之事”，于是屡次提笔也屡次停止，只写了两三篇小文，就住手了。

现在却又决心来写。想从小题目入手。连缀成章。抄书亦正不易，案头堆满了册籍，却无从编出一册引得来。用到的时候只好现找，以目前的生活，做这种工作，真是可怕的事。不过迫促之余，虽然难得写出好东西，却可以医懒散，也许先能弄出一个长编来，等将来慢慢补充。

想看看现在的南京，目前所能利用的是一册朱偰君编的《金陵古迹图考》，相当详瞻，不过也有缺点，全书系统凌乱，不是一册导游的书。一个地方往往杂见于三四个标题之下，找寻不易。其次，这书未免太“考据”化的了，很难找到美丽的情调。虽然作者在每编之末附录了有关的诗词，说是“盖史迹之得名，往往由于词人凭吊吟咏，一经品题，声价十倍。”结果连他的家大人朱希祖与他自己的诗也收了进去。在我看来，这部分的取材还太少，不能使“无情者化为有情”。是很可惜的一件事。至于其中小有谬误之处更复不少，以后将要提到。

我的理想，是能将历史与地志糅合在一起。希望还能使读者不致昏昏欲睡。然而此事的确大难，正是非有见识有魄力不办。离京以后，再也不可能看到那么许多书；在上海，要想看书，真是好像在沙漠里寻找绿草一样的困难。无已，只能就现有的材料动手。感想是时而有一点的，也不能保证其必无谬误。至于南京的俗信，风谣，更是有志未逮，只能保留这一块遗憾的空白了。

我翻看谈金陵掌故的书，凡有序文，末了往往有感慨的话头，痛哭流涕的也未始无人。不过这倒大可不必，不过有两句老话倒还可以一抄，“艳思已枯，绮语长断。而陶赋闲情，何损白璧；宋说好色，乃见微词。”我引用的意思稍稍两样，只说明涉世渐深，不会再说幼稚的情感的话而已。

一九四六年十一月廿八日

半山寺与谢公墩

在南京城里，东面的一角，本来是明故宫的遗址。不过现在却连废堵断石也少见了。听说这些都已经被什么人搬了回去作了庭园的装饰。不用说，这自然也是“雅”得很的事。如果想出城，到明孝陵去，走近中山门，左望一片荒芜，还有那一草不生的“富贵山”，实在使人寂寞得可以。其实这儿就正是王荆公故宅的半山寺的遗址。几次经过那一带，都不曾去看，因为害怕这已经十分荒落，会连一点遗迹也寻不到了的。后来离京日近，才去匆匆地看了一次，印象不错。自然，那颓败荒凉原是早已料想到了的事。

我们沿了明故宫的废址走去，这儿虽然已经找不到一些遗迹，可是御河的旧道还存在。悬想当日这一带正是南明弘光的小朝廷的所在地，也好像真的能想象出那位“虾蟆天子”的一举一动，他身边那些女人吹奏的细乐声。……

御沟拖出了一道水田的水道，两岸有着垂杨，水田里有着鸭群，看见人来了，都逃了开去，发出怪声来。我在很窄的一条田垄上走着，踏着湿而软的泥，有点惴惴然。不久，从柳荫中发现了一角危亭的影子，好美，该是摇摇欲坠的样子了吧？我想到了“危亭翼然”的话，那似乎真是“危”

的，有点凌空飘举的意思，“翼”字也好得很。

再走近一些，可以看见两株高得很的古柏。——抱歉得很，不说不识菽麦，树的种类我也分不清的。——一条小径穿进去。在城边上，地势高起来了，亭子就在山上，旁边是一堆破烂的房子。

不出所料，这一堆破烂的房子就是王荆公的故居了。

先抄一点关于“半山”的故实。

《舆地纪胜》：“由城东门至蒋山，此为半道，故名。”悬想宋时这一带正是附郭的地方。王荆公住在他的钟山南面随分作的园囿里面，是可以一下就看到紫金色的蒋山的。没有现在的一垛墙围着。人们出城上山，大约也都经过这里，不像现在的非经过朝阳门（今中山门）不可的。

我们走进了寺门。一片荒凉，院子里满是堆过稻草遗留下来的乱梗残叶。看看墙上镂空的窗户，木槅已经无存，却有些庭园的趣味。在空落的耳房里，地上，架了四挺机关枪。

这就是王荆公的故居了。

刘成禺《金陵今咏》中有一首诗：“废址无人听水来，半山亭半寺门开。马房榜殿僧难住，又是争墩笑一回。”诗后有注说：“半山寺由荆公舍园为寺，谢公墩在寺旁，前岁与鹤亭、拔可、葆初诸公往游，全寺夷为马房，殿芠草秣、死驹纵横。”僧人云：谢公墩亭兵欲眠马，予辈以死争之……是了，是了。这是民国二十三、四年的事。现在马已没有，兵却还在，自然不是当时的兵，穿了破烂的黄布短衫裤总是一样的。那个以死力争的和尚大约也自知徒然而走去了吧？找不到一个和尚。

徘徊在耳房里，在墙上忽然发见了一块石刻。是清道光十六年丙申九月钟山戍客奎光所题。有一颗“戎马书生”的小印，开头时说：“半山寺故址，乃宋相王介甫园囿。介甫罢相闲居半山园时，命笋舆于钟山白荡之间，往来游眺，题诗甚多。后遂舍宅为寺。……”

我仿佛可以看见熙宁罢相以后的王介甫，一个清癯的老头儿，在这里的左近徘徊。环境是寂寞的，荆公的心事恐怕更为寂寞吧？在现在看来，王安石的理想自然不能算太高，然而就是这并不算太高的理想，就已经弄得寰宇骚然，“正人君子”如司马光、苏氏父子都出来说话了，于是乎罢相（英宗治平四年即公元一〇六七年，以安石知江宁府），做了一个闲官。在金陵住了十七年，在元丰七年，他请以所居宅舍为寺，赐额报宁。

这真是可怕的寂寞呀，没有一点同情，到处都是一闪闪映着的白眼。甚至连他所关心着的，为了他们而弄得如此狼狈的老百姓也不能了解他。宋人话本中有《拗相公饮恨半山堂》，加以嘲骂，这自然还是有些受了苏洵宣传的影响，“囚首丧面，而读诗书”，简直把他描画成一个怪物。连他是为老百姓的幸福而工作着的事都给遮没了。到现在，小朋友们恐怕还在读着那篇有名的“宣传文”——《辨奸论》吧？在老百姓的想象中，半疯的不近人情的王安石后来终于疯狂了，他一生所造的“孽”全由他的儿子偿付，半夜的恶梦中，他看见了他的死去的儿子在阴间受着怎样惨酷的刑戮，满身血迹，王安石从恶梦中惊呼着醒转来。

我想起了屠格涅夫所作的《工人与白手的人》。

王介甫在寂寞中死去，我还清楚的记得他在末落的哀愁中所作的一首诗：“自古英雄亦苦辛，行藏端欲付何人。当时黯黮犹承误，末学纷纭更乱真。糟粕所传非粹美，丹青难写是精神。区区岂尽高贤意，独守千秋纸上尘。”

出寺门，左折，一片假山——也许是真的山也说不定，不过那装置，排列，是异常工致的，也自然得很。石头上杂生了小树，那个从远处望起来秀整得很的亭子就在山上。要到山上去却又发生了困难，一位“同志”肩了枪说是不许上去，看那样子似乎是再动动就要开枪的样子了。向他交涉也无效，后来还是跑到半山寺后的小房子中找到了两位军官，他们倒客气，一挥手，我们就安然无阻地走上去了。

这又是一座可怜的亭子。里边堆满了稻草，碑看不见了。不过悬在亭子顶上的两块匾还可以看出来，一块是“谢公墩”，一块是“临风怀谢”。是谢安的遗迹。传说谢安与王羲之曾经到这里来登临过。谢安的侄子谢玄，就是曾经破苻坚大军的名人，他的孙子谢灵运也曾住在这里。谢安有一段很有名的故事，他少时即有重名，徵辟不出。隐居东山，以妓自随。这是后人很好的画题。我前年在重庆的故宫书画展里看见一幅明朝郭诩所画的“东山携妓”，至今不忘。画中的谢安石，宽衣大袖，戴了唐巾，胡子清清楚楚的一根根可以计算得出。不过立在他后面的几个妓女，鼻子都隆起着，好像要打嚏的样子。画上有一首诗：“西屐东山踏软尘，中原事业在经纶。群姬逐伴相欢笑，犹胜桓温壁后人。”阳夏在现在的河南，画里的东山据说是在会稽，今上虞西南四十五里处。不过看诗语及谢玄传，他后来是做了桓温的司马的，指挥他的侄子与苻坚作战，住在建康，那么现在的谢公墩，很可能就是当日携妓之处了。

王安石还有一段小故事，非常有名，那一首诗小时背得极熟：“我名公字偶相同，我屋公墩在眼中，公去我来墩属我，不应墩姓尚随公。”后人称之为“争墩”，那位与兵士以死力争，不得眠马于亭内的和尚，也给加上了“争墩”的雅号，其实是差得远了。

匆匆一看就下山来，感到满意。这种地方，是破败也有破败的好处的。如果一个好地方，名胜之区，看不见一位“同志”，在我，那反而是要感到意外而觉得“遗憾”的吧？

沿了原路回去，又经过了那两株古柏前面。——有的书上说是桧，远远望来是两株，近处看，是各有两株的，一共四株却分成了两组。一株已经上半枯萎了，另一株却还繁茂得很。

石观音寺

一个阴天。我离开了白鹭洲公园，在那一片苇塘里穿行。衰草寒烟，在这欲雨未雨的时候好像格外的迷蒙。说不出的一种凄清之感。稍走近城边，即是铁路。火车在铁轨上慢慢地爬着，上面有着各式各样的乘客，买小菜的佣妇，进城的大兵……，世界上也只有南京这都市在用火车作市内的交通工具的吧？

翻拣地图，寻找这东南一隅可还有什么地方可去。我发现了石观音寺。在秦淮女儿的口中，石观音寺是大大有名的。她们到这里来祈福、还愿，有如上海的虹庙。

行经菜园，由于浣米的乡女的指引，从那一片片近于瓦砾堆的破屋中间，寻到了路。远处有一所粉墙的庙宇，壁上大书四字："阿弥陀佛"，这就是了。

关于此寺，有一段南朝的可喜的故实：苏鹗：《杜阳杂编》："梁武帝好佛造浮屠，命萧子云飞白大书曰萧寺。及寺废，唐李约得一萧字，载归以名斋。"

萧斋的名字十分可喜。

这寺本名萧帝寺，后来大概因为萧梁亡国之后，旧址虽存，故名则不复在。宋朝改名为鹿苑寺。梁武帝萧衍好佛，大造浮屠。后来终于在台城上面饿死了。他所造的寺留传至今的恐怕也只有这一所了吧，虽然现在的石观音寺并不是当年的旧寺。

这寺也小得可怜，只有一间殿，有和尚一名，故尚不十分冷落。这和尚是颇有点演说能力的。在我踏进寺门以后，他就不住地在"说法"了。最后，他一指，对面墙上有一张纸贴在那儿，我抄了一点荒唐的典故。

钱塘陈退庵诗云："噩梦深宫事岂真，再来谬取蟒蛇身，便教礼尽梁王忏，难忏当年妒妇津"。"同夏之桥失旧居，里山遗冢亦荒芜。龙天王井今何在，尚有金瓶百味无。"

《南史》《武德郗后本传》："后酷妒忌，及化为龙，入于后宫，通梦于帝，或见形光彩，照灼帝体不安。龙辄激水腾涌于井上，帝置银辘轳金瓶，灌百味以祀之。”但是据《六朝记》的说法，则又两样：

“后讳徽，生而明慧，擅长隶书，女工之事亦所娴习。以故武帝宠爱专门，六宫无色。但郗后贤淑端庄，不以自傲，且深恐武帝耽逸深宫，不爱江山爱美人，殊非君王之道。遂化为毒龙，投殿庭井，以促武帝之警觉。帝感其德，册为龙天女。井上立祠，自梁迄陈，享祀不绝。”

因为是抄来的，并未对过原书，殊不知引书有无错误。且看那“不爱江山爱美人”的话头，就不大靠得住，一定是二十世纪的人才可以说得出口的话吧？而且这事也实在太离奇，恩爱的夫妻，如果想法要他不太耽逸深宫，方法正多，又何必跳下井去化为毒龙呢？

退庵的诗是不错的。这大抵又是一个深宫里的惨剧。女人的妒忌在民间会招来家庭的不安，在宫里就会有这种神秘的悲剧出现。萧衍佞佛，在杀妻以后，大约很有些心灵上的不安，于是，什么做梦、化龙之类的事出来了。如果交给伏罗特，大约又是一个绝好的研究题目吧！

和尚指引，走进殿的后部，打开了神龛外面的绸幕，里面端坐着石刻的佛像，就是那座石观音。莲台下面，就是“郗氏窟”，有着毒蛇的。

这里的地名是“蟒蛇仓”，也是说着这个故事。

和尚说，窟本来是可以看的，曾经有一位“好事者”，用了软尺吊下去，量量深度，尺吊完了，还没有见底。所以，他实在不知道这窟有多少深。后来，老和尚（他的师父吧?）恐怕小孩子失足落井，于是，用大石块盖上了，现在就不能看。

我却也并无去看一下那美丽的人首蛇身的“毒龙”的雅兴。

照那和尚说，这座石观音倒的确是六朝的原物。这个，我也不能懂，辨不出那雕法作风来。和尚说，这寺址沉湮已久。乾隆四十六年，有一位老和尚走过，在这荒山崖壁间，掘了一下土，发现了这座石佛，于是结了茅茨，募到了香火钱，造了辉煌的庙宇，可惜，兵燹之余，一把火烧光了。现在只剩下了这寒伧的几间破屋子。

朱偰的《金陵古迹图考》上说：“正殿……石壁有宋管仲姬画大士石刻。”

这石刻却被我在殿壁上发现了。和尚说是因为行将毁坏，由他凿了下来，镶在壁上了。看看那像，却并不是管夫人的手笔。题：“延祐四年六月廿七日吴兴赵孟頫写。”刻得甚劣，衣褶生硬。好像是从什么模本上拓的，而且刻手也是一位低能的匠人。

周处读书台

正在石观音寺的左边，是晋周处的读书台。

进门以后，有假山，怪石孤松，非常清疏，高处有一座享堂，现在已经是小学了。我走进庭中，他们正好在上课。被校长让了进去。在享堂中看了一下，倒还十分整洁。周孝侯是宜兴人，这里也是宜兴同乡会的产业，管理得十分完整。

在神龛里，挂了一张石刻画像的拓本，看看真是豹头环眼，十足的流氓相，前边的牌位上题了“晋散骑常侍平西将军周孝侯讳处字子隐之位”。周君是颇有点小名气的，小时本是无赖，不齿于乡里，后来竟被乡人与南山之虎、长桥之蛟并称三害，周君一怒，射虎斩蛟，自己也变成好人，一时而三害都去，千古之下传为美谈。

周孝侯浪子回头开始念书的时候，比起苏洵来还晚一点，已经三十岁了。他所从的师父也是有名的，是当时的才子陆机、陆云。这里得补充一句，在金陵城里这西南一隅里，正是六朝士大夫的萃聚之所。与石观音寺遥遥相对的鹫峰寺，就是江令（总）的遗宅。

京戏中有《除三害》，周处也是被画成了大花脸的。我不曾看过这戏，悬想只是描写他怎样射虎斩蛟，大打一场而已。大约未必描写他怎样读书。

已经枪毙了的梁鸿志，做过几首《金陵杂诗》。这是我在一册旧《国闻周报》上的“采风录”中看到的。想想那时的“诗坛”，真是“盛”得很，“诗人”中有王揖唐、汪精卫、梁鸿志、黄秋岳、吴达诠（前溪）冒鹤亭、乔大壮、龙沐勋等，豪兴不浅，每星期必满凑一页。曾几何时，现在不但有许多成了“古人”，有许多也化为了“异物”，别来无恙，近况甚佳的，也不是没有。闲话少说，梁鸿志的《金陵杂诗》中“周处读书台”的一首云：

“折节为儒勇者徒，山堂垂圮见规模。群儿自贵矜身手，翻笑先生好读书"，诗作于民二十三四年许。那时梁以北洋遗孽的身份，潦倒不堪，所以诗中大有讽刺的意思。不料他后来也显了一下身手，终至枪毙，这在与他唱和的老朋友看来，大约也是值得感慨的吧？

绛云书卷美人图

短短两月的南京做客，曾到盋山精舍看书五次。第一次到藏书楼上去向典守借看一部蝶装的书，偶然地看到了黄荛圃旧藏的元刻《乐府新编阳春白雪》，更偶然的是在卷前发现了河东君的小像。第二次冒雨登楼去照了一张相。第三次花了一个早晨仔细地看了这部书，于是觉得与柳夫人颇有一点稔熟了。因为那部《阳春白雪》是惠香阁的旧藏，而且有柳夫人校改的手迹的。

先抄一点黄跋：

"元刻阳春白雪为钱塘何梦华藏书。矜贵之至，因其是惠香阁物也。惠香阁初不知为谁所居，梦华云是柳如是所居。兹卷中有牧翁印，有钱受之印，有女史印，其为柳如是所藏无疑。'惜玉怜香'一印殆亦东涧所钤者。卷中又有墨笔校勘，笔姿秀媚，识者指为柳书，余未敢定也……"

这是嘉庆十四年正月廿八日的题跋，过了两年，复翁又在原跋后面加上了一段话：

"越岁辛未中春廿有二日，钱塘陈曼生偕其弟云伯同过余斋，出此相示。因云伯去年曾摄常熟邑篆，有修柳如是墓一事。于河东君手迹亦有见者。兹以校字证之，云伯以为然，当不谬也。”

这里就更肯定了这书是曾经柳君校过的了。我翻看原书，在卷之一《前集》中发现“牧翁”长方小印，“惜玉怜香”小圆印，“惠香阁读书记”长方印，“钱”“受”“之”圆、方、三角形小印，下面是“女史”的小方印，纸色极黄旧，仔细地看，才看到蝇头细字的校改地方，字迹的确非常秀媚，不过有的地方写得颇幼稚，又好像是用秃笔所书。除了原印模糊重加描画之处还常有改正误字的地方，更还有注，如卷四底叶的一行字，“德胜乐白仁甫八段得胜会殿前缺四叶要抄补。”可知当日是曾用另一本对校过的。更令我想起一事，柳君之所以对这本《阳春白雪》特别有兴致，大抵因为这都是一些小令套数，在作歌女时这些对她应该是熟习的。校书之时，当在嫔钱之后，重翻此谱，感触前尘，因为之仔细评定的吧？

柳如是

柳在明末的女伎中，可以算是一个代表人物。她虽然没有像陈圆圆那样的“以一身系天下之安危”然而因为曾经是“江左三家”的首领钱牧斋的爱妾的关系，名气也大得很。而且她的遭时不偶，运气之坏，似乎也不下于其他几位。不过李香君有人给她作了《桃花扇》，陈圆圆也博得一首《圆圆曲》，董小宛更是热闹得很，命运比较最寂寞的是柳如是与顾横波了。作为一部娼女传，来看看她们的身世，正可以反映出多少事情，如果想看看南明社会的全貌的话，极好的素题应当是着落在她们身上的。

最显明的一点，她们都是“才女”。我在故宫书画展里曾经看见过马湘兰的画兰，的确是美得很，不下于男才子唐伯虎一流人。关于柳如是。《觚賸》纪云：

“柳如是名是，一字蘼芜，本名爱，柳其寓姓也。丰姿逸丽，翩若惊鸿。性嫕慧，赋诗辄工，尤长近体七言。作书得虞褚法。”

她们又极喜与文人相来往，当时的士人好像也并不以狎妓为不道德，看看一般清流如吴梅村、冒辟疆、侯方域都在文集中畅谈其与妓女的交往可知。这是很可注意的一点，可以看出晚明的社会风气，当时似乎已经不是一入娼门即不能吃冷猪肉的情形，复社诸君子大骂阮大铖，主持正义，他们的办事处就正是这些才女的妆阁。使我觉得有趣的是第一个与柳如是发生关系的正是当时清流的盟主、复社党魁的张溥（天如）。“觚賸”记：

“先是我邑盛泽归家院有名妓徐佛者，能琴，善画兰草。虽僻居湖市，而四方才流，履满其室。丙子春，娄东张西铭以庶常在假，过吴江泊垂虹亭下，易小舟访之。佛他适，其弟子曰杨爱，色美于徐，绮谈雅什，亦复过之。西铭一见倾意，携至垂虹，缱绻而别。”

从此柳即颇自负，身价也高了起来。三吴之间的那些膏粱纨袴，在她看来，都成为“木偶”了。那些摇头晃脑，大做帖括文章的举子，在她看来也都成了“伧父”。她觉得委身之人非得要“博学好古，旷代逸才”不可，她开始去追求男人了，第二个目标是陈卧子。那时农民起义已经大起，天下骚乱，柳如是移居松江。世纪末的时代感靡漫江南。虽然时局是那样的坏，可是妓院的生意却并不因而减色。

“（柳）闻茸城陈卧子为云间绣虎，移家结邻，觊有所遇。维时海内鼎沸，严关重镇，半化丘墟，虎旅熊师，日闻挠败。黄巾交于伊洛，赤羽迫于淮徐。而江左士大夫曾无延林之恐，益事宴游。其于征色选声，极意精讨，以此狭邪红粉，各以容伎相尚，而一时喧誉，独推章台。居松久之，屡以刺谒陈，陈严正不易近，且观其名纸，自称女弟，意滋不悦。”

从这里可以看出当时的风气，妓女可以拿片子拜客，而且自称女弟，俨然女名士。柳曾有一卷《河东君尺牍》。尺牍中柳自称“弟”，在三百年前这实在是惊世骇俗的事。尺牍，文情俱胜，虽然不脱华绮，然而绝不俚俗。比起并世的山人文学来高明得多，更无论现在的假小品，鸳蝶派了。选抄一笺：

“鹃声雨梦，遂若与先生为隔世游矣。至归途黯瑟，惟有轻浪萍花与断魂杨柳耳。回想先生种种深情，应如铜台高揭，汉水西流，岂止桃花千尺也。但离别微茫，非若麻姑方平，则为刘阮重来耳。秋间之约，尚怀渺渺，所望于先生维持之矣。便羽即当续及。昔人相思字每付之断鸿声里，弟于先生亦正如是。书次惘然。”

柳用了这种豪爽不羁的态度去追求陈卧子，使他很不舒服，不置答。“柳恚，登门骂陈曰，风尘中不辨物色，何足为

天下名士。”（《板桥杂记补》）

这次追求失败了，女人是好胜的，追求陈不成，更进一步去找比陈资望更高的人物去：

“而虞山宗伯与陈齐望，巍科瞻学，又于陈为先辈。因昌言于人日，天下唯虞山钱学士始可言才，我非才如学士者不嫁。”

关于柳钱的初遇，有两种不同的说法。《板桥杂记补》中《柳如是轶事》称：

“闻虞山有钱学士谦益者，实为当今李杜。欲一见其丰裁，乃驾扁舟来虞，为士人妆。坐肩舆造钱投谒。易杨以柳，易爱以是。刺入，钱辞以他往，盖目之为俗士也。柳于诗内微露色相，牧翁得其诗，大惊，诘阍者曰：昨投诗者士人乎？阍者曰：士人也。牧翁愈疑。急登舆访柳于舟中，则嫣然一美姝也。……”

《虞初新志》则称：“而宗伯公亦雅重之曰：昔人以游蓬岛宴桃溪，不如一见温仲圭，可当吾世失此人乎？遂因缘委币。”则是经过门客的传语之后，钱自己去迎了来的了。

牧斋的学生顾苓曾绘《河东君初访半野堂小影》，上附柳传，描写初会时情形谓：

“崇祯庚辰冬，扁舟访宗伯，幅巾弓鞋，著男子服，语言便给，神情洒落，有林下风。”

无论顾氏所描写的与“轶事”所记，都说柳是“士人装”的。这与装于《阳春白雪》卷首的一幅小像相同。那张像画于宣纸上，作圆形。图中人戴了幅巾，宽袖，笼手，颇像现在的道士装。眉目萧疏，面容丰腴。照全谢山的说法，当时柳年二十四。《小影》后面的《古梅华源木义庵白牛道者》的题跋说："吾友减堂氏为余言，是身材不逾中人，而色甚艳。冬月御单夹衣，双颊作朝霞色。即之体温然。……"

柳归钱后，牧斋为筑绛云楼、我闻室。适为岁暮，"促席围炉，相与饯岁。"这以后他们过的是才子佳人的快乐日子，绛云楼的藏书是有名的，检书，下棋，作诗，日夕晤对。有一联诗云："争先石鼎搜联句，薄暮银镫算劫棋。"实在快乐得很。柳更帮助了钱的著作生涯，"宗伯吟披之好，晚龄益笃，图史校雠，惟柳是问。每于画眉余暇，临文有所讨论，柳辄上楼翻阅，虽漂缃浮栋，而某书某卷，拈示尖纤，百不失一。或用事微有舛讹，随亦辨正。宗伯悦其慧解，益加怜重。"《觚賸》

据顾苓所说，钱不但"怜重"，而且是非常"宠惮"她的。如《牧翁事迹》中所记的一条：

"一门生具腆仪，走干仆，自远省奉缄于牧翁，内列古书中僻字数十条，恳师剖晰。牧翁逐条裁答，复出己见，详加论定。中有昔昔盐三事，尚待凝思。柳姬如是从旁笑曰，太史公腹中书乃告窘耶？是出古乐府，昔昔盐乃歌行体之一耳。盐宜读行，想俗音沿讹也。牧翁亦笑曰，余老健忘，若子之年，何待起予。"

不但是闺中的良伴，有时还代钱见客，《河东君传》：

"客有挟著述愿登龙门者，杂沓而至，几无虚日。钱或倦见客，柳即与酬应。时或貂冠锦靴，时或羽衣霞帔，清辩泉流，座客为之倾倒。客当答拜者，则肩笋舆，随女奴，代主人过访于逆旅，即事指题，共相唱和，竟日盘桓，牧翁殊不芥蒂，尝曰：‘此我高弟，亦良记室也。’戏称为柳儒士。”

绛云灾后移居红豆山庄时的生活，是快乐的，美满的。在中国旧式文人的心目中，才子佳人，什么事比这个还更可希求呢？无怪别人要以“神仙”目之了。不过说来也可笑。他们结合的时候，柳年二十四，钱收斋却已六十四了。《觚賸》记：

“方宗伯初遇柳时，黝颜鲐背，发已鬖鬖斑白，而柳则盛鬋堆鸦，凝脂竟体。燕尔之夕。钱曰，我甚爱卿如云之墨如玉之白也。柳曰：我亦甚爱君发如妾之肤，肤如妾之发也。因相与大笑。故当时酬赠有风前柳欲窥青眼，雪里山应想白头之句。”这与赵孟頫管夫人的故事同为竞传人口的“世说”。

郁达夫《娱霞杂载》中录柳如是《春日我闻室》一诗，多排误，各书亦多异字，现在来校正一下附在后面，诗作得非常曼妙，有一种骀荡之致：

“裁红晕碧泪漫漫，南国春来正薄寒。此去柳花如梦里，向来烟月是愁端。画堂消息何人晓，宝镜容颜独自看。珍重君家兰桂室，春风取次一凭阑。”

盋山图书馆藏的《阳春白雪》，照黄丕烈跋，说是绛云楼的烬余。可能就是当时钱柳一同过着快乐的日子中所校，《绛云楼俊遇》中记一事云：

“柳夫人生一女，嫁无锡赵编修玉森之子。柳以爱女故，招婿至虞。同居于红豆村。后柳殁，其婿携柳小照至锡，赵之姻戚，咸得式瞻焉。其容瘦小，而意态悠娴，丰神秀媚。帧幅间几呼之欲活矣。坐一榻，一手倚几，一手执编，牙签标轴，浮积几榻，自跋数语于幅端，知写照时，适牧翁选列朝诗，其中闺秀一集，柳为勘定。故即景写图也。”

《柳如是事辑》，雪苑怀圃居士录，光绪癸卯刻，中记“春浮园集”一条，也颇有趣，因用作这一段的殿尾：

“钱牧老语余言，每诗文成笔以示柳夫人，当得意处，夫人辄凝睇注视，赏咏终日。”

钱谦益与阮大铖交结，夏允彝的《幸存录》中本有纪录，不过现在却看不见了。全祖望《鲒埼亭集外编》跋《幸存录》云：

“幸存录有二本，其一稍详，且志阮大铖语曰‘此敝门生钱谦益也。’而一本无之。愚疑前一本乃足本，若芟之者，乃丙戌以后，东涧之客代为洗雪而削去之耳。”这里的阀阅势力真不小，竟与清朝皇帝的修四库有同等的力量，而且还要大一些。晚明史籍，本多禁书，今更经此一删，遂使后世无法得知他们的渊源。钱谦益经马阮的援引，于弘光称帝以后，到小朝廷中去做了一个闲官——礼部尚书。当然也带了柳如是同行。柳君仍不脱女光棍的作风，《续幸存录》云：

“阮圆海誓师江上，衣素蟒，围碧玉，见者叱为梨园装束，钱谦益家妓为妻者柳隐冠插雉羽，戎服入国门，如明妃出塞状。大兵大礼皆倡优排演之场，欲国之不亡，安可得哉！”《鹿樵纪闻》也有同样的记载。不过在《牧翁事略》

中，就别有一番解释，这种荒唐举动，一变而为“名士风流”了。

“弘光僭立，牧翁应召。柳夫人从之。道出丹阳，同车携手，或令柳策驴而己随其后，私语柳曰：此一幅昭君出塞图也。邑中遂喧传钱令柳扮昭君故事，招摇道路。悠悠之口，固可畏哉。”我想这大抵也是“东涧之客”所作的书，所以立言如此。

钱谦益本是东林中人，在北都时曾与周延儒闹过意见的。现在投入了马阮门下，奉表称扬马阮的功德，本已人格扫地了，夏淳古更骂他“淫昏献妾”，这献的就正是柳如是。《明季北略》：

“大铖据要津，虞山末路失节投之。一日，觞阮于家。以其妾出为奉酒。阮赠以珠冠一顶，价值千金。钱命柳谢阮，且移席近阮，其丑状令人欲呕。”这真是丑。其实这种侑酒的事，在钱谦益已经是招待客人的常规了，并不希奇的。即使如此，马阮的旧憾仍未尽释，想借妖僧大悲一案罗织谦益，后来钱以疏得解。

清兵渡江，谦益投降。这时，据说曾经有过这样一件事：

“乙酉五月之变，柳夫人劝牧翁曰：是宜取义全大节，以副盛名。牧翁有难色，柳奋身欲沉池水中，持之，不得入。其时长洲沈明伦馆于牧翁家，其亲见归说如此。”

投降的一幕也是非常丑恶的。记得在什么书上还看见过他献给豫王的一张礼物的清单。有金器玉器数十百件，据说钱还说他是清官，没有家财，这还算是一份“薄礼”。迎降时青衣小帽，俯伏道旁，丑态毕露，天寒手冻，也无暇翻书具引了。只在《鹿樵纪闻》中抄一点。当时清兵已至，大臣聚议，有两种办法，争议未决。一种是从福王逃走，另一种是留在南京。有人大声地说："今日之事，从驾为轻，保国为重；吾辈当图其重。"这说法正与数年前的一些人所标榜的苦留陷区，保存××之类的相同。其实这第二策即是投降的障眼法，我们且看钱谦益如何"保国"：

"翌日，豫王兵至城下，见门未启，遣使呼曰：既迎天兵，何闭也？有老人登陴应曰：自五鼓候此，待城中稍定，即出谒。骑曰：若为谁？复自噶曰：礼部尚书钱谦益。"

这样，钱谦益就又做了清朝的礼部右侍郎。不过这投机也没有什么好结果，不久退归林下，又因为点小事给捉了起来。去救他的还是柳如是：

"牧翁事本朝亦不得志。以礼部侍郎内宏文院学士还乡里。丁亥忽为蜚语所中，被急徵。河东君实为职橐饘。长君孙爱性暗懦，一筹莫展。牧翁于金陵狱中和东坡御史台寄弟诗有'恸哭临江无孝子，从行赴难有贤妻'，盖纪实也。孙爱见此诗，恐为人口实，托翁所知，百计请改孝子二字。今集中刻壮子，是更定者。"

这真与现在在老虎桥中作诗的故事相象。而那些大汉奸夫人的辇金奔走，也是有着前例的：

"牧翁妾柳氏，宠嬖非常，丁亥被逮，柳氏束装挈重贿北上。先入燕京，贿于权要，曲为斡旋，然后牧翁徐到。竟得释放，生还里门。始知此妇才智，又不当以闺阁细谨律之

矣。”（《野语秘集》）

从此，牧斋就又回到了红豆山庄，过着与河东君“吟咏，茗椀，薰铲，绣床禅板”的生活。钱有一诗：“青袍便拟休官去，红粉还能入道无？筵散酒醒成一笑，鬓丝禅榻正疏芜。”其心情之荒寂可想。他对这一位如夫人，真是感激、佩服，无话可说，对她更非常畏惮，有这样一件故事流传：

“后牧翁偕柳游拂水山庄，见石涧流泉，澄洁可爱。牧翁欲濯足其中，而不胜前却。柳笑而戏语曰：此沟渠水，岂秦淮河耶？牧翁有恧容。”（绛云楼俊遇）

这是承接着上面一段柳劝钱殉节之后的故事。话说的固然极妙，但是也更有一种凄苦之情。她选择了这样一位丈夫，结果却失望若此。这在笑语中是含有多少凄凉的。我直觉的断定这正是真实，并非后之“好事者”编造出来的。这么一句波俏的声口，插入上面所写的河东君的故事中，就正画出了活泼泼的一个不平凡的女性。

钱牧斋晚年的政治生涯，失节投机，不用说旁人，连柳夫人也是不赞成的。曹倦圃（溶）《绛云楼书目》题词中云：“（宗伯）晚岁浮沉南国，操委蛇术容其身。所荐某某，大异平居所持论，物望为之顿减。入北未久，称疾告归。”似乎还为他辩护。牧斋回到虞山的红豆山庄，整理绛云楼的藏书，自己说：“我晚而贫，书则可云富矣。”想从事编国史（明史）的工作。不过绛云楼旋即被灾，奇书秘册，一时都尽。遂大懊伤，柳夫人也不自得，女儿出嫁以后，也下发入道了，这以后即是钱牧斋的死。

“踰二年而宗伯病，柳闻之自村奔候。未几，宗伯捐馆，柳留城守丧，不及归也。初宗伯与其族素不相睦，乃托言宗伯旧有所负。枭悍之徒，聚百人交讧于堂。柳泫然曰，家有长嫡，义不坐受凌削，未亡人奁有薄资，留固无用，当捐此以赂凶而纾难，立出帑千金授之。诘朝喧集如故。柳遣问曰，今将奚为？宗人曰，昨所颁者，夫人之长物耳，未足以赡族。长君华馆连云，腴田错绮，独不可割其半以给贫窭耶？嗣子惧不敢出。柳自念欲餍其求则如宋之割地，地不尽兵不止，非计也。乃密召宗伯懿亲及门人素厚者，复纠纪纲之仆数辈，部画已定，与之誓曰：苟念旧德，勿渝此言，咸应曰诺。柳出厅事婉以致辞曰，妾之赀尽矣。诚不足为赠，期以明日，置酒合宴，其有所须，多寡惟命。府君之业固在，不我惜也，众始解散。是夕执豕烹羔，肆筵设席。申旦而群宗麇至，柳谕使列坐丧次，潜令健者阖其前扉，乃入室登荣木楼，若将持物以出者，逡巡久之，家人心讶，入视，则已投缳毕命。而大书于壁曰：并力缚饮者，而后报官。嗣君见之，与家人相向号恸，绋绎之属，先一日预聚于室，随出以尽缚凶党。门闭无得脱者。须臾邑令至，穷治得实。系凶于狱，以其事上闻，置之法”。（《觚賸》）

世俗嘲笑女人的看家伎俩是一哭二闹三上吊，盖以无赖目之。柳夫人的生平行径是绝对没有无赖的成分的。然而却终于不得不投缳了事，中国旧式大家庭的悲剧，一个出身不正的女人的被凌视，人情之险诈，这里写尽了。

上面《觚賸》记载的还是外人的传闻之词。《钱氏家变录》中更有《柳夫人遗嘱》一首：

“汝父死后，先是某某并无起头，竟来面前大骂。某某还道我有银，差遵王来逼迫。遵王某某，皆是汝父极亲切之人，竟是如此诈我。钱天章犯罪，是我劝汝父一力救出。今反先串张国贤，骗去官银官契，献与某某。当时原云诸事消释，谁知又逼汝兄之田，献与某某。赖我银子，反开虚账，来逼我命。无一人念及汝父者。家人尽皆捉去，汝年纪幼小，不知我之苦处，手无三两，立索三千金。逼得汝与官人进退无门，可痛可恨也。我想汝兄妹二人，必然性命不保。我来汝家二十五年，从不受人之气，今竟当面凌辱，我不得不死。但我死之后，汝事兄嫂，如事父母，我之冤仇，汝当同哥哥出头露面，拜求汝父相知。我愬阴司，汝父决不轻放一人。垂绝书示小姐。”

这遗嘱中所说威逼主使的某某是钱朝鼎，入仕清朝，官至御史。汝兄是钱儒饴，官人是指的小姐的丈夫，无锡赵玉森编修之子，名赵管。“小姐”是柳夫人所生，辛丑赘婿赵管，年仅十四，家变在甲辰，年才十七。所以说是“年纪幼小”。

推算柳夫人得年四十九。初嫁牧斋年二十四，遗嘱中说“来汝家二十五年”，合计之为四十九。

使人感慨的是牧斋死后，威逼孤寡的人物中有钱遵王在。《读书敏求记》赵孟升序曰：“遵王钱先生，牧翁之老孙子也，以布衣聚书”，遵王在敏求记中也有过这样的话：“牧翁绛云楼，读书者之藏书也。赵清常脉望馆，藏书者之藏书也。

清常没，其书尽归牧翁。武康山中白昼鬼哭，嗜书之精爽若是，然绛云一烬之后，凡清常手校秘抄书，都未为六丁取去，牧翁悉作蔡邕之赠。”是绛云楼灾后，牧斋将藏书珍秘，一齐赠予了遵王。在《初学集》中，有“钱遵王诗序”和与遵王的唱和诗，钱笺杜诗，亦标明分校字样。两人的形迹相亲如此，而牧翁死后，遵王却是第一个来争产的人，世情如此，真使人不及料，殊无怪归元恭骂钱遵王是“狗彘不食其余”也。

柳夫人墓在虞山麓拂水山庄遗址，前为秋水阁，旁为耦耕堂，道光初年陈云伯宰常熟，重为修治，清查揆梅史撰“河东君墓碣”。前面所引黄荛圃跋，所说即是此事。

快园

在中国历代皇帝中，明武宗是个特别的人物。

皇帝的类型甚多，有聪明的，有傻子，有文学家，画家，有天才的木匠，有……总而言之，那花样，实在是多得很。不过要找一个真正浪漫的家伙，却不大容易。而在浪漫之中还有着豪爽，阔大，英武……种种成分，就更为难得。我常想要找真正“豪爽”的人，是非在帝王家里去寻不可的。因为他们有一份“大家业”，足资挥霍。不过愈是有钱愈是吝啬的，也不是没有。有些皇帝就小气得可怜，因此，象明武宗那样手面阔大的皇帝就很难得。

正史中因为不好意思讲皇帝的坏话，所以在明史中不大能看到明武宗的真面目，毛奇龄有一册《明武宗外纪》，抄列轶事甚多，可备观览，不过那也不过是从《明实录》中辑出的，还不能算十分完备。在明朝人的笔记中，材料还多得很。现在只说一下他在正德十五年南巡时在南京的故事。

武宗一生最喜欢游幸。正如京戏《游龙戏凤》中所说，他是住不惯那大圈圈中的小圈圈，小圈圈中的黄圈圈的。只要住得稍久，就好像要发狂的样子了。这时就要出幸，有时一声不响，一个人一走了之。如果有什么人要来劝的话，就请他吃板子——庭杖，还要在大殿上罚跪五天之久。武宗生平足迹最常到的地方是口外宣化大同一带。南游只有一次，也带了一个女人，不过这并非李凤姐而是“刘娘娘”。

《历代小史》中《皇明纪略》有一段云：

“武宗尝狎边妓刘氏，时称为刘娘娘，刘恃宠略不以上为意。苟有所忤，辄称病不起。上为之失措。然多所规辅，苏杭之行决矣，而刘以百计止之。上幸镇江，刘辄先过江，遣人促驾，刻期以返。于是众不以为怨，竟免于祸。”

正德己卯，宸濠反，王守仁已经将乱事平定下去了。不过他还是借了这个机会到南方去玩了一趟，《西园杂记》说是左右所导，我看这倒不一定：

“至六月，宸濠果反。七月就擒矣，左右贪功者复导上亲征，欲归功于己。上乃挟所爱刘娼南行。驻驿南都者几一年。”

在南都的一年中，轶事甚多，最使我佩服的是在扬州的一件事。《皇明纪略》记：

“正德戊寅冬，驾幸扬州。河冰方合，上问何时当解。江彬对曰：立春，然尚有旬余日也。上曰：春迎之即至耳，焉能俟之！命迎春于扬州之东郊。明日百花盛开，河水澌，臣民骇睹。”

这真是非天真得与儿童一般才能做出的事吧？而这一“天真”又是那么真实。五百年后，我们看了这段故事，殊无法发现他在这一举措中会含了什么“政治意义”，真可佩服，拿破仑说他的字典中没有“难”字，虽然似乎也颇“天真”，不过那就差得太远了。

像这样的故事，为《外纪》所不载的，还可以举出两事，这都见于杨仪的《明良记》中：

“武宗久不御内。自大同还，忽趋入宫。夏后见帝，因泣下。帝曰：皇后何日来太瘦？着光禄司进膳，加肥鹅一只。”

“武宗在宫中，偶见黄葱。实气促之作声为戏。宦官遂以车载进御，葱价陡贵数月。”

明朝的皇帝，能做出这样“妙事”来的，再也没有了。后来终于弄得国本空虚，难怪有人说明朝之亡，武宗要负一大部分责任。在南京，统兵官江彬的势力最大，大家都说他要造反，可是武宗自己是不知道的。江彬每当派人去向地方官要钱，那时的应天府丞的应付办法是颇妙的。《金陵琐事》记：

“（寇）躯体颀硕，眼微近视。每日带山帽，穿一撒坐堂。自供应朝廷之外，一毫不妄用。若江彬有所需，每差人来，寇佯为不见。直至堂上，方起坐立语，呼为钦差。语之曰：‘南京百姓穷，仓库又没钱粮，无可措办。府丞所以只穿小衣坐衙，专待拿耳。'差人无可奈何，径去回话。每次如此，江彬知不可动，后亦不复来矣。"又有一段，说江彬蓄异谋，所带的边卒都是"躯体颀硕"的，南京的官儿却选了"矮小精悍"的教师，角力时每将大汉打倒。这也使江彬无法。

武宗在南京还是好游猎：

"武宗在南京，幸牛首山。夜惊，人马辟易。马兽号鸣。次夜复尔。帝疑有变，乃夜驰归。"（明良记）

这据说也是江彬所弄的花样。

在南京时，一天，与仁渊到夫子庙去喝茶。吃小笼包子，随手翻看朱偰的《金陵古迹图考》，忽然发现了"快园"这地方。朱偰未注出处，现在在《金陵琐事》中找到了原本：

"弇洲山人四部稿，载金陵名园十余处，殊无艳羡语。当司寇宦游时，诸园半已荒芜，其无艳羡语者宜也。乃徐子仁之快园未曾言及，何也？子仁诗才笔阵，丹书乐府，足称能品，如此园主，已自难得。况武宗幸其家，钓鱼于园池，得一金鱼，宦官高价争买之，武宗取笑而已。又失足落水中，衣服尽湿。此事古今罕闻，岂诸园之可同乎？园有浴龙池，纪其实也。"这快园就在箍桶巷，过了河，没有好远就是了。徐子仁是徐宁，这花园曾经几度易主，清时曾为凌霄所得。照朱书所说，"今虽废为丘墟，而春水鸭栏，夹以桃柳，土人犹呼为小西湖焉。"足见还是颇好的地方。一时高兴，付了茶钱，走过文德桥，穿过乌衣巷，去找快园遗址去，不料始终摸不到地方，箍桶巷是已经到了的，却不见有什么"春水鸭栏”，向老太婆去问什么快园是不会晓得的。灵机一动，找了一位小朋友，问他“小西湖”，果然有效，小朋友用了南京腔，热诚地指示，说穿过那条弄堂，就是“小西湖”了。走了过去，满巷全是污泥，尽头一片菜园，有一湾臭水，旁边就是粪坑，有几位正在那里方便。鸭子固然没有，柳树也不见，只是在那一湾浊水中，似乎还看到了废亭的遗址。

南京人的“风雅”是可佩的。这样的地方，他们却叫作“小西湖”。想想五百年前那个好玩的皇帝，钓鱼不慎，就是掉到这样一湾臭水里去时，不禁失笑。觉得滑稽得很。除了这个，要再找明武宗在南京的遗迹，也实在没有了。

随园

我对袁子才一向没有好感。说一句不敬的话，觉得还是在《子不语》中的假古董——《控鹤监秘记》写得呒啥，《随园诗话》虽然大大有名，我在小时候也并不喜读；不知何故，对他那种顾影自怜的名士才情始终不能欣赏，实在是无可如何的事。

关于袁子才的故事，人们一定都是熟习的，我也没有兴趣去多讲。这次在南京，随园遗址却去了两次，照了一些照片。这地方是在上海路与珠江路交界的地方，一片土山——即是小仓山。上面杂植了榆柳，袁简斋的墓就在上面。南京的普通市民实在已经比不上《儒林外史》中的“贩夫走卒”，不但没有“六朝烟水气”，问问他们袁随园，也大抵是不晓得的，他们熟习的倒是在上海路侧日本人造的钢骨水泥的神社大门。

小仓山——那一片土山，在我看来真是毫不足道，不过袁子才却说得它天花乱坠，如何的了不得。他的措词，真是妙得很，他说：

“凡称金陵之胜者，南曰雨花台，西南曰莫愁湖，北曰钟山，东曰冶城，东北曰孝陵，曰鸡鸣寺。登小仓山，诸景隆然上浮，凡江湖之大，云雨之变，非山之所有者，皆山之所有也。”（随园记）

说来有如许好处，其实全是别人的，他不过是站在那个土堆子上面看看而已。

后面又说他怎样舍不得这个园子，而不惜弃了官，肉麻已极。

一天，从美大使馆出来，天色尚早，而阴阴欲雨，在上海路的转角处看见了两座用砖砌起来的门楼，上面横着一个用洋铅皮作的门额，黑漆，白字，写着“清袁随园先生墓”。字迹已经模糊得很了，看那字体，大概是吴稚晖先生的手笔。走进去，左近是赶马车人的住居。有几匹马在那里吃草。再向前走就有一条小道爬上土山去。在那道旁，有一块石柱础般的界碑，已经向右倾斜下去了。四周雕了细致的花纹，上面写了“皇清袁随园先生墓道”。上了土山，向右面一转，有一个土围子，里边平列了三座坟。最右面的一座是袁简斋与他的太太王太宜人合葬的。左面的两个坟，全是袁公的侧室，每墓三人，共有姨太太六名之多。袁的父母的墓则在三墓之后。

袁墓前的碑只有小小一块，如果不是仔细地看恐怕看不出了。我站在高处，默想着袁枚的大收女弟子，多讨姨太太，即在他的《随园廿四咏》中的咏梅花玉兰的诗中，也有“素女三千人，乱笑含春风”的句子，还有他的与人书中论生子的妙解。难怪其被世人所欢喜赞叹，而奉之为“风流盟主”也。

袁子才曾因孔双湖太守禁秦淮妓，而大打不平，作诗若干首，有几首很妙：

“追溯唐虞太古风，早留此辈可怜虫。三皇也有洪厓妓，曾载康熙字典中。”

“棨戟横排太守衙，威行八县唤民爷。如何济世安民略，只管河阳几树花。”

“女闾三百置当垆，齐国曾供士大夫。此日闻声吃虚警，弹章合到管夷吾。”

赵瓯北对他的这种“义举”也表示钦佩，因为那时袁已经是“八十衰翁”了。其实上面所说的话，也并不算新奇。而且随便拿来骂任何时代的官吏也都无不可。他们总之是没有一定的见解的，一个说要禁，一个说要弛，禁禁弛弛，官儿才有事作，而且也达到了“徒教胥吏添生计”的效果，也就是所谓“官分买笑金”。时代虽然已经不同，事实终究还是一样的，所谓“古已有之”，也就是袁子才所说的“见于康熙字典”也。

翻看朱书，“袁子才先生祠，破椽一楹，当乾河沿北，今又筑为马路，随园旧迹，扫地尽矣。”

就去找那只有一楹破椽的袁祠，问讯之余，知道有一位替袁家看守祭田的人家，住在高处，他们是知道的。这地方是在所谓乾河沿北，有小石阶，上面有一棵古槐，枝条已经枯了，上面有一只乌鸦窠。看看墙上的路名牌，正写了“随园”两字。

找了许久，在后面的一间小房中找到了那祭户，他说袁子才祠堂早已没有了，已经改为一座小洋房，这小洋房大约是敌伪产业，没有人住，上面贴着封条。

梅园

这是一个我们十分熟习的地方。

名字极其风雅，然而其实却不然，正如郭沫若先生所说，是既没有梅花也没有什么园的。我遍查了书，也不曾发现这儿曾经有过什么故迹。梅园之前是竺桥，大悲巷，有一座极小极俗的庙宇——大悲禅林。我联想到南明时轰动一时的妖僧大悲的案子。但也不知道这两个大悲是不是有关系。

我来到南京的第一天的下午，就到这里来参加了周恩来先生的记者招待会，那是在一间小小的客厅中举行的。比重庆时代中共代表团的客厅大了一点，然而也还是容纳不下那样多的记者。周一向是不大坐的，当他走进来的时候，房内大约已经是客满的了。这时他或者靠了门，或者站在靠墙的地图下面，开始他的谈话，这谈话是极具风趣的，在我所曾经参加过的记者招待会中，这是唯一的可以不感觉记录枯燥为难的会。

周先生回答问题的才能是极可钦佩的。无论正面反面侧面，尖锐的，笼统的，或甚至有些锋芒透露得使人难以回答的问题，他回答起来都不成问题，而且往往都是妙趣横生的。有时离开了对原题的注意力，神往于他的辞锋的所及，以哄堂大笑作了结束。

招待会往往经历三四小时之久，笔记簿写满十余张，然而从不使人感觉疲倦。董老（必武）的风度极雍容，穿着参加旧金山会议时所作的西装，皮鞋，说起话来，极浓重的湖北官话颇不易使人听懂，尤其是当和谈进入牛角尖的时期，恩来先生去沪，有两次去找董老闲谈，很难获得线索。董老的风度与留在重庆的吴老（玉章），都最不易使人忘怀。有一次，在重庆看到吴老穿了熟罗绸衫，拿了折扇，飘然在中三路上走着，的确很有点旧时代文酒风流的文士的飘逸的风致。

如果要找一个理由，说明梅园得名的由来，梅益先生住在这里面，应该是一个极妙的解释。梅先生广东人，说一口不错的国语，态度极诚恳，回答问题从不做推托之词。他自己说他惟一可以自诩的一点，也就是说实话吧。这是说明新华社与中共发言人的态度的。他发言极谨慎，虽然闲谈时极爽直。当大同围城与张垣攻守两役，他都极审慎地发表战讯。

梅园新村十七号像一座堡垒，在那一条并不风雅的街上，一座灰色的小洋房，门房，客室，餐厅，都经常不易看到阳光，在白天也要点灯的。可是住在里边的人好像都颇快活地在工作着，工友们传递文件，端茶送水脚步轻快，嘴里哼着歌，有时晚上打电话去，耳机中听见的是无线电的音乐声，问一问，知道那里正有着舞会。

梅园现在大概是非常冷落了吧？我曾经想写一篇“冷落了的梅园”，未能落笔。当时还不曾当真冷落，现在恐怕是的确异常寂寞了。

小虹桥

住在户部街。离开新街口甚近，那一条街真可以代表南京市内陋巷的风格而无愧。路面的高低不平已经不算怎样奇怪的事，奇怪的是路边的菜圃会有一条沟渠延伸到街上来，而那污水面上又满覆了浮萍，在晚上月色之下是极不易分辨的，我有两次夜归就一脚踏在水潭中，灌了满鞋的水。下雨之后，街上满处都是各自为阵的小潭，仿佛“八阵图”一般，走起路来要跳跳蹿蹿，颇有些走入八仙阵，步步都要踏罡步斗的神情。

可是，在这样的地方却有着一个一千年前残存下来的南唐遗迹，这是颇为难得的事。当避暑宫、昇元阁都早已不存的时候，还有这样一个可以使人缅想南唐李氏宫闱的所在。这是从朱偰先生的书中看来的。

从住处出来西行，有一条横街，名洪武路，旧名卢妃巷。《上江两县志》称：“金陵诗汇，明世宗妃卢氏所居，故名。一名美人巷，见应天府志。”再沿了这条卢妃巷南行，不一会，就有小河前横，河上是一座小石桥，桥上有树，河与桥都够可怜的了，河是连秦淮那样的惨绿的水都没有，只剩下了一潭深黑色的淤泥；桥的下半已经埋在土里，桥背与街面几乎已经平行。

《白下琐言》称卢妃巷为南唐宫址，那条河就正是南唐的北护龙河。过了这条河南行就是南唐故宫遗址了。左百尺楼右澄心堂，还有那些只留下一个名字的地方，瑶光殿，红罗亭，那些李煜与大小周后曾经有过多少恋爱故事的地方。当后主为樊若水所卖之后，澄心堂付之一炬，南唐所藏的法书名画，一时都尽。后主的挥泪对宫娥，离国北去，应当也是经过此桥的。

每当华灯初上，小街上充满了熙攘的人声。南京还不曾禁绝黄包车，所以铃声也还时时可闻，小吃店内的小笼包子正好开笼，盐板鸭的肥白躯体挂在案头，小街上充满了人情的温暖。有时夜工作到一点钟，放下电话，街头还有卖宵夜云吞与卤煮鸡蛋的小贩，从他们那儿换得一点温暖，又吸吸烟，往往一时还睡不成觉，推窗远望（只可以望远处的天空），这时就往往会想起南唐的故事来。好像从这故宫门的遗址，还可以看到李煜和大小周后的幽灵依旧留在那已经久已烬毁了的遗迹上跳舞作乐。

我很喜欢两月京居住在这么一个有着美丽地名的地方，虽然那地方委实没有什么美。

后湖

玄武湖一名“后湖”，系与城东道上的“前湖”——燕雀湖相对而言，据说是当年宋孝武帝练水军之处。极易使人想起的是“玄武湖中玉漏催，鸡鸣埭口绣襦回”的诗句，仿佛可以想象当年一艘艘战船在那湖里荡来荡去的情景。这地方在南京极有名，如果到南京来玩而不到玄武湖，那将如画大观园图而忘掉了刘姥姥，正是所谓缺了典。而且还有一个重要的条件，是必需带了女朋友或太太来。我们这些光棍，其实是并无游玄武湖的资格的。朋友某公告语，《金陵杂记》中的玄武湖一章应该留给他去写。这在原则上当然是应该的。不过单身汉游湖也有好处，有一些地方，小姐们大抵是不要去的。而这些小地方如果不去，就又正是“缺了典”了。

“玄武湖”又以吃著名。临湖有几家小馆子，竹亭水榭，名字也都甚雅，叫作什么“又一村”之类。这里的干丝是有名的。可是问问老南京，又说这里的干丝没有道理，不及夫子庙远矣。不过坐在那种水亭之上，远望湖光，倒还有一种趣味。

在一个盛夏的早晨与仁渊在山西路口相遇，一起走到玄武门，顺了那一条堤岸走到有亭子的地方去。热得很，找了一副临湖的座头坐下了。吃茶，远处的钟山上照满了骄阳，游人很不少，都是红男绿女，一对一对的。我们只是谈着闲天，这地方因为有名，大抵很有一些名人来过了的。茶馆附带照相，有成品陈列在外面，看看全是女性或成双成对，也全是站在某一块奇怪的石头下面或船上，千篇一律，使人兴趣索然。谈天也没有什么好谈，翻翻书，知道这儿本来有五个小洲，过去的旧名不详，现在却叫作什么欧洲，亚洲……即所谓五洲公园者是。有点杀风景。不料忽然发现，原来在那“澳洲”上有着郭璞的墓，名郭仙墩。郭君的游仙诗是有名的。别的不谈，他那种神仙的奇想总可佩服，后来的方士、道家的奇怪行径差不多都由那里脱胎而出。这样的名迹怎么可以不去呢？就到柳荫之下，雇了一只小船，仁渊会划船，我只能拿一只桨在水上乱搅，搅来搅去，“澳洲”到了。

这“澳洲”上生满了野桑，有几个渡口，停泊了几只油漆剥尽了的“画舫”。我们正想上岸，一个乡下女孩子警告说，桨是会给人偷了去的。于是不得已，每人肩了两只桨，钻进桑林里去。

桑林极密，中间只有一条小径可通，转来转去，前面有了人家。有一个孩子在那里拾野草。没有办法，问他郭仙墩，果然，不知道。又问，是一个坟，他回答，他的外祖母葬在那边。完全不得要领。这时因为肩了木桨的关系，弄了一身大汗。然而又不肯就此罢休，所以还是向前走。有几家人家在作木器生活。问问他们，也是不知道。

最后是决定了自己去发现，就在高粱堆里，杂树丛中，走来走去，钻到一处，有一片桃林，上面结了半青半红的桃子，有一个乡下人在那里看守。问了他一句，他却以为我们是打桃子的主意的，笑而不答，毫无办法。后来想想，大约是因为我们都穿了“老虎皮”的缘故。

找到了原路，走回渡头，下船，摇回去。这就是“按图索骥”去找郭璞墓的经过。我想这在小姐们，大抵是不肯的吧？

回舟经过一处桥洞。停舟洞下。一时有五六只小船全部挤在一起，真是了不得。走不动了。风来，极凉爽。舟身动荡，用手去扶了洞壁，乃忽然发现，这都是用有字的砖砌了起来的。上面大抵是一些年号与官衔之类。看那规制，大约是明朝的遗砖。南京的风雅即在此等处，不论是太平门外贫民的房子、鸡鸣寺的山路，这里的桥洞，全都是用了古砖。而这种气派也的确大得很。这些有四五百年历史的砖，在美国，也许早就进了博物馆，而我们却拿来铺地。

梁武帝太清二年，侯景自寿阳举兵反，至建康。曾经表演了一次决堤灌城。那时的玄武湖，可以练水军，与长江相连，当然不是现在这样逼窄的样子。

三年多以前，离沪西行，道经南京，曾经在一个薄暮，与宗江到这里来。从鸡鸣寺侧的台城上望后湖，严寒，朔风怒号，我们的衣服都给风吹得飘起来。打开一张地图，也被风吹得铺不开。台城上有几座洞口，已被利用了来作了防空洞，走进去看看，还有残零的钢盔，悬想大概是南京围城时战士的遗物，那时的玄武湖，才是真的一片荒寒，芦荻萧萧，白花似雪，在疯狂的北风里，宛如翻天的浊浪。虽然那么冷，我们毕竟也还站了一刻钟光景。

等顺了城垣走下来的时候，就又看见了“考试院”那座宫殿楼顶上的许多旗帜，青天白日还是老样，不同的是上面都添了一个小三角黄旗。当时是颇有一点感慨的。

这一次重游是早秋的头与残夏之尾。南京的天气热得是有些特别的。而且游兴也不及从前了。往往是顺便走过，一次是看了梁漱溟先生之后，还有一次则是去“宫殿”里去访问傅斯年先生，正遇见他在午睡，无聊已极，就又到了玄武湖，又赶上了雨，满湖烟荷，为雨一激，更多了一层朦胧之致。照了一张相，朋友看了，都猜不出这是那里的风景。心情淡漠，早没有了从前的激情，一个人在水阁中看雨，坐了半天，倒也没有什么要作"诗"的意思。这大约也不能说不是一种进步吧？

鸡鹅巷与裤子裆

翻开地方志，里面往往有《流寓传》一项，这大抵是述说曾经在那地方流连过的名人的事迹的。而往往这一部分，总要比书中的儒林传或名贤传来得有趣，这在大地方尤其是如此。翻开金陵志，曾经在这里流连过的人物真是不少，"三山五岳的英雄"都是有的。忠臣孝子，义夫节妇，自然不会遗漏；然而所谓"遗臭万年"的人物，运气就不大好，他们往往是被修志的人"略"了去了。我觉得这办法不大好，从历史上看起来，人无论好坏同样有在历史上留存一页地位的权利与必要。三百年后，我们得到史阁部的一封家书，固然欢喜，得到阮大铖的一篇诗草也觉得可珍。然而，在有些人看来，这就是"遗少气"，要不得的。关于这点，我还没有那么多的时间与"英雄"们去辩论。

马阮并称，三百年前，在南京都是曾经做过一番惊天动地的"事业"的。自然，这不能与史可法比，然而终于也将南明弄亡了，南京的老百姓，吃了一场大苦头，他们也背负着万人的唾骂寂寞的死去了。

马士英是贵阳人。我前年旅居该地，曾经到图书馆里去翻了几天书，希望找到一点他的史迹，也希望去看看他的故居。结果是失望。因为贵阳人已经不把他当作同乡，将他的名字一笔抹去了。——安顺有一位姚先生，曾经作了一本为马阁老洗冤的书，不过这是另一个极端。捧同乡的心事太切，将马瑶草说成一个好人了——他的亲戚杨文聪的运气就比较好，给收进贵州先贤传里去，正如吴梅村所咏叹，“今日方知书画传”了。

然而在南京，却还留着马阮的故居，至少，地名是还在的。

马士英的故居在“鸡鹅巷”，在老虎桥左近，屡思一访，因为从书上知道已经没有一点遗迹了，所以未果。有一次坐洋车走过一条陋巷，偶见街名是鸡鹅巷，心想是了。三百年前这里有一场大火灾，南京的老百姓将这个奸相的美丽的园宅毁去了。这里的一些房子，大约是在火烧场上重新建立起来的吧？不，不，这中间起码还经过两次大火，太平之役与抗战初期的两次。没有遗迹留存自然是极平常的事。这些历史上的美丽的痈疽，是总要在人民的怒火之下消失了的，我们正可以用同样的眼色，看着现在的那些豪门。

秦桧父子居住的地方叫“状元境”，现在是夫子庙上的一条小街，是卖春妇的大本营，还有两家书店，点缀着“状元”的余辉。真是可哀亦复可笑。

在这样的领会之下，我想阮胡子的家也应该是早已夷为平地的了。所以并没有留心去找，而且那地名——库司坊——

（传）石巢园故址

在地图上也不见。明知这地方应该是在城南一带，可是第一次去的时候，并没有去寻觅。

第二次与运燮往游。偶然提起，他兴致甚好，于是就按照《首都志》里的指示，居然找到了库司坊——老百姓叫作“裤子裆”——与小门口，根据故书，知道这里就是了。

《白下琐言》：“阮大铖宅在城南库司坊，（即今小门口处）世人秽其名曰‘裤子裆’。”

阮大铖的故宅有花园，即石巢园，清朝为孝廉陶湘所得，称陶氏花园。现在这陶氏花园也已经荒芜了。我们在小门口街上寻问陶家花园，因为我背了照相机，得到的回答是：“要照相可以到胡家花园去，陶园已经没有什么好看了。”然而我们所希望知道的却正是陶家花园。

这样，我们寻到了一个小巷中，推开一家人家的院门进去。这家有楼，楼上倚栏立着一个垂了双鬟的小姑娘，她回答了我们的问题：

“就在那边，街上四十四号，前院是 × 医生，后院就是了。”

我们谢了出来。一转弯，就找到了四十四号。从前门进去，医生不在家，经过女主人的允许，我们到了后院。

山墙已经没有。还有一塘清水。两棵已经枯萎了的老藤，几块玲珑山石，夕阳照在池塘上面，有几只鸭子，受了微微的惊吓，逃到池边上岸去了。

这就是三百年前石巢园的故址。咏怀堂的所在地，每当夜深，胖而多须的阮圆海，在这儿拍了檀板，导演着家伎在上演自编的春灯、燕子，房子里罗列了法书名画，在歌吹之余，主人也在盘算怎样对付那些东林的书生。从库司坊到鸡鹅巷该是很不短的一段路程，主人是骑了马还是坐了轿子去串门的呢？

好风吹来，水塘上布满了一层层的涟漪。

在盏山精舍的咏怀堂诗中，可以找到一二零章断句，描绘他自己的庭园的。“移宅城南，郭侍御云机过访赋此”云：

“春深草树展清荫，城曲居然轶远岑。”当时园中当不若今日的荒凉，是苍郁得很的。

《鹫峰寺逢李太虚订园中小集》云：

“吾庐无长物，饮啄向松风。”当日应当是还有松的。

《咏怀堂丙子诗》中有一首《送吴伯纯还皖上》：

“漠漠江天雨雪飞，看君挂席复言归，残年灯火相思紧，乱后渔樵生事微。白发共衔寒夜酒，青山独掩冶城扉，石门且唤春波绿，烟草为予拂钓矶。”

这是阮髯居金陵时所作。看那语气大抵还是未得意以前的神气。我翻读这一小册子，想象阮君索居城南读书拍曲时的情况。清言丽句，往往而有，朋友来访，留饮，有这样的句子：

“请君莫负金陵酒，霜月今宵亦倍妍。”又有句云：

“一林明月碧如此，六代寒山青不言”，实在美得很。所居在城南，去雨花台甚近，集中有与马瑶草等登雨花台诗，断句云“篱门青可数，兀兀此钟山。乐是一樽酒，无如我辈闲。”他也曾到过王介甫的半山园。金陵一隅，阮髯的足迹，借了这仅存的咏怀堂诗，似乎也可以踪迹一二。

我们在这荒废的后园中，留连了一刻钟左右，照了两张相，等到主人家的小孩子都偷出来看我们这两个有些莫名其妙的游客的动作时，我们离开了。

咏怀堂诗

关于阮圆海的事迹，过去很有些人谈过了。现在也就不再多说。这里却想谈一下“咏怀堂诗”。

阮胡子文词华美，所作《春灯谜》《燕子笺》，流传甚广，然而他的诗集却一直湮沉了将近三百年。战前柳诒徵先生在南京的旧书店买得原书，即付排印。这次在京，去盋山精舍参观时，便中询及原书，知道已经不在。不知道是被谁攫去了。本来想买一部排印本，也没有办法。南京陷后，馆中所存的丛书数千本都被人取去作了还魂纸，馆中现存咏怀堂集只有两部，也已经成为珍本，藏在玻璃箱子里了。

我只花了很少的时间匆匆的翻了一遍，不曾细读。卷首有铜板纸影印名人题识一页，有章炳麟与陈散原等跋语。两先生都以“不以人废言”立论。

咏怀堂诗是分年编集的，这里有辛巳诗与丙子诗两卷。从酬应之作里可以看出他当日的交游，在研究南明党社史的人是有用的。很偶然的，在“叙”中，居然有马瑶草的一联断句。“深机相接处，一叶落僧前。”马诗之传于现在的，恐怕也仅此两句了罢。

陈三立是诗人，他所称赞的五言古，说是“希纵陶韦，称最胜。”古诗我是不懂的，匆匆中也只翻翻律绝诗，关于这个，陈三立说：“此上下二卷悉崇祯辛巳一岁作。酬应七律诗过半，而澹秀矜炼，犹足与前刻相伯仲。”后来又说此集流传绝少的原因，“但仅见之本，似视前刻流传尤少。殆由贱其人，或篇中于未入关之新国，屡有指斥，犯时大禁，购藏者不无贾祸之惧耶？翼谋今竟从金陵书肆得之，亦可居之奇货耶。假读毕，聊为题记。”

这里说原书流传绝少的原因是不错的。阮胡子是个投机分子，骂骂建虏，冒充清流，也是有的。后来投降之后，却带了“天兵”去攻打闽疆，鞠躬尽瘁，死在仙霞岭上。是他自悔“少作”，自行烧却的吧，这也说不定。

集中也有“寄史中丞道邻”的诗，拍马的味道十足。

有两首提到马士英，其一云：“与马瑶草同宿范华阳居。瑶草述其逝姬有感”：“闲身同古木，寒尽不知春。偶及平生事，还悲梦里人。飘风怜絮旨，空水悟莲因。坐待霜松月，还来洗劫尘。”

风格颇美，陈三立所说的近于韦孟，是不错的。还有“同越卓凡饮马瑶草水亭，闻寇警感赋”：

“避地逾宽物外身，相从抱膝览烽尘，淮流遍饮红巾马，春墅双闲白羽人。快集月霞能导酒，薄寒花气转凭裀。狂来拟奏俞儿舞，野旷星高未忍陈。”

这时马阮犹未当国，“流寇”大起，也有些看不惯。而左良玉等，又正是他们所最忌恨的，诗语虽然平淡，意境是可见的。这又使我想起另外一个故事，马阮一日论军事，报淮上危急，马瑶草毫不惊慌，反而大笑，说："这不过是史道邻的缓兵之计耳。"这事给我的印象很深，这一批私仇重于公愤的人的心境真是活画出来了。而这种事在三百年后，也还并不曾绝迹，历史的连台本戏，正如上海舞台上的"七剑十三侠"，虽然排到了几十本，然而花样却还是旧的。所谓"翻新"，不过是骗人而已。

阮怀宁的清词丽句，在七言绝中更多佳作。而这些往往又是"无题"：

"秋芜小立步痕深，目递无声绿绮琴。不羡桃花人面似，愿将绛叶点双心。"

"湘兰露重转无芬，遮目犹嫌巫峡云，千顷艳情关不着，蛾眉寸月一疑君。"（从真州还金陵，舟中无题）

"水调清歌何处郎，蘼芜争让口脂香。自怜双袖龙钟甚，为尔平裁尺许强。"

"不是从军女木兰，佩间芳草号宜男，欢声欲斗前溪舞，私向菱花试小憨。"（舟行无题）

一天在太平路上一家旧书店里看书，买了一册《咏怀堂诗补遗》；也是盋山图书馆所印。只有下卷，伙计以为是残本；很便宜地卖了。这是《咏怀堂丙子诗卷下》。卷首有叶恭绰藏阮书五古长卷的影印本。看那字迹，臃肿又复横厉，大可想见阮的个性，属石巢阮大铖。这样的一个人物，短胖多髭，然而却是风流自赏的，《鹿樵纪闻》纪：

"阮大铖誓师江上，衣素蟒，围碧玉，见者诧为梨园装束。"

走过街头，在照相馆中一看。礼服煌然，勋章挂满胸前如戈林者比比皆是，看之想笑。其与阮大铖不同者，只是不会作诗耳。

梅花山

很早就知道汪精卫葬在南京的梅花山。在重庆时就从朋友的信中知道汪的遗嘱还要人家为他树一块“诗人汪××”的墓碑。这是效自叹“误尽生平是一官”的吴梅村的故技的。这梅花山的名字也许与史阁部的梅花岭有着影射的作用。总之，汪是在弄得身败名裂之余也还想使人家相信他是“爱国者”。当汪作的一首“不寐”诗传到大后方以后，很多人都注意了。郭沫若先生还做了“考证”，终于不知道“如含瓦石”那一句说的是什么。原诗如次：

“忧患重重到枕边，心光镫影照无眠。梦回龙战玄黄地，坐晓鸡鸣风雨天。不尽波澜思往事，如含瓦石愧前贤。郊原仍作青春色，酖毒山川亦可怜。”（原注：广雅堂集，金陵杂咏有云，兵力无如刘宋强，励精图治是萧梁。缘何不享百年祚，酖毒山川是建康。其然岂其然乎？）

这诗很能写出汪的心事。这诗作于南京，金陵四战之地，郊原春色，大约很使这位投机者心中不能宁贴了。诗中那句“鸡鸣风雨”，使我想起一个故事。听说有一位老先生，重游南京，登鸡鸣寺，下望“考试院”，知道这就是汪的伪府的办事处以后，喟然叹曰，汪逆不愧为风流人物，傀儡登场，还选了这样一个风雅的地方。可惜处身于饿鬼道辱井之间，不覆败何待？

饿鬼道是说梁武帝饿死地的台城，辱井则是胭脂井。

一九四二年冬过金陵，在一个寒风凛冽的向晚时分，登台城一望，伪府的那些崇楼高阁上插了不少旗帜，当时心想过几年收京之日，再过此地一看，一定会有今昔之感的。

经过洛阳，看见汪精卫陈璧君两逆的铁像跪在街旁，小便满身的样子，完全是仿效西湖岳坟前面秦桧夫妇的格局，当时即想他日归来，伪府的一切，大约要给人打得粉碎了吧，要想看看傀儡的遗迹也将不可得。其实这倒是过虑了。“考试院”还是“考试院”，那样漂亮的房子怎么舍得拆掉呢？也不曾在前面竖起一块碑，记下当年汪逆精卫曾经傀儡登场于此之类的话头，有点遗憾。更遗憾的是那“青山不幸埋奸骨”的梅花山也很少有人知道了。打听起来颇为费事，而且走到那里，即使已经站在那地面上了也还不知道，遗迹破坏得非常彻底。不用说，在我这样有一点点“历史癖”的人觉得缺然，即使是有“正义感”者想去小便一通也没有了目标，真是可惜之至。

打听梅花山这名字，是一件困难的事情。在南京是不大有人能说出它的坐落来的。只得到一点印象，说这是在中山门外，与中山陵在一起的，真不知道一个“有鬼论”者将要怎样想象，孙中山先生也许要派了阴兵来将汪精卫赶出去的罢？有如《今古奇观》上所写的羊角哀的故事一般。一夜风雨之声，金戈铁马之声，结果是地面上斑斑点点的血迹……

现在却已经有另外的一批人将汪精卫赶走了。也神秘得很，至今没有人能说出这是一批怎样的人物。只知道梅花山上现在是已经没有什么墓的了。

听朋友说在明孝陵的宝城上面可以望见汪墓。一天与C出城，先跑到了孝陵，天很热，站在孝陵的宝城上披襟当风，看满天骄阳，和那像蒸笼一般的南京城。在眼前，有一片浅浅的湖水，好像也将要为强烈的太阳蒸发得干了的样子，去找那小山岗，却总是找不到。四顾荒芜，没有一个地方像是曾经起过墓的样子。

口干舌燥了，到茶馆里去吃茶去。就在孝陵前面，有两家茶馆。卖茶，也卖汽水。生意很不错。豆棚瓜架，一头小毛驴睡在草棚旁边。我们在葫芦架下泡了两杯浓茶，歇歇疲乏的脚。茶博士是一个小孩子，走出走进忙碌得很。我们向他问了些我们所需要知道的事，他忙得很，只回答一两句，就跑到别的地方去了。这样，经过好几次的问答，我们知道了一些事。

梅花山就是茶馆对过的那座山。梅树的确是有的，小得很，好像刚刚弄起来的树圃。更加上半人高的荒草堆满了山，更显得荒芜了。

这山本来是吴王山。据说吴大帝孙权的墓在这山上。不过后来我们跑了好久，终于没有找到一点断碑残碣。——听说是还有一块碑的。

汪精卫的墓就在这山上。胜利之后这里忽然又热闹了一个星期。便衣人布满了岗，没有人准许到山上去。白天没有动静，晚上听见隆隆的炸声和一阵阵的火光。还有一批批的卡车在那条新辟的山路上来往。一星期后，一切寂静，山上也再没有什么遗痕。

付了茶钱以后，穿行于没胫的蔓草之间上了山。当路之处有几座小房子，是陵园管理处之类的机关。再向右折，有一条汽车路，旁边堆满了还没有用的水泥碎片，杂树丛生，走到上面，四望廓然，明陵与中山陵都在眼底，这是一块孤悬的高地，再向下走就没有路了。

这里就是曾经费了一个星期的时间发掘过的地方，奇怪的是完全看不出发掘的痕迹，好像又用压路机压平了的样子。只留下了几块断石，其中一块是只余一半的断碑，碑面磨得平滑得很，上面还不曾刻上字迹。

发掘出来的事物运到了什么地方，没有人能知道。

又从什么小报上看到过这样的记载。当初汪的棺木运到这儿之前有过另一次出丧，也许葬在此地本来即是“疑塚”。

倒底实际的情形如何，没有人能知道。

莫愁湖

莫愁湖在水西门外。这一带是过去所谓的水码头，当铁路还未通时，这里是南都水运的集散地，至今登水西门楼下望，还可以看见市街的繁荣状态。街的形势也全不是新式的，鲜货庄、米行，在那儿的街上一走，极易使人想到旧小说如《七侠五义》所写，仿佛走入汴梁的大街上去了。

还有一个联想，说来也颇可笑。往日听旧戏，“四进士”中宋士杰在公堂上被打以后，走出衙门，看见了他的义子义女，唱道，“你不在河南上蔡县，你不在南京水西门。”听了以后留给我一种凄然之感。这个在尘世被压迫的小人物就住在那样凄凉而寂寞的闹市中。今日走到水西门外一看，虽不必在斜阳里，那感印正是相同的。

经过一条已经将近朽腐了的木桥以后，再走过一条街（这街就叫莫愁路）右折，有一片空地，远处是一座小庙围墙，就是华严菴。

进菴门，有一条砖石铺成的路面，两旁杂植柳树，正面即是胜棋楼。相传明太祖与徐达角棋于此，达胜，太祖遂以此楼赐之。这事的可信与否不可知，楼的旧址原是郁金堂，出于沈佺期的诗句，“卢家少妇郁金香”，为纪念莫愁者。据朱偰《图考》，莫愁有三说。第一个根据梁武帝河中之水歌中句，“河中之水向东流，洛阳女儿名莫愁”，说明莫愁是洛阳女儿；其二，据唐书乐志，“石城有女子名莫愁，善歌谣石城乐”，说她是金陵人；第三说见洪容斋的随笔，说她其实是竟陵之石城女而非金陵人。这些在我并无兴趣，揣想古时女子大约有不少名莫愁者，与现在的娟、华之类相类。不过这名字的确好，而因沈佺期的一首诗，卢家莫愁遂名传千古。有如公式，在昆明看见过陈沅的石像，在成都也看见了薛涛的石像，在这里，就又有了莫愁的石像。都刻在石碑之上，经过多少年来的摩拓，石面也都乌黑的一片，风姿也大抵相差不远，总是那样的宫装的纤弱古美人。这儿也有不少对联，而且佳制颇多，大概因为地利的关系，英雄儿女混在一起，做起排偶来，也格外容易生色的吧？

华严庵——莫愁湖胜棋楼大门

最有名的是王壬秋的联语，据刘禺生说，原联本做“莫轻他北地燕支，看艇子初来，江南儿女无颜色；尽消受六朝金粉，只青山依旧，春来桃李又芳菲”；后来经过“江南儿女”的抗议，加以删改，所以现在挂在胜棋楼上的对联，“无颜色”已改为“生颜色”，“青山依旧”改为“青山无恙”了。这一删改，自然离开原意颇远，而且上句颇为矛盾，使人有不知所云之感。联后有跋语，“同治十年，重新莫愁湖亭，桂芗亭司使邀游索题。余按乐府词，莫愁以河中人嫁卢氏，卢亦北方名族也，石城艇子，说者歧异，盖丽质嘉名，流传词赋，如宋子齐姜之氏，不宜侪于苏子真娘也。故为附引，以谂好事。”说法颇通达，不过名教之见犹存，斤斤于名分，其实莫愁倒实在与真娘是一流人物，绝非齐姜那样的贵族。

此外薛慰农（时雨）的一联也颇好，“山温水腻，风雨常存，几人打桨清游，倩小伎新弦，翻一曲齐梁乐府；局冷棋枯，英雄安在，有客登楼凭眺，仰宗臣遗像，压当年常沐勋名。”

这里就正是英雄儿女对照的写法，下联所说压倒了常遇春与沐英两位“宗臣”的中山王徐达的遗像，就挂在楼上，不过我想这大约也并非真迹。使我觉得有趣的，倒还是楼下的一幅。这是一幅新画，为徐氏裔孙所制，画的是徐君在阶上俯伏的样子。据上面的题词，这故事是“一日，（太祖）与公之邸。强饮之，罪（想系醉字之误）蒙之误昇卧正寝，醒而惊。趋下阶俯伏称罪。帝觇之大悦。乃命有司即旧邸治甲第，表其坊曰大功坊。”

这图上所画的俯伏的样子，实在好笑。整个身子缩成一团，头部不见了，只有冠上的璎珞还在。画虽不高明，我想实际的情形，倒是差不多的。无怪太祖大悦，以为这是极好的奴才，要加以赏赐了。

关于这事，我想以后再来谈。

与仁渊到莫愁湖去的一天，是先到了扫叶楼的。沿城走到水西门，便出城到湖上，十分疲倦，就在湖楼临窗处泡茶来喝。湖里满满的都是田田的荷叶，拥塞得非常，使人有一种局促之感。一片石头城沿湖西去，远远看，倒还有点烟水沧茫的意思。就在湖中有几个小女孩子，撑了木制的小艇，好像浴桶一般的小艇，在那儿采莲。

这里就只剩下了这孤零零的一座楼。旁边的阁子，都已经倾圮了。没有倒的几所，看来也都摇摇欲坠，柱础都歪了。

在这旁边，本来是有一个曾公阁的，祀曾国藩。上面有曾的画像，并传说联语有“江天小阁坐人豪”之句，很多人都常常称道。现在曾公阁没有了，遗像也不知何处去，只有一张照片还挂在胜棋楼中，穿了大布袍子，长髯垂拂，大有“仙风道骨”之意。曾在重收金陵之后，重建湖楼，恢复秦淮画舫，然而却不曾因此而被骂成叛徒，俨然仍高距“道统”之尊，选古文，修文庙，除了中兴了清朝的统治之外，也中兴了从韩愈以来就衰微了的“圣道”。虽然到了现在，社会上的毁誉不一，有的痛骂，有的大捧，一部家书，也成了升官的秘册宝笈。然而在南京，曾的遗迹，真是零落殆尽了。一所祠堂，现已改为蒙藏委员会，几进大厅都成了办公室或宿舍，只在这里还可以看到一张照片。

在这里喝喝茶，女侍拿上来了瓜子。开了窗子，湖风飒然，远处清凉山在日光下面一片红色，上面覆了一小片青翠，倒还是个休息的好地方。

何绍基有一首题莫愁湖的诗，“烟水荒寒不可收，昔年曾作冶城游，湖山自有佳时节，儿女宽心且莫愁。”诗人的情感，总是相通的。无论楼阁如何破败，湖水怎样荒寒，在这儿小坐，总还可以有片刻的闲静。古时候少女的喜欢取名莫愁，未必真正是整日在娇憨地做天真态，然而别人看来却好像永远是不知愁的，如王昌龄笔下的“闺中少妇”，这大约也是一个永恒的悲剧吧！

明太祖与徐达

明太祖在中国的皇帝中，有着极特别也极典型的一种性格。又由于他的影响，下及子孙，所以“明朝的皇帝十九凶恶”。他的儿子，燕王朱棣也是一个出色的魔王。明朝开国以后，屡兴文字狱党狱，恐怖政治，使一时的人心震吓至极。相传明初的大臣，上朝之前，先要与妻子诀别，因为他们不知道是否还可以平安的回来。俗语云：“今日脱了鞋和袜，不知明日穿不穿。”又云：“伴君如伴虎”，用来描写当日的大臣的心理，可谓得当。关于朱元璋，吴辰伯（晗）先生有一册《明太祖》，可供观览。关于他们父子的暴政，也已经有很多人说过了。现在我想从明代的野史中，选择一二故事，多少可以看出朱元璋的性格的，加以铺叙。也连带说及他手下第一员大将的徐达。由这两位共过患难的老朋友同时也是君臣的人物之间的关系，大约也可以看出一点当日恐怖政治的面影来吧。

明朝在南京建都了两代（其实是一代加上一点零头），燕王永乐靖难以后，大约是他看见在南京所流的血太多了——在明故宫的广场上，今日就还立着一块靖难诸臣的血迹碑——近自朝廊，远及附郭的雨花台，都血迹斑斑，难免目击而心有不安，所以毅然迁都到了北京。南京此后虽然寂寞了二百年，然而杀人的事实总不是容易抹去的。碧血青磷，到现在也仍然存在，在南京城里城外走走，随处都可以踏到那一个恐怖时代所遗留的残迹，虽然秋郊明媚，风日澄鲜，也总不能免去一种肃然之感。更何况，历史又往往会表演轮回的好戏，朱元璋虽然已经死去了三百多年，流风余韵，正未稍斩。也正因为这个，我的翻古书，抄旧记，也还未能看作“骸骨迷恋”；“游山玩水”“赏咏流连”，也未必即是新的“遗少”。

朱元璋出身微贱，做过牧儿，做过和尚。年荒岁乱，和尚都无法混下去了，才当了兵。渐至成事，做了皇帝。然而他并不说谎，如唐朝的李氏，一定要找老子来做祖宗；汉朝的弄一条蛇来要弄一套赤帝白帝的把戏。《皇明纪略》中记：

“太祖开国之初，所降诏书，一则曰朕本淮右小民，一则曰朕本淮右布衣。”这故事大约是真实的，第一次还爽直，第二次则改得文绉绉的，虽然仍然是诚实。不过这情形未能持久，马上得天下的人多少总对读书人有些猜忌，疑心日益增加，总疑心这批读书人暗地里在玩他的花样。明初的文字狱是有名的。无论写文章，进贺表，尽管字面用得堂皇典雅，却往往被这位大皇帝看出了破绽。有些故事，简直近于猜谜，卷帘……的一套花样，真使我们平常人一望不易知其得罪之由。这一类故事极多，杨仪《明良记》记一故事：

“袁凯佯狂避世，太祖命题画虎诗曰，画得花斑斑，只是难相聚，虽有父子情，相亲复相顾。太祖虽知其意在讽刺，然惜其才，不忍加罪。后因雷震田父，题于长安门曰：‘雷哥哥，近前来，我和你说个缘由。耕牛田父，与你有甚冤仇？怎么不拣一个大得人憎的，与他一个辣手！’太祖见之，批其后曰：‘袁凯这厮，放纵不才，打他四十，为民当差。’既放归田里，遣使潜察之。凯益为狂废，以糖和熟米，搏为犬豕粪状，夜密弃墙根草际，尽取为食。使者见之，以为食犬豕粪也。归陈状，得免祸。后闻太祖崩，始归理发。有‘从此一梳梳得去’之句。”

这是颇珍贵的材料。两位都写白话诗，这在四百年前，大是难得，可惜胡适博士未曾看见，否则在杨诚斋、朱敦儒之外，岂不又得了一个“同志”。老实讲，太祖的白话诗文还不只此，其所为御旨中，也常常间杂了无赖的口吻。这大约是一种风气，元朝的碑文就是白话的，我想如果要编一册皇帝文学史的话，这些都应该是上乘之作，而乾隆的诗不与焉！

再看袁凯的两首诗，在现在看来，也是平常得很的，然而连这也不许说。至于挨了板子，放归田里以后还要派人监视的一点，则大有近代作风了。终于弄得袁凯装吃狗屎，不敢薙头，一直到太祖死了以后才得自由。然而可慨的是《明良记》的作者还要为太祖辩护，“世传太祖用法太严，凯二诗狂悖过甚，自敌已以下，所不能堪。而卒容之，于此可以仰窥圣祖容人之量，非前代帝王所及。人之蒙祸，多其自取，盖当乱国之后，蔑弃礼法，不得已而加之刑辱耳。”

这里的辩护真是做得面面俱到。然而这也是“不得已”，因为他不想做袁凯，然而事实却毕竟记录了下来，使我现在有抄录的机会，其实还是值得感谢的。

在这种高压之下，也自然还有一批“傻子”要来饶舌。后世史家，称之为“愚忠”，我看也真有些“愚不可及”。明李贤作《古穰杂录》即记有一个标准的故事，“高庙亦难受谏。翰林编修张姓者能直言，至不能容。出为山西蒲州学正。例庆贺撰表，高庙阅之，识其名，见其表词有曰天下有道，又曰万寿无疆，发怒曰：此老还谤我以疆道二字，疑之。即差人逮来引见曰：送法司问汝更何说。张曰，臣有一言，奏毕，就死。陛下有旨，表文不许杜撰，务出经典。臣谓天下有道，乃先圣孔子之格言。臣谓万寿无疆，乃诗经臣子祝君之至情。今谓臣诽谤，不过如此。闻其说良久，曰：此老还嘴强，放去竟不问。左右相谓曰：数年以来，才见容此一人而已。”

看李贤的记载，可见过去凡被疑心有诽谤之嫌的，即行杀掉，这次居然放免，难怪被认为是奇迹了。

在朱元璋的统治下，人命真是贱极了。动不动就要杀人，像有名的胡惟庸、蓝玉两党案，被株连杀却的有五万人，这是大规模的屠杀。至于闲来无事，随便杀几个人消遣消遣，更是不足为奇的事。

吴晗先生《明太祖》中有一段说：“在他在位的三十一年中，根据他自己的著作《大诰》《大诰续编》《大浩三编》和《大诰武臣》的统计，所列凌迟枭示有几千案，弃市以下的有一万多，三编所定算是最宽容了。所记进士，监生罪名，从一犯到四犯，仍有三百六十四人。最优待的办法是暂赦死刑，仍回原职。戴斩罪办事！”

清朝虽然也有过军前失利，摘去顶戴仍着办事的办法，然而与这比起来，真不可同日而语。寄下本应摘去的一颗头颅，仍然为主子效忠，我不能想象这专制已经到了怎样的地步。现在再来看几件“兴之所至”的杀人把戏。

《明良记》：“高皇帝尝欲食汤饼，光禄寺上供，治具不精，多所诛戮。因言往时入一山寺中，僧进汤饼甚佳，今竟不能致。马后闻之，乃亲制数盘，极粗粝，以献帝，帝一时食尽。后问何如，帝日佳甚，后日，往时入山寺，乃当困乏时，食物觉美。今富有四海，锦衣玉食，餍饫之余，顾以口腹枉害人命乎！遣使寻山寺僧问法，乃以嫩鸡作粉搜面为之。使复命尽戮寺僧。”

马娘娘是一位比较能够明白人情的人，或者正是所谓妇人之仁，在太祖晚年极坏的脾气之下，她还为可怜的奴才的性命说些好话，至今南京民间的俗传关于马娘娘者还很不少。

在明故宫遗址有一座石制堡垒，已经大半倾圮了，制作颇为奇特，大有印度佛教建筑的风味，田夫野老指示这就是马娘娘的梳妆台。

明太祖杀和尚的故事也与马娘娘有关。据说一日马娘娘在台上梳妆，和尚对她有猥亵的举动。太祖得知，即关城门大屠众僧，将庙宇一齐赶到×门外去。所以今日×门外的寺院独多。这故事显然有造作的痕迹，然而在南京居民的心目中却是极可靠的逸史，也足证明初的大屠杀留给南京人的印象之深。

太祖对于这位贫贱夫妻厮守至老的马皇后，感情是很不错的。三湘马生龙著《凤凰台纪事》，收入《稗乘》中，所记大多是洪武中事，也记了他们夫妇间的一段逸事：

“高皇后足最大，上尝戏之曰，焉有妇人足大如此而贵为皇后乎？后答曰，若无此足，安能镇定得天下！”不料这一双大足，却又引出另一桩惨案，关于此事，俗传也颇多，《凤凰台纪事》的说法是这样的：

“元宵都城张灯。太祖微行至聚宝门外，见民间张一灯，灯上绘一大足妇人怀一西瓜而坐。上意其有淮西妇人大足之讪，乃剿除一家九族三百余口，邻里俱发充军。”教他儿子的业师因为一点小事，也被腰斩。《皇明纪略》：

“太祖尝命状元张信训诸王子，信以杜诗舍下笋穿壁四句为字式，太祖怒曰，堂堂天朝何讥消如此！腰斩以徇。”

太祖晚年神经的确有点失常。不但动辄发怒，也时常有一些莫名其妙的举动，《凤凰台纪事》有一段故事最可看出这老头儿神志的不宁静：

“太祖进膳，有发。召问光禄官，对曰：非发也，龙须耳。因即捋须得一二茎。遂叱去，不复问。”一个贫贱出身，又做了别人主子的皇帝的神情，被活画了出来。

不但是人，连自然界的静物（从前这也是被人情化了的）也要加以管束。“高帝既都金陵，观山川形胜，势皆内辅，惟牛首山外向，乃特定其罪，杖之百下，发令太平府编置。今牛首税丝，独隶太平收纳。”脾气发到山的身上，还要打板子，看了真不禁使人发笑。然而我想，在他自己看来，这正是庄严而正经不过的事。世界上的专制暴君所作之事，每每类此。他们自己也都是不自知其愚蠢的。

小时候不曾读过书，做了皇帝以后，为事势所迫，不得不与一些文人在一起，却实在看不起这一批人，想时时加以凌辱。明太祖知道文人的重要，要统治天下不能不用。所以也极力想拉拢读书人，有一些聪明人都借端离开，不肯应召。一些傻子投奔了来，用过之后，变为“药渣”，就都给杀掉了。明太祖虽然不曾以儒冠作溺器，然而对于一批儒生举在头上作为祖师的孔圣人，却极尽腹诽之能事，对考亭朱熹更不客气，称之为“迂阔老儒”。每次儒臣进讲，都为太祖大加批评。可怜的是这批文臣，对这种议论，不但不敢认为非圣无法，还得吹捧一声“议论英发”。《古穰杂录》记云：

“又讲攻乎异端，斯害也已。辩曰，‘攻是攻城之攻，已止也。孔子之意，盖谓攻去异端，则邪说之害止。而正道可行也。宋儒乃以攻为专治而欲精之，为害也甚。岂不谬哉!'……"这样的议论，在一些老师宿儒看来，胡子都要吹断。如是小学生，早已被打屁股，现在是大皇帝，就只得说，"汉唐以来，人君能事诗书，如此留意者，亦不多见。由其天资高迈，所以不袭故常，能将许多见识来说。"真可惜没有传下一部《洪武御批论语》来，给天下学童诵习，明朝的科举考试依旧根据了朱注，真是可惜之至。

太祖自己是小兵出身，对军人难免有点偏爱。大宴群臣，例应作诗，然而武官又那能与文官相比，难免不出丑。于是想了个办法："高皇将宴群臣，预题一诗，命武臣习之。至日，群臣应制作诗，而武臣特首倡云：皇帝一十八年冬，百官筵宴正阳宫。大明日出照天下，五湖四海春融融。群臣知上意也，皆谢不能。"(《皇明纪略》)这诗一看即知为"皇帝诗"。如何敢做得比他更好，只能退避了。

我抄了这些小故事以后，有一点感想。虽然明太祖喜欢杀人，喜欢作怪事，然而作风却不脱濠濮间英雄本色。杀人明目张胆地杀，并不像后代的使异己者暗暗地死去，"杀人如草不闻声"。如果用一句"史官"的话来形容，这正是"开国皇帝"的气概。因为他还相信自己的控制的力量。等到后来觉得杀得有些手颤了，由公开转为秘密，锦衣卫与东西厂慢慢出现，等这些机关发展到极盛的时候，明朝也就亡掉了。

其次，就是这些为民间所记录的"野史"，当时也未加禁止，可见除了明骂以外，纪录一点这种不大好听的故事也还可以容忍一二。这也是比较气局阔大的一面。如前面所引各书，都散见明代的几部有名的丛书中，如《历代小史》

《纪录汇编》《稗乘》，使我们现在还有可以知道当时种种情形的机会，也是可以佩服的事。

现在我们可以回到胜棋楼中的那副徐达的画像了。将不再奇怪为什么他会俯伏得那么可笑，而太祖又为什么会大喜而赏给他一所华丽的园第大功坊了。

关于徐达给明太祖打天下的功劳，那是说不胜说的。只要一翻《鸿猷录》之类的书，就可以看见南征北讨，领兵的大半全是徐达。然而等到群雄扫定，天下太平以后，这位大将军就给留在南京，造一所大房子给他住，整天过着忧愁的日子。陪着皇帝下棋吃酒，酒醉失态，吓得俯伏了不敢动。《凤凰台纪事》中有一段动人的故事：

“高皇微行大中桥傍。闻一人言繁刑者，语近不逊。上怒，遂幸徐武宁第。武宁已出，夫人出迎。上问王安在？夫人对以何事在何所。夫人欲命召，止之。乃曰：嫂知吾怒乎？夫人谢不知，因大惧，恐为王也。叩首请其故。上曰，吾为人欺侮；又请之，上怒甚，不言久之。命左右往召某兵官帅兵三千持兵来。上默坐以待之。夫人益惧，以为决屠其家也。又不敢呼王。少顷，兵至。上令二兵伺守大中淮清二桥。使兵自东而西诛之，当时顿灭数千家，上坐以伺，返命乃兴。”

这真是古今少见的暴君，人性灭绝。徐中山王夫人的恐惧，读了这一段至今犹可以想象。

在盋山精舍，我借读了一部明小字本《皇明开国功臣录》，定远黄金著。所记徐达常遇春……诸人事迹极详，在徐达的一篇里，我发现了太祖给的“铁券”的原文。当时曾经抄录，可惜现在找不到了。那话说得是非常有趣的，大意是说，因为你的功大，所以赏你铁券。除了造反不赦外，可以赦你两次死罪，赦你儿子一次死罪。君臣之间，完全是一付讨价还价的口吻，话说得又非常干脆，除了我的老本不许动之外，小错可以马虎了罢。而且还有两次的优待。真是天下的奇文。

这位大将军，大约是因为有着铁券而又善于俯伏的关系吧，总算得到善终。在廖永忠、朱亮祖、周德兴、傅友德，都被杀死，据说会造推背图的刘伯温也给毒死以后，终于轮到了徐达。在我所能看到的书里，都说他是病死的。却不知病死的还别有花样。吴晗先生的《明太祖》中说：“徐达为开国功臣第一，小心谨慎，也逃不过。洪武十八年病了。生背疽，最忌蒸鹅。病重时皇帝却赐蒸鹅，只好流着泪，对使者吃了。不多日就死了。”

附记：

关于明太祖赐予徐达的铁券原文，前两天检书时寻到了。就抄在下面：

“朕闻自古帝王创业垂统，皆赖英杰之臣，削群雄，平暴乱。……尔自起兵以来，为朕首将。十有六年，廓清江汉淮楚，重归两浙。……朕无以报尔，是用加尔爵禄，使尔子孙世世承袭。朕本疏愚，皆遵前代哲王之典礼，兹与尔誓：若谋逆不宥，其余若犯死罪，免尔二死，子免一死。以报尔功。……”

原文见《皇明开国功臣录》。全书三十二卷，明刊小字本，嘉惠堂丁氏藏书，现归盋山精舍。定远黄金著，金字良贵，宏治甲辰进士，历官吏部郎中……首有国史兼经筵讲官余姚黄珣序，已残阙。开国诸臣常遇春、李文忠、吴良、吴桢、康茂才、邓愈等皆有传。所收至为详尽。

徐达死去以后，明太祖却大表演了一次，“上恸悼罢朝，亲为文祭之。”给葬在钟山之阴。后来又对群臣发表谈话说：“大将军为朕股肱心膂，戮力行阵……而太阴屡犯上将，不意遽殒其命，天何夺吾将之速！朕夜来竟夕不寐，欷歔流涕。思尽心国家为社稷之重，安得复有斯人？乃欲有心报之，无所用其情耳。”

徐达墓在太平门外。与仁渊跑到天堡城上去的一次，曾经在山腰上远望，太平门外的公路上丰碑高矗，在那一带绿荫中显得特别突出。后来亲自去看了一次，那块神道碑的规模的确宏伟，比明孝陵中四方城内的一座还大些，碑石甚佳，现在看来字还清楚得很，碑文是明太祖亲撰的，有圈点，颇为特别。墓在碑后的小阜上，荒榛没径，仅有一条牧童赶牛羊踏出来的小径，翁仲都立在荒草之中，牵马人的头都没有了。站在墓上，回头一望，钟山的两峰凹处正对着那一块碑，在太平门外诸墓之中，这里的形势是最好的。

在城里的大功坊，现在也仅存其名而已。有一条瞻园路，路上的瞻园也是徐氏的故园，现在是“内政部”的所在地，不曾去看过。只在大全福巷后找了很久，找到了在高阜上的那一块玲珑山石，倒还站在那儿，四周全是脏东西。据朱偰图考，这块石头上面本来是还有老藤的，现在没有了。本来是在人家的后院内，四围都是高墙的。现在是在一大片敞地上连瓦片都不见一块。夕阳影里，下望夫子庙和城里的人家，都已笼上一层淡灰色的暮霭。这石头多寂寞，多孤单。

至于徐氏的遗裔，更有一段绝顶凄凉的故事。

吴梅村集中有《遇南厢园叟感赋八十韵》一首五古，里边有几句：

“回头望鸡笼，庙貌诸侯王，左李右邓沐，中坐徐与常。……重来访遗迹，落日唯牛羊。吁嗟中山孙，志气胡勿昂。生世苟如此，不如死道旁。惜哉裸体辱，仍在功臣坊。”

故事记在《板桥杂记》中：

“中山公子徐青君，魏国介弟也。家赀钜万，性豪侈，自奉甚丰。广蓄姬妾，造园大功坊侧。树石亭台，拟于平泉金谷。每当夏月，置宴河房，选名妓四五人，邀宾侑酒。……宏光朝，加中府都督，前驱班列，呵导入朝。愈荣显矣。乙酉鼎革，籍没田产，遂无立锥。群姬雨散，一身孑然。与佣丐为伍。乃至为人代杖。其居第易为兵道衙门，一日与当刑人约定杖数，计偿若干。受杖时，其数过倍，青君大呼曰：‘我徐青君也。’兵宪林公骇问左右，有哀王孙者，跪而对曰：‘此魏国公之公子徐青君也。穷苦为人代杖。此堂乃其家厅，不觉伤心呼号耳。林公怜而释之。慰藉甚至，且曰，‘君尚有非钦产，可清还者，本道当为查给，以终余生。’青君跪曰，‘花园是某自造，非钦产也。’林公唯唯，厚赠遣之，查还其园。卖花石，货柱础以自活。”

这一段故事，记在《板桥杂记》里，在《记丽》《雅游》之中，恐怕是最值得一读的了。三百年前的接收大员，在分配“敌伪”产业的时候，似乎比现在还有人情些。那一块玲珑山石，大约当日也是由徐青君卖出来的，不知道为什么还立在那儿——大功坊侧的花园外面。

桃花扇底看南朝

这个题目抄自重庆出版的《群众》周刊上。回想那年正是甲申，三百年前崇祯吊死煤山，明朝跟着也完结了。所以提起甲申，大抵也颇使人惊心动魄。那一年的抗战局势已经到了极端险恶的地步，并不是因为敌人特别厉害了起来，而是因为自己太不像话了。无论在团结上，在军政上都弄得不成话。被压抑得透不过气来的文化界，不能不“发起思古之幽情来”，想起了三百年前的老故事。郭沫若先生也发表了《甲申三百年祭》的长文，一纸风传，万人争诵。骂声也随之而起，由名将叶青等出马。（好像后来还收集成一册小册子，可惜该时我已离开重庆，在湘桂一带流转，无缘拜读了。）至于骂的理由则是认为作者有着“亡国思想”，“流寇倾向”之类，也就是为什么在此时此地要发“思古之幽情”，可见怀古而能招来如许“物议”，一定是踏痛了吧儿的尾巴，否则是决不会如此严重的。不幸后来湘桂之役失利，敌军进逼独山，陪都震动，大家准备逃难，热闹的骂声也就消沉下去了，这且不表。

我又想起了这一段公案，是因为看了另一篇文章，这也是有关桃花扇的。马阮之为奸臣，大概已经论定，没有什么翻案的余地了（他们的文采是另一个问题，亦即陈石遗所说的“小人无不多才”。无才者至多是像癞皮狗一般的乱叫一通，想作恶也是没有资格的），不过天下的事也真难说，有一位马瑶草的老乡，贵州安顺姚大荣作了一册《马阁老洗冤录》。我颇想一读这一册奇书，三十年前在贵阳，也曾经路过安顺，在图书馆、旧书肆中都不曾找到，唯一的办法，还是从《“中央研究院”历史语言研究所集刊》的第五本第一部分里容肇祖先生的驳议里稍闻端绪。原书民国廿三年出版，因为同乡的关系，所以称马士英为马阁老，上卷为“明史以马士英列奸臣传诬罔不公议”，提出理由十条，其第一条为“论明史马士英传系根据孔尚任桃花扇传奇为底本”，第二条是“论孔尚任斥马士英为奸臣系受左良玉家族指嗾”，这的确是颇为奇特的见解。关于这些，容先生已经有详细的驳论。总而言之，那全是这位乡谊情重的姚老先生的一面之辞，不必多说。使我感到有趣的是桃花扇这部书竟被认为有被明史编者作为蓝本的可能，这倒是以前所不曾想到过的。十余年前在中学里读《余韵》一出，听孟志孙先生摇头晃脑地在读“眼看他起朱楼，眼看他宴宾客，眼看他楼坍了。”于可笑之余，也感染了一点悲哀的气氛。三年前入蜀道经南京，住在朱雀路上，夜间冒了北风到夫子庙去，行经三山街，不用说蔡益所书坊是早已不见的了，状元境几家小店，也大半在出售上海色情小说，想买一部旧本桃花扇也渺不可得，惆怅无已。坐在歌楼上，袖了手，看那塞索可怜的小女人们在唱戏，旁边站着日本宪兵，这一切景象都还有如昨日。桃花扇的时代已经过去了，然而地方却还是老地方，是曾经上演过《传歌》《却奁》《闹榭》《逮社》这些历史断片的地方。清寒萧寂之中，使人想起来的是王阮亭《秦淮杂诗》中的一首：

“秦淮往事已如斯，断素流传自阿谁？比似南朝诸狎客，何如江令擘笺时。”诗人温婉的词句使人陶醉，这是说马士英的画的。周亮工《读画录》：

“马瑶草士英，贵阳人。罢凤督后，侨寓白门。肆力为画。学董北苑而能变以已意。……王贻上（士祯）曰，蔡京书与苏黄抗行，瑶草胸中乃亦有邱壑，黄俞部（虞稷）题一绝：半闲堂下草离离，尚有遗踪寄墨池，犹胜当年林甫辈，弄獐贻笑误书时。”

这也是“不以人废言”的意思。周亮工著有《因树屋书影》《闽小记》《同书》，在清代大半是禁书。

至于那位遗老姚大荣的态度自然是另一回事，他的大著卷末还有一篇《马公士英应谥忠武议》咧！

不免又重翻了一次《桃花扇》，在第四出“借戏”中，又找到了一点石巢园的风物描写，如果不被认为用桃花扇作蓝本来作明史，倒不妨看一下，因为那描写，我是觉得颇有些像的。阮大铖的道白中说：

“幸这京城宽广，容的杂人。新在这裤子裆里，买了一所大宅，巧盖园亭，精教歌舞，但有当事朝绅肯来纳交的，不惜物力，加倍趋迎。倘遇正人君子，怜而收之，也还不失为改过之鬼。”

后来杨龙友来看阮胡子，从他的口中，更写出了石巢园：

“这是石巢园，你看山石花木，位置不俗，一定是华亭张南垣的手笔了。”底下是：“风入松”。

“花木疏落石斑斓，收入倪黄画眼。（仰看读介）咏怀堂，孟津王铎书（赞介）写的有力量。（下看介）一片红氍铺地，此乃顾曲之所。草堂图里乌巾片，好指点银筝红板。（指介）那边是百花深处了。为甚的萧条闭关。敢是新词改，旧稿删。”

我以为《桃花扇》里的人物写得最好的应该是阮大铖与杨龙友两位。一个是奸雄，一个是清客。写得活龙活现。三百年前大约是真有这样的人物的。《儒林外史》中所写，大抵相类。至于其余老生的激昂，正旦的啼哭，小生的多情，却引不起什么兴趣。

就在“借戏”一出中，从家人的口中，阮胡子探听四公子对他的剧本的态度，小丑用的是“急三枪”，开始时说：“点头听，击节赏，停盃看。”阮说：“妙妙，他竟知道赏鉴咧！”接报：“真才子，笔不凡。”阮：“啊耶耶，这样倾倒，却也难得。”又报：“论文采，天仙吏，谪人间，好教执牛耳，主骚坛。”这竟使阮胡子喜得不知怎么好，连说：“太过誉了，叫我难当。”酒酣耳热，阮胡子还在期望着更好的消息，想不到这第三报就面目全非了。写得实在很妙。

也还是“急三枪”：“是南国秀，东林彦，玉堂班。”还是赞，底下来了一转，“为何投崔魏，自摧残。呼亲父，称干子，忝羞颜，也不过仗人势，狗一般。”

底下就是跳了起来“气死我也”的阮大铖。这一出戏如果由名角演来，我想一定是极其精彩的。《桃花扇》的作者毕竟是文人，他知道文人的丑态，笔下的人物也极为灵活，原是自然不过的事。

姚大荣说孔尚任受了左宁南家族的嘱托写《桃花扇》痛斥马阮，自然是不值一笑的说法。然而作者毕竟因为诗人的情感过于丰富，下笔之间，很有点失去了分寸。如侯方域在孔云亭笔下自然是英雄，名士倾城，具备了一切的条件，赢得读者的眼泪；后来又说他与香君双双入道，这样的结束，自然颇完整，但与事实相去就远了。侯方域后来不甘寂寞，去应了新朝的考试，自愿前往，与博学鸿辞的强徵又自不同，难怪梁溪梦鹤居士在序文里说：“若夫夷门复出应试，似未足当高蹈之目”了。而吴梅村的诗中“百年心事向夷门”，“死生已负侯嬴诺，欲奠椒浆泪满襟”的话，也似乎大可不必了。

还有一个写得不公平的是杨龙友。杨龙友是清客，是权门贵戚，是帮闲，都不错的。而且这也写得好，能诗会画，在娼寮与豪门之间跑来跑去，所作无非是无聊之事，借阮大铖拉马，帮马士英统军，南都之陷，责任也不能全由他负，而且那时的腐败情形，正如三百年后的湘桂之役，随便有怎样好的将帅，怎样好的美式装备，也全无用处。何况杨文聪又只是个文人，只能学阮大铖穿了素蟒临师，摆一摆架子的呢？清兵渡江，大家一哄而逃，“军书已报韩擒虎，夜半新林早着鞭”，杨龙友是溜掉的。但是他还在江南抗了一抗，后来逃到福建，在八闽诸地转战，终于战死于蒲城。当阮大铖投降清军率领大军度仙霞岭去“扫荡”残明的残存势力时，他们已经是站在两个阵营里面的了。

然而在《桃花扇》里杨龙友是写得颇为不堪的。当最后马上英从鸡鹅巷、阮大铖从裤子裆中逃了出来以后，被愤怒的人民抢去了细软书画和女人，打倒在地。这时是杨龙友出场，而且还借给他们一匹马，一起逃掉。末了阮大铖死于仙霞岭上，马士英命尽台州山中，都有了交代；而单单对于这个重要人物，为全剧线索的杨龙友的晚节一字不提，未免有点不公平。

杨龙友是给昭雪了的。已经被编入《贵州先贤传》中，他的遗著《洵美堂集》也是难得的秘籍，无缘得见。“今日方知书画传”，他的书画在今日也难得的很。商务印书馆有影印画中九友集，稍具鳞爪。关于杨的事迹，在贵阳时曾看到过一些，已写入一篇《贵阳杂记》中。

《桃花扇》究竟不失为一部成功的历史剧。现在虽然也有不少写南明史事的剧作，然而没有一部能超越它。这究竟是二百多年前的作品了，我们不能以今日的写作标准相衡，这一切，都不能妨碍我们对它的喜爱。正是：

“白骨青灰长艾萧，桃花扇底送南朝，不因重做兴亡梦，儿女浓情何处消。”

马湘兰

明朝末年南京的秦淮河上，几乎成了妓女的天下。在晚明那样的社会里，这是极自然的现象。现在我们翻一下野史笔记中的记载，材料实在多不胜举。余淡心的《板桥杂记》是很多人都晓得的了，此外如《秦淮画舫录》《续板桥杂记》……实在多得很。这风气一直到清朝末年还没有消失，现在似乎这种书不大看见了。我想总不是因为“风化”淳厚起来了的缘故。原因之一，可能因为那时的妓女中不乏有如薛洪度那样有才能的，会作诗、画，而这又与当时的一些自许为才子的人物所玩的花样相投，经过“才子”们的誉扬，“佳人”的名气自然格外响亮了。

其次，当那样一个世纪末的时代，全国大乱，人民不复能安居乐业，除了贫民活该倒楣，不甘忍受剥削者站了起来，其余的就只有去“转乎沟壑”。一般小地主就只能过过浪漫的生活，聊以自遣。采取过一天算一天的态度，这“好日子”当然是过不长的，一旦国破家亡，地主阶级也逃不脱破落下去的命运，如驰名一时的四公子之一，与董小宛有过一段艳史的冒辟疆，晚年所过的就是凄凉困窘的生活。这样，使他们无法不怀旧，想念永远过去不会再回来了的“好日子”，因而写下了这许多书。自称“江东老蟫”的缪荃荪有两句话是颇有道理的：“广明离乱之后，教坊之记乃成；靖康倾复之余，梦华之录斯出。”所以这些书表面上是叹咏才女的风华，骨子中却是“悲往日”的哀鸣，想研究中国社会史、文学史，这一部分材料应该是不宜忽视的。

我现在想谈一下马湘兰，自然并无做“娼妓史”的野心，目的不过是想看看两位代表性的歇斯底里文人与她的关系，而这些在中国文学史中又是颇不常见的。其次，在重庆时曾经看过马所作的兰花册页，非常可爱，间杂在故宫书画如许精品之中，居然能够发出独异的光彩，实在是难得的事。我在那几幅兰花之中，发现属名之一是“月娇”，而这又与我接到海上朋友来书的信封上的属名相同。那时因为敌寇检查信件，所以写较长而发发牢骚的信时就不能不用假名，而巧得很朋友所用的就正与马湘兰的名字偶合，遂不能无亲切之感。

马湘兰在一般秦淮名妓中算是老辈，像李香君、董小宛、卞玉京之流都要算是她的“孙女行”了。他所相与的文人是王百谷，比起侯方域、冒辟疆来也是老前辈。老辈自然有老辈的影响，晚辈所表演的差不多也全以之为模仿的蓝本，如柳如是的访陈卧子、钱谦益，大概就是模仿了马湘兰对待王百谷的方式的。

据《列朝诗选》，“马姬名守真，小字玄心，又字月娇，以善画兰故湘兰之名独著……性喜轻侠，时时挥金以赠少年，步摇条脱，每在子钱家，弗顾也。常为墨词郎所窘，王先生百谷脱其阨，欲委身于王，王不可。”

轻侠尚气，那时妓女都有这么一点“豪气”，但后来这一段公案的发展却有些异常，马当时已经是五十几岁的女人了，却还要去缠绕不休，“万历甲辰秋，百谷七十初度，湘兰自金陵往置酒为寿，燕饮累月，歌舞达旦。……归未几而病，燃灯礼佛，沐浴更衣，端坐而逝，年五十七矣。”“为金阊数十年胜事”，这真是雅得有些肉麻了。

《因树屋书影》记有马湘兰诗一首：“自君之出矣，不共举琼卮，酒是消愁物，能消几个时。”马湘兰的墓葬在秦淮后面，《秦淮闻见录》记：“江宁南城外瑞相院后丛竹中，为马湘兰墓。”《首都志》云：“东花园旧有因是庵，又有孔雀庵。”东花园即是现在白鹭洲公园的地方，走出南门去要经过这里。这瑞相庵即现在的碧峰寺，《金陵杂咏》：“晋瑞相庵唐改翠灵，宋改妙果，元改铁索，明洪武敕建居金碧峰，故名。”这碧峰寺我始终未曾去过，只读一下汪中的妙文也似乎可以满足了。

汪中是清朝有名的学人。他的一篇《述学》似乎至今还被选入中学大学的国文教本中。不料这位严正的学人却是个歇斯底里病患者。他有一篇《经旧苑吊马守贞文》，前面有一篇序，可以说是极妙的文字。开头他先说马的故居，“岁在单阏，客居江宁城南，出入经回光寺，其左有废圃焉。寒流清泚，秋菘满田，室庐皆尽。惟古柏半生，风烟掩抑，怪石数峰，支离草际。明南苑妓马守贞故居也。”底下是对这已经死去了的美人大发幽思，作了极端的“影恋的”表现：

“秦淮水逝，迹往名留。其色艺风情，故老遗闻，多能道者。余尝览其画迹，丛兰修竹，文弱不胜。秀气灵襟，纷披楮墨之外，未尝不爱赏其才，怅吾生之不及见也。”

底下说明他同情风尘中女人的身世，并不看轻妓女，这在现在虽然是不希奇的议论，在当时出于一位学人之口，还收入集中，却是十分难得的。

“夫托身乐籍，少长风尘，人生实难，岂可责之以死？婉娈倚门之笑，绸缪鼓瑟之娱，谅非得已。在昔婕妤悼伤，文姬悲愤，矧兹薄命，抑又下焉。嗟乎，天生此才，在于女子。百年千里，犹不可期，奈何钟美如斯，而摧辱之至于斯极哉！”

底下他又更联想到自己身上来，“余单家孤子，寸田尺宅，无以治生，老弱之命，悬于十指。一从操翰，数更府主。俯仰异趣，哀乐由人。如黄祖之腹中，在本初之弦上。静言身世，与斯人其何异？只以荣期二乐，幸而为男，差无床箦之辱耳。江上之歌，怜以同病，秋风鸣鸟，闻者生哀。事有伤心，不嫌非偶。”

这是一首非常好的骈文，不独流利，音调也好，最要紧的是还有着真的感情在内。虽然这种感慨不免有些奇特，这在他自己也是感觉到了的。

与朋友同观此文，他慨叹着说，千古文人都不免有这种感慨，不独汪容甫为然，不过是汪有这勇气讲出来而已。这话自也有道理。汪中的一段话中，“床箦之辱”一点到底还将男女之间看得不同，不免可笑。顾影自怜，以美人自况，文人从古如斯，潘光旦先生见之，或者要收进“性心理学”的附录中去的吧？

梁逆鸿志也有这样一首《拟访马守真故居未果》的诗：“废圃菘田路未谙，十年长梦冶城南。平生身世汪容甫，不忍经行孔雀庵。”也自拟汪容甫。梁是一个政客，又兼无耻，私生活也极不堪，不过这诗还是承继着一条旧的感情的路的。

记者生涯

我有一个“坏脾气”，不大愿意在笔下暴露自己生活的痛苦，不管是怎样艰难的生活，也总想描写得快活一点。在缅甸军中，晚上睡在露天的草地上，早晨起来后，一身都是露水；又常常睡在干了的河床上，一夜风雨，被褥给漂了起来。幸亏该时吃的是好给养，牛奶喝得身体粗壮，如果照现在的情形，早已病倒了。我如有回忆，也总记得在密支那看星星而已。真是没有办法，是阿Q式的遗绪呢，还是“小资产阶级的劣根性”，自己也讲不清楚。

战前陈衡哲住在成都，写文章发表在胡适博士主编的《独立评论》上，抱怨四川的鸡蛋没有鸡蛋味，诗人何其芳谥之曰“向社会撒娇”，从此我就厌恶了这种“撒娇”的方式。

然而有时也不免要发发牢骚，则是出发于另外一种“劣根性”。

《浮世绘》需要一点轻松的文章，我所能写的也不过是这种四不像的“游记”，也仍时时“劣性”复发，呵佛骂祖。然而一些只看题目不读内容即便掷去的朋友，大事哗然，以为我是在游山玩水，雅兴豪情，罪状昭著了。真是遗憾。

慨自胜利以还，自我表露之风大盛，无论是天上飞下来的，地下钻出来的，一律自说自话。汉奸们也大谈“救国救民之苦心”，慷慨就“义”，事属人情，自是难怪。此是绝妙法门，功效甚明，本想效法一番。无奈没有资格。有点苦闷，也不过是大时代的小人物的苦闷而已。基于前述理由，不愿加以铺张，但有一二小事，尚属“轻松”，倒还不妨一谈。

南京是个颇大的城，大约比北平要大两三倍吧。如果要游览的话，那是很不错的。然而如果有什么要事，跑来跑去，那就很不妙。现在打一个譬喻，从新街口跑到美国大使馆，再转到民盟办事处，回到中共代表团，这正是一个三角形。如果要用风雅的说法，是先到小仓山去访随园，再到鸡鸣寺侧看台城柳，最后回到梅园。因为行经上海路，总要望见那只是一个土堆而已的小仓山；走过“考试院”，难免不望一眼那浮在天空里的红色的颓败了的同泰寺。我觉得这古同泰寺实在造得好，在北极阁的山侧，绿荫顶上，是那样的一围缥缈的红墙，可以使人想起“忽闻海上有仙山……”的诗句。

这样一走，如果只是乘了人力车，大概总要有二小时以上消磨在路上了。在和谈的局面下，大局瞬息万变，而人力车夫的脚步又那样迂缓，南京的道路又如此不平，心里实在焦急得很。然而没有办法，“寄沉痛于悠闲”，还是看看山光云影吧。坐在洋车上，在古巷中颠簸着，我就时常有这样的幻想，真该写一部“金陵坊巷志”之类的小册子，因为那些古老的巷子，实在给了我莫可言说的感兴，不是凄凉，不是感慨，是所谓“追缅古欢”吧，我总不能忘记这些小角落中所曾经演出过的历史场面。……

跑新闻的对象，大约全是一些“要人”，这包括了在朝的，在野的，还有外国人。

美国大使馆正像一个水晶宫，专职接待记者的有那么一位康纳士先生。当他就任之初，是还郑重地出了一张通告的。上英下中，有如过去上海工部局的告示。上面说得倒也不错。他是专诚为记者服务的。关于马帅、司徒的任何新闻，一律由他供给，服务时间是整日的。早八时至晚八时（?），再晚还可以打电话到他家里去。

照理，这应该是可以使人满意了的吧？然而不然。

有一次，到蓝家庄，知道梁漱溟先生应邀到美大使馆去了。这自然是一个好线索。晚上打电话去寻康先生，接电话的说康先生随了司徒到马帅行馆去了。好消息。再过半小时打电话去，康先生还不曾回来，但不知他到那里去了。这位客气是客气的，满口的“SIR”，但是问起大使及康纳士的行踪时，他不肯说，只是笑。

过了一会，我再打第三个电话过去，这一次康纳士先生亲自出马了，他大概是刚回来。“听说梁漱溟先生下午来看过大使的吧？”他笑了笑说：“我不知道呀！”我改变了话题：“大使去看过了马帅了吧？”他又笑笑，“我不这样想。”我有些气了，“我刚从大使馆里有关方面得到消息说你同他一起去过的。”他又用了外交家的口气回答，“我恐怕没有吧。”

如果多碰头少说话是中国官场的秘诀，那在美国官场恐怕也是同样的情形。面常带笑，口气温婉，一种话有三种以上的说法，不愧修辞专家。我当时气得很，在电话里说了一大篇话，全没有外交礼仪，而他却笑得更为温柔了，滔滔辩解着他的苦衷，事实上这三个否定的问题全是可以肯定的。

我现在记下这小事，特别对康纳士先生和他的温柔的脾气致意。

朋友知道了我在南京，写信来调侃，说是每日出入权门，周旋于大人先生之间，其实这倒并不的确。因为真正够格的“豪门”我却还没有参观过。

经过了几次战乱以后的南京，瓦砾场触目皆是，在那么一个大城中，特别显出了凄凉与荒寂。在珠江路一带，总算是市中心区了，大马路上也不缺乏堂皇的店家。然而只要一走进了陋巷，你就会发现这原来是别一天地，铅皮铺顶，破瓦满壁，地上是各式各样的污秽东西。总而言之是标准的贫民窟，这些大约都颇有碍观瞻，幸亏头等国宾如马老帅平常似乎还没有这样的闲情来溜小胡同，也就罢了。在下关一带的棚户就遭了殃，一起拆毁。那两天真是哭声震天，惨不忍闻。自己住的地方也不大高明，小小一屋，居室，吃饭，会客，写文，办公全在是矣。斗室之中，有三床一桌一沙发，还有一部脚踏车，因此，也是属于贫民窟一类的。

太平门外的民家，“风雅”得很。倒是用了从台城上搬了来的明砖来造起房子来。我不是复古论者，然而却不能不佩服明朝的砖造得好。色黑如漆，坚实如铁，上面还有各种式样的花纹，还烧上了监造的官吏的名字与年代。在鸡鸣寺的台阶上，也铺了这种砖，经过多少年的践踏，黝黑的砖面发出了光亮。有如一块块光泽的晶石。我们的“风雅”的南京居民用了这种古物来建造了一间间陋室，雅固雅矣，不过在现在这种天气怕就有点不大适宜。西北风要从那砖隙中间钻了进来，我们的“雅人”就只能在里边打战。

在这样普遍的贫穷之下，我最初怀疑南京到底是否还有漂亮的住宅。

然而西哲之言终是不错的。“荒淫无耻”永远是与小民的苦难成正比的，一面愈加苦难，那另一面就愈为荒淫。

终于有一次，我到所谓新住宅区的牯岭路、颐和路、宁海路一带的朋友家中做客了。这还并非可以作为代表的豪门，然而那种铺陈，那装设，俨然有如走进了《聊斋志异》里的“天宫”，重房复壁，华灯锦幛，……我想不必描写了吧，只要闭上你的眼睛一想就是。

应该补充一句的是这些都是当年伪府权贵的旧居，现在又接收了来，配给了现任的大官。正是“东市朝衣一旦休，北邙坯土亦难留。白杨留作它人树，红粉知非旧日楼。”已经枪毙了的褚逆民谊的妻子，不是还请求发还颐和路的一所私宅吗？

出颐和路右折，就又是一条小径，鸡卵石铺地，渐走渐高，远处是一池澄潭，上面覆满了浮萍。潭边大树颇多，都很古老了，在丛林中正对了池子的是一所寺院——古林禅寺。这是律宗的有名的古寺，现在却是宪兵驻在地。叨了记者身份的光，被容许走进去看了一下，实在已经没有什么好看了，然而这地方却另有一节掌故。抗战时在报上看到转录汪逆的《古林寺杂咏》知道汪曾卜宅于此。不幸这所现代的阿房宫落成以后，汪逆已经病死东京了。其实并不曾享受过一日。这所宅子就在那一条小径的右侧，一带粉墙，占了一整条街，所谓古林寺路就只有这唯一的一号。门口有雄赳赳的宪兵同志在守卫，这次却不曾有进去瞻礼的念头，因为早已知道这是留给我们亲爱的美国朋友作俱乐部的了。然而那里面的情形，却从一位老先生那儿听说过。他在胜利之后，以大员身份飞京视察，曾经去看过。

据说这是真实的不折不扣的一个“豪门”，大约有数百间房子，里边的装饰不必说了，有自备的发电机，有气温调节的设备。而且为了特种用途所预备的复壁，密室……使人无法不联想到《聊斋》上所描写的严东楼的“宫殿”。不过这种例子究竟不多。去图书馆看书，去马祥兴吃饭，都异常使人满意于“人情之美”，觉得这社会还不是十分冷酷。

开始写“杂记”时，早就想有“秦淮”一章，至今没有动笔。文章固然不容易写，态度更不容易确定。我总不愿意象文豪们的写花街，先将自己自定为“人上人”，用了怜悯的眼光去看这一批受难的人们。摆出好像救世菩萨的架子，露出同情的面孔，又要保持了绅士的尊严。

有几个晚上，曾到有名的秦淮茶楼上去听过歌女的清唱，也曾到“旧院”中闲步过。在一家茶楼上，我遇见了一位歌女，这是一个十几岁的女孩子，她还有着两个姐姐，都在这里卖唱。她们是母亲的亲女儿，也是母亲所开的妓院中的货物。这个小女孩子十分天真地回答了我的过多的问题。她还述说过她的希望。怎样成名而红了起来。她羡慕着商场里面陈列着的美国玻璃皮鞋，玻璃丝袜。她的这种愿望我看与一位大学生希望怎样出国，镀金，怎样遇到一位好上司，怎样做官、发财，并没有什么两样。这自然是颇特殊的例子，自然还有很多卖身给假母的，从小被拐出来的……女人市场上有着层出不穷的花样。

从那一座现代的长板桥上踱过，夜凉如水，一团冷月斜挂在那些破落的河房上面。这时游女的踪迹稀少起来了，在小巷中，突然传来了盲人与女伴弹着凄凉弦子的声音，琮琤地响着，伴着缓缓地踱着的疲乏的步子。我想如果想了解秦淮的风味，这里是有的。

《秦淮闻见录》录玉琿先生题罗两峰板桥遗迹图的几首诗，很可以描写出这种情调。

“读罢罗家鬼趣图，去寻旧院影模糊。芦根瑟瑟如人语，中有莺莺燕燕无?”

“绿芜一片众香埋，半没桥身半没街。艳迹但余残础在，也曾亲近玉人鞋。”

“者番游绪已怆然，又对风斜雨细天。画最凄凉天最惨，看君笔上起苍烟。”

“杂记”起始至今，已将两月，虽然还有不少材料，我也写累了，暂时搁笔。等将来有机会再继续下去吧。

豁蒙楼上看浓春

住在南京，到了春天，不免顺便要到鸡鸣寺来看看。真是春天了，南京与北京有着相似的风沙，吹得人十分厌烦。但在鸡鸣寺上，却可以没有这种苦恼。我前后到这儿来过三次，第二次是个雨天，天气突然从初夏变成深秋。阴沉沉的天色，零零落落的积云，土润苔滑，鸡鸣寺路上积满了泥浆，那个红色山门上的两行金字，“大千世界，不二法门”被两株小树遮起来了。门口有一个乞丐蹲在那儿，不动，也不向游客说一句话，不知道他得到过施舍没有？

曲折的走上殿去。好消息，豁蒙楼开放了。防空司令部的人在底下台城边上建起了新房子，房顶是美国活动房屋的铅皮屋顶。

豁蒙楼中有一位满面红光的将军在“家宴”。拉起了屏风，我找了一个临窗的座头坐下。泡上一盖碗的茶来。

“豁蒙”的出典是杜甫的一句诗，“忧来豁蒙蔽”。怎样能排遣这忧愁呢？望一下后湖的烟树恐怕是没有用的，那里正是南朝操练水军的处所，一个好武的皇帝——宋孝武帝——在这儿练水军。一个佞佛的皇帝——梁武帝，却在这台城上面困守而饿死了。多少诗人曾经在这儿凭吊玄武湖，没有一个人能遣去愁怀，他们都为那些好武的人们叹息，可是皇帝而能作诗的却只有一个李后主。

这楼是光绪十五年张之洞所建，那时他是两江总督，题了匾额，并跋云：“余创议于鸡鸣寺造楼。尽伐丛木，以览江湖。……用杜诗忧来豁蒙蔽意名之。光绪甲辰，无竟居士张之洞书。”

后来梁启超也题过楼额。现在的匾额则是戴季陶先生的法书了。旁边的一副对联则是周钟岳的手笔。下联是“鸡鸣不已，独来风雨正怀人。”所怀念的，大约是滇南的人物吧？

明窗净几，茗碗钉铛。两位画师在临窗作画，描写的是一角台城与紫金山。山端上正有一片雨云，老画师的笔很快地用几笔捉了下来，过一会，云向南边飞去了。

在画碟上他用了不少红紫，用来画那座覆舟山，一片赤红色的荒山。

掉过头再看后湖。一片绿，正是葱黄嫩绿。秋冬之际的那一片荒秽的芦苇没有了。这倒减去了不少芜杂，一变粗头乱服而为倩装的少妇，不是浓妆的城里人，一个乡间的少妇。

俯视胭脂井，那块碑也已经重新竖了起来。走下去看，碑文上涂了绿色，好像也着了春装，漂亮起来了。

张丽华被吊了起来，——从这井里，捉到青溪中桥上杀掉了。中桥现在是四象桥，是十分热闹的地方。

走来走去，全是战伐之余留下来的故迹。这个多灾多难的国家，历史上多的是以战争为职业的“英雄”的国家，留下了这么许多悲惨的历史的遗痕。

燕子矶

从城里坐车子到燕子矶去，现在十分方便。要有半小时的汽车路程。一出城门，车子就开始“跳舞”，江南汽车公司有的是军用车。美国的军用车马力特别足，然而耗起油来也比普通车子多得多。大战结束，这样的车子在美国国内要卖给老百姓是没有人肯要的，然而在中国却有用。就像到燕子矶的公路上，普通的车子的寿命是维持不了好久的，有时候乘客拥挤，马力小的车子根本就爬不上山坡。

经过晓庄，这是陶行知先生的葬处。也是陶先生毕生精力所瘁之处。他所创办的晓庄师范就在这儿。燕子矶是长江边上一块突出来的岩石。在下江，这已经算是难得的名迹了。然而经过三峡上溯重庆过的人看来，实在并不足为奇。至于为什么叫燕子矶，不大看得出，也许是象征了一个打算飞过江去的燕子吧。没有例外，这儿也有着乾隆皇帝的御碑与摩崖题壁的半通不通的皇帝诗，而更糟的是这块燕子矶的碑已经为一个红砖头堆了起来的破亭子罩起，一点都没有什么好看了。

燕子矶上站满了人，照相，谈笑。好像听说从前此地有过一个牌子，写着“想一想”“死不得”之类话头，然而现在却不见。自杀的人还很不少，照现在的情形看起来，这里跳崖的人大约还得添加起来的吧？然而这天的天气好得很，到处全是游春的人，也都异常快活的样子。

下望长江，烟波飘渺。悬崖上面，丛树杂生。底下不时有小船走过。沙滩上排列着一些帆船，气势颇为壮伟。

顺了一条江边小路可以走到头台、二台、三台三个洞，这一带算是颇美丽的风景区。在前面还有一个观音洞，洞边的悬崖上有一个“名迹”——铁链锁孤舟。抬头仰视，找了很久，在山崖乱生的丛树之间才看见一小段铁链条，与吉普车所用的链条无异，只有四五节。

据说这就是“千寻铁锁沉江底”的铁链，也有人说是明太祖皇后马娘娘锁舟之处，我是已经失去了考索的兴趣了。

头台洞里有一位八十五岁的老妪，她的精神真好。她会拉住你说上好半日，从她的到这洞来开始，怎样因保护菩萨而为日本人斩去了一个指头。……她的谈锋之健实在可惊。据说可以讲上一天一夜也不终止，如果你不加以阻挠的话。

然而我们却没有这兴致了，走出门来。她也一直追了出来。还要我们站在富贵楼下面照相，如果发了财，做了官，就来给她的菩萨装金。她用手一指，两尊菩萨的泥坯站在旁边，身上已经有了不少裂缝，手里插着一根草标，草标上面是一面小纸旗，“招塑金身”。好可怜的菩萨。

二台洞中有盛开的春花。

三台洞中有一个“吴道子观音像”的石刻。在上面，有一个小阁楼，可以俯瞰大江，倒十分有趣，大有凌空飘举之意。在这儿照了一张相。正好借用李后主的词：“独自莫凭栏，无限江山。”虽然感情有点小小的不同。这一首词曾经很引起了一点小小的争辩。胡适博士一定要考出莫是暮字的古写。希望将它说成“实写”。冯友兰先生在他的新著《新知言》中却只承认李氏原作只是“它是说江山，说别离。”至于其他的情感却“只可思议”。

不知冯先生对“莫”字做何解释。

一个是讲“实验主义”的文学，一个是谈“形而上”的哲学，却都要将李后主弄得僵死。呜呼！

白鹭洲

在秦淮河的南岸，靠近城墙，有一处花园，现在留下来的已经是遗址了。进门处有一块“迎面留题”，上书“东园故址”。据说这是徐锦衣的东园。当时地方甚大，后来荒落了，成了目前的样儿。

里边也还有一二假山石，几树春花，几处亭台。

亭台的名字，全是雅得有些俗了的。

就如中间那个大水阁，中间挂了一副对联，我现在已经记不起原句，然而上下联所用的“典”却全错了。好像他指实了这就是李白“二水中分白鹭洲”的原地，但那个白鹭洲是在城外，在凤凰台上可以看得见的。

这里为什么叫白鹭洲，说不出理由来。

坐在沿河的一排茶座里，前面正好有一树垂柳。已经抽出了绿条，在微风里荡，飘得那么柔宛，“张绪当年”“灵和殿里”，柳真是一种特别美丽的植物。

在那条堤上，常常有人走来走去。军人，小贩，洗衣的乡妇，时装的少女……不远处即是那一堵城墙，在烟雨凄迷之中，只剩下一抹淡淡的影子。城头的雉堞，依稀可见。这一带城墙，既非台城，又非石头城，不过，“无情最是台城柳，依旧烟笼十里堤”，不也可以照样移在这里吗？

事实上，现在的台城也已非当年齐梁故物，柳树更不是。只在蓝家庄一带尚有一条小小的沟渠，几树垂杨。又哪里来的“十里”。

同为六朝故地，何妨就将这儿当作唐人诗句里所写的景物呢？

伫望城墙一角，在左首，露出了一角小红庙宇，就是鹫峰寺。是六朝时的江令（总）遗宅。明版画书《金陵图咏》中曾有一张秦淮风景，见于郑振铎先生的《中国板画史》中，画得颇为详细。更据《板桥杂记》所说，所谓旧院长板桥是夹于回光、鹫峰两寺之间的。

我也曾抚下了原图，在秦淮一带走过。就地踏按，鹫峰的地址是不错的。但是回光寺则早已不见。在《白下琐言》中即已不见此一旧刹了。

至于板桥旧院的原址，是可以知道的。但是这块地方现在早已荒秽得一塌胡涂，到处是垃圾堆，臭水……

图书在版编目（CIP）数据

花步集、金陵五记、晚春的行旅·上/黄裳著.-- 济南：山东人民出版社，2022.2
（黄裳集.创作卷.Ⅳ）
ISBN 978-7-209-13313-5

Ⅰ.①花… Ⅱ.①黄… Ⅲ.①杂文集—中国—现代②散文集—中国—当代 Ⅳ.①I266.1 ②I267

中国版本图书馆 CIP 数据核字(2021)第 116487 号

花步集　金陵五记　晚春的行旅（上）
HUABUJI　JINLINGWUJI　WANCHUNDEXINGLÜ（SHANG）
黄裳　著

主管单位　山东出版传媒股份有限公司
出版发行　山东人民出版社
出 版 人　胡长青
社　　址　济南市市中区舜耕路 517 号
邮　　编　250003
电　　话　总编室（0531）82098914
　　　　　市场部（0531）82098027
网　　址　http://www.sd-book.com.cn
印　　装　天津图文方嘉印刷有限公司
经　　销　新华书店

规　　格　16 开（160mm×230mm）
印　　张　25.5
字　　数　253 千字
版　　次　2022 年 2 月第 1 版
印　　次　2022 年 2 月第 1 次
ISBN 978-7-209-13313-5
定　　价　88.00 元